KB267144

아슈레이 세계

나유
바라스
미메이라
호로스
키리엔
이오카
자유도시 레카
제국수도 카드미엘
하나스
가이칸 제국
폴리카르 강
페이요트산맥
2000. 10. 19

아수레이

The Wind of Ashurei

7

아슈레이 7
김우인 판타지 장편 소설

초판 1쇄 찍은 날 | 2001년 12월 15일
초판 1쇄 펴낸 날 | 2001년 12월 25일

지은이 | 김우인
펴낸이 | 서경석

편집장 | 문혜영
편집책임 | 권민정
편집 | 허경란, 장상수, 박영주, 김희정, 이종민
마케팅 | 정필, 강양원, 김규진

펴낸곳 | 도서출판 청어람
등록번호 | 제1081-1-89호
등록일자 | 1999. 5. 31
어람번호 | 제1-0185호

주소 | 경기도 부천시 원미구 심곡1동 350-1 남성B/D 3F (우) 420-011
전화 | 032-656-4452 팩스 | 032-656-4453
E-mail | eoram99@chollian.net

© 김우인, 2001

값 7,500원

ISBN 89-5505-044-5 (SET)
ISBN 89-5505-245-6 04810

아슈레이

The Wind of Ashurei

7

폭풍

도서출판 청어람

목차

제1장
균열

The Wind of Ashurei

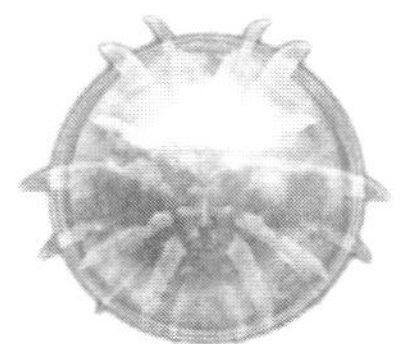

시원한 바람의 한가운데로 왠지 모를 따스한 기운이 섞여든다.

아직 강의 양쪽 기슭에 보이는 것은 갈대와 간간이 눈에 띄는 짙푸른 나무들뿐이지만 조금은 싸늘하던 바람이 따스해진 것만은 틀림이 없었다.

점점 더 남쪽으로 가고 있다는 의미였다.

"다…."

갑판에 앉아 있던 사람 하나가 갑자기 자리에서 일어났다.

그는 물끄러미 앞을 바라보고 있다가 무엇인가를 발견한 모양이었다. 그는 다시 한 번 눈을 깜박여 그가 본 것을 확인한 후 큰 소리로 사람들을 부르기 시작했다. 우렁찬 목소리가 작은 배 안을 쩌렁쩌렁 울렸다.

그의 목소리에 사람들이 한둘씩 여기저기에서 갑판 쪽으로 걸어나왔다.

그리 크지 않은 배였기 때문인지 일행이 모이는 데는 그다지 시간이 걸리지 않았다.

일행들을 불러 모은 사람의 시선이 멀리 나타나기 시작한 성벽으로 향했다.

"헤에… 크긴 크구나."

"이름 값은 하지. 저래 봬도 하나스의 두 번째 가는 커다란 성이거든."

"의외로 알리아가 훨씬 수수해 보이는군요."

"그거야… 저 성은 하나스의 다른 성과는 좀 달라. 남방 양식이 잔뜩 가미된… 에에, 그걸 뭐라고 하더라? 에잇. 기억이 안 나는군. 여하튼 남방 양식으로 건축된 성이니까. 다른 하나스의 성들과는 같을 수가 없어."

"그렇습니까?"

나직한 목소리로 설명을 하는 남자는 조금 전에 사람들을 불러 모은 바로 그 장본인이었다.

그의 이름은 룬 디 리첼. 그는 현재 그의 국왕의 밀명을 받고 모종의 사람들을 아셀로 안내하는 역할을 맡고 있다.

풍성한 머리카락을 뒤로 쓸어 넘기는 그의 손가락에는 오랜 시간 동안 검을 잡아온 증거가 가득했다.

"맨 처음 저곳을 요새로 만든 나라는 케리타였다고 하더군. 그 뒤로 셀 수 없을 만큼 자주 성의 주인이 바뀌고 또 바뀌었다. 케리타에서 아셀로, 아셀에서 가이칸으로, 그리고 가이칸에서 하나스로. 가끔은 기억도 안 나는 작은 왕국이 들어서기도 했었지."

"흐음."

"케르타가 다진 토대 위에 아셀이 만든 주성(main castle)에다가 가이칸이 만든 도로, 그리고 하나스가 만든 견고한 성벽이 모아져서 지금의 형태가 완성된 거다."

조금은 씁쓸한 표정이 섞여 있긴 했지만 룬은 꽤나 자랑스럽다는 듯이 설명을 했다.

"뭐니 뭐니 해도 이 대하 폴리카르의 중심지니까."

과거는 어찌 되었든 간에 현재 저 셰비의 주인은 하나스라는 의미였다.

셰비는 아슈레이 대륙의 거대한 두 지류 중 하나인 폴리카르의 중간 정도에 위치한 성읍이다. 무엇보다 셰비가 폴리카르의 중심지라고 불리는 까닭은 그곳이 수많은 작은 지류들이 모이는 곳이기 때문이기도 하지만 거대한 폴리카르가 다시 두 개의 가닥으로 나뉘는 바로 그 지점에 위치하고 있기 때문이다.

셰비까지 흘러오는 폴리카르의 유속은 셰비에서 둘로 나뉘면서 현저하게 떨어진다. 하지만 그만큼 주위에서 흘러 들어오는 다른 수원을 받아들여 가이칸을 둘로 나누는 대하 나하르에 버금가는 강이 된다.

그 풍부한 수원은 그대로 물자가 되기도 하고 대륙을 종단하는 가장 빠른 길이 되기도 한다.

그런 여러 가지 요건 때문에 셰비는 수도 없이 이름이 바뀌고 또 바뀌고 바뀌어왔다.

폴리카르의 중심지라는 말속에는 바로 전략적 요충지라는 의미가 숨어 있는 것이다.

"룬 씨는 셰비에 가보신 경험이 있으십니까?"

짙은 갈색 머리의 남자가 룬에게 질문을 했다.

"물론, 일 년에 두 차례 정도. 말로만 제2의 성이 아니니까. 기엘, 그건 그렇고 말이야."

"예?"

"그 머리카락 보기보다 되게 거슬려."

"제 머리카락이 왜 거슬리시는지요?"

"……"

하지만 대답은 쉽사리 나오지 않았다.

룬은 오후가 되어 꽤나 삐죽삐죽 삐져 나오기 시작한 수염을 손바닥으로 문질렀다. 까칠한 감각이 손바닥에서 느껴진다.

"그게 뭐랄까. 갈색이나 검은색이라는 것과 자네들은 전혀 안 어울린다고 해야 할까?"

룬의 말에 옆에 서 있던 검은색 머리의 남자가 피식피식 웃으며 대답했다. 그 검은색 머리카락의 주인공은 원래는 검푸른 머리 색을 하고 있어야 할 이리야였다.

"바꾸라고 한 것은 그쪽이야. 우리한테 불만을 토로하지는 말아 달라구."

"뭐, 그쪽이 훨씬 안전하긴 하지만."

아쉽다는 듯 룬은 입맛을 다셨다.

바로 그때였다.

닫혀 있던 선실문이 요란한 소리를 내며 벌컥 열렸다.

"배고파—! 밥 줘!"

그것은 그들이 타고 있는 배와 그 배가 떠 있는 강의 고요함을 한순간에 깨버리는 소리였다.

흐르는 강물 소리만이 들려오는 고요한 갑판.

그 위에는 살얼음하고는 조금 거리가 멀지 모르지만 여하튼 간에 조용하지만 상당히 살벌한 표정을 하고 있는 한 남자가 허리에 손을 얹고 서 있었다.

마치 재판관처럼 엄숙한 표정을 짓고 있는 그의 입에서 한마디가 흘러나왔다.

"우리가 네게 굶으라고 한 적 있나?"

"없는데."

"그럼 조금만 먹으라고 구박한 적은?"

"으음. 그런 적도 없는 것 같고…."

"이상한 것을 줘서 못 먹고 배를 곯은 적은?"

"뭐, 그건 있을지도…."

"딴청 피우지 마!!"

"왜 소리 질러!!"

버럭— 하고 소리를 지르는 로운에게 경하도 질세라 맞고함을 치며 대들었다.

"딴청은 무슨 딴청이야. 물어보니까 대답했지. 왜 소리를 질러!"

"지금 내가 그 소리를 하려는 것이 아니라는 것은 잘 알고 있을 텐데?"

"……."

"도대체가 매번 똑같은 말을 하게 만드는군. 정말이지."

로운의 말에 경하는 자신도 모르게 꾸욱 입을 다물었다.

일행들이 나름대로는 룬의 설명을 들으며 멀리 보이기 시작한 셰비에 대한 설명을 들으며 감상에 빠져 있는 동안 경하는 혼자서 작은 선실 한구석에서 하루 종일 잠들어 있었다.

로운과 기엘이 말리는 것도 듣지 않고 연일 이리야를 독촉해 가며, 그리고 이리야가 지쳐 떨어지자 혼자서 계속 바람술을 써온 후유증 때문이었다.

식사 시간이 되어 기엘이 깨우러 가도 음식 냄새를 옆에서 열심히 피워봐도 눈썹 하나 까닥하지 않고 잠들어 있었던 것이다.

"깨워도 안 일어난 건 모조리 네 탓이다. 짚고 넘어갈 것은 넘어가자고."

"누가 뭐래? 그러니까 일어나서 밥 달라고 하는 거잖아. 내가 뭐 틀렸어?"

전혀 거리낌없이 말하는 경하를 모두들 한숨을 쉬며 외면해 버렸다. 모두의 머리 속에 떠오르는 것은 경하의 얼굴 밑에 달려 있는 동글동글한 벌레 몸통.

이름하야, 밥벌레.

순간 경하의 뱃속에서 꼬르륵— 하는 소리가 들려왔다.

"……"

"다 좋으니까 뭔가 먹을 것 좀 줘. 배고프단 말이야."

"후우, 잠시만 기다리십시오, 경하님."

결국 항복(?)을 한 것은 최근 룬에게서 '엄마'라는 놀림을 받기 시작한 기엘이었다.

"주긴 뭘 줘. 기엘, 저 녀석보고 식사 시간까지 기다리라고 해."

로운이 한껏 불만을 담아 기엘을 붙들려 했지만 소용이 없었다.

"그래도 하루 종일 아무것도 못 드신 거잖아. 괜시리 아무것도 안 드렸다가 바람 뿜는 드래곤이라도 되면 곤란하지 않겠어?"

찡긋하고 윙크를 해 보이면서 기엘이 유쾌하게 걸음을 옮겼다.

그 순간 와하하 하는 웃음소리가 일행들에게서 터져 나왔다.

실제 그들은 배가 고파서 난리 법석을 떠는 경하의 모습을 본 사람들이다.

"무, 무슨 소리를 하는 거야, 기엘!!"

"아니요. 식사를 드린다는 소리입니다만."

"토를 달지 말아야지, 토를!!"

"…조송합니다."

"아아. 젠장. 정말이지 밥 한 끼 얻어먹는 게 이렇게 힘들 줄이야."

투덜투덜대며 경하는 아직도 그를 보며 웃어대고 있는 사람들의 사이를 지나 확 트인 갑판으로 걸어나갔다.

햇살이 반짝이는 경하의 머리카락 위로 쏟아져 내렸다.

"아아. 삼겹살이라도 구워 먹었으면 진짜 소원이 없겠다."

기지개를 켜며 경하는 또 한 번 그의 작은 소망을 바람 사이로 흘려보냈다.

*   *   *

"정말 희한하게 생겼네."

경하는 하늘 높은 줄 모르고 높게 솟아 있는 첨탑을 보며 경탄을 했다.

'그 뭐더라. 영국이나 독일의 성처럼 생기기는 했는데 뭔가 좀 이

상하긴 하네.'

룬의 설명을 듣지 않은 탓에 경하는 세비의 그 특이한 건물들과 좀처럼 어울리지 못하고 서로 언밸런스하게 늘어져 있는 건물들이 이상하게만 보였다.

'성은 독일의 그것 같고, 집들은 무슨 스위스의 산장처럼 생기고, 길은 로마의 마차 길 같고… 성벽은 만리장성쯤 되려나.'

멋대로 주워 넘기며 경하는 열심히 주위 광경을 둘러보았다.

물론 입은 꼬옥 다물고 말이다.

기엘과 로운에게 부지런히 잔소리를 들은 탓에 경하는 되도록 입조심을 하고 있는 중이다.

사실 하고 싶은 말을 있는 그대로 하지 못한다는 것 자체가 상당한 스트레스거리가 된다는 것을 그들은 알까?

하지만 불만을 토로하기에는 너무나 주의를 많이 들었다. 그뿐만이 아니다. 경하 스스로가 신중에 신중을 기하는 쪽이 좋다라는 것을 너무나 잘 알고 있는 것이다.

원래 예정대로라면 이곳에서 하루를 머물 예정이었지만 경하의 반대로 그 계획은 무산되었다.

기왕 이렇게 된 것 하루라도 빨리 목적지에 도착하고 싶다고 우긴 것이다.

하지만 지금 경하는 세비 성에서 멀지 않은 장터 한복판에 서 있었다.

경하는 입을 삐죽이며 로운의 말을 떠올렸다.

"돌아다니지 말고, 배 안에 머물러 있어. 식료품을 구하는 데는 그렇게 시간이 걸리지 않아."

"구경 좀 하면 안 돼?"

"안 돼."

"왜 안 되는데?"

"무슨 일이 생기면 어떻게 하려고? 또 납치 같은 것이 되거나 하면 곤란하니까 얌전히…"

말을 하다 말고 로운이 슬며시 말꼬리를 흐렸다.

순간 로운은 아차 싶었다.

'이런 말실수를 했군.'

암묵적으로 기엘과 로운, 그리고 이리야는 되도록이면 지난 일에 대해서는 입을 다물고 있었다.

경하가 사라졌던 그 시간, 무슨 일이 어떻게 일어나고 무엇이 어떤 결과를 가져왔는지 경하는 아직 기억하지 못하고 있다.

"그런 걱정은 집어치워. 혼자 안 나가면 되잖아. 그리고 변장도 했고, 걱정할 것은 없다고 봐."

그렇게 말하며 경하는 자신의 머리를 툭툭 두들겼다.

머리가 긴 여자 가발은 아니지만 두건을 둘러 적당하게 머리 색을 숨기고 있었던 것이다.

"후우, 어쩔 수 없군요. 하지만 단독 행동은 안 됩니다, 경하님. 저희들을 따라오세요. 룬 씨도 있고 하니 그쪽이 더 안심이 됩니다."

"기엘."

조르는 듯이 말을 해보지만 기엘은 단호했다.

"시장에 가는 거니 나름대로는 이런저런 구경을 하실 수 있을 겁니다. 그 이상을 바라시는 것이라면 절대 찬성할 수 없습니다. 차라리 저에게 미메이라로 돌아가자고 말하시는 쪽이 더 나을 겁니다."

"그럼, 그럼. 기사 양반 말 한번 잘하는구만."

박수를 치며 이리야가 기엘의 말에 동감을 표했다.

"자, 자, 그럼 결정된 거지? 나랑 저기 아가씨는 얌전히 배에서 기다리고 있을 테니까 잘들 다녀오라구. 대신 늦지는 말아. 저녁이 되기 전에 출발하는 쪽이 좋으니까."

이리야는 아직 선실문 앞에 서 있는 시유를 손으로 가리키며 사람 좋게 웃었다.

이리야의 지원을 받은 경하는 의기양양하게 기엘을 보며 말했다.

"뭐, 그럼 어쩔 수 없지. 여하튼 가는 건 가는 거니까. 알았어. 따라갈게."

"그래 주시면 감사하지요."

'역시 따라 나오길 잘했어.'

과정엔 좀 문제가 있었지만 어쨌든 결과는 마음에 들었다.

간만에 흔들리는 배 대신 탄탄하고 움직이지 않는 맨땅을 밟은 소감은 이루 말할 수 없다.

경하는 주먹을 쥔 손을 부르르 떨며 그 감동을 온몸으로 만끽했다.

어린애처럼 떼를 써서 따라오긴 했지만 그래도 좋은 것은 좋은 것이다.

"역시 난 해군 되기는 글렀어. 육군이 좋다니까, 육군이."

혼자 멀뚱멀뚱 건물들을 바라보며 히죽거리고 있는 경하를 보며 기엘과 로운은 뒤에서 한숨을 내쉬고 있었다.

"기엘, 넌 너무 물러."

"무르기는."

로운은 기엘에게 불만스럽게 말했지만 기엘은 그것을 가볍게 넘겨 버렸다.

"그래도 내 눈앞에 계시는 쪽이 안심이 돼. 우습다고 해도 말이야."

"저 녀석은 물가에 내놓은 어린애가 아니야."

"어린애는 아니지."

들고 있는 짐이 묵직하게 어깨를 내리누르기 시작했지만 그런 것은 아무것도 아니다.

기엘은 시종일관 단 한 순간도 경하에게서 눈을 떼지 않고 있었다.

"하지만, 한순간도 긴장을 늦출 수가 없는 건 나도 어쩔 수가 없는걸."

"긴장을 늦추라는 소리는 아니야, 기엘."

"그래, 로운."

툭툭 자신의 어깨를 치는 친우 역시 그의 마음을 모를 리가 없다. 기엘은 가볍게 한숨을 내쉬면서 짊어진 짐을 다시 한 번 고쳐 메었다.

"그나저나 이리야 씨가 혼자서 괜찮을지 모르겠어. 우리가 전부 나와 버렸으니."

"괜찮을 거야. 시유도 자기 몸은 혼자서 지킬 줄 알고. 게다가 무엇보다 강 위라구."

"그건 그렇지."

"자아, 그럼 서둘러 볼까? 어이, 너무 멀리 가지 마!"

여기저기 기웃거리며 신기한 표정을 짓고 있는 경하를 로운이 소리 높여 부른다.

"알았어!"

경하는 귀찮다는 듯이 손을 내젓고 있었지만 로운이나 기엘과의
거리만큼은 착실하게 유지하고 있었다.

"룬 씨는?"

"저쪽—"

손가락으로 로운은 마치 이 셰비에서 몇 년은 살아온 듯한 여유
를 부리며 물건 값을 흥정하고 있는 남자를 가리켰다.

"이봐요, 아저씨. 이건 너무 비싸잖아. 알리아에서도 이렇게 비싸
진 않아. 하물며 여긴 셰비인데. 앙?"

"그, 그래도…."

"그러니까 나도 무조건 깎아달라는 소리는 안 한다니까. 그저 저
거랑 이거랑 요거랑 좀 더 껴달라는 소리지. 그 정도는 괜찮을 텐
데?"

말이 깎는 거지 반쯤은 협박이다.

룬은 얼굴은 싱긋싱긋 웃고 있지만 이두박근 삼두박근, 탄탄한
근육들은 불끈 용솟음을 치게 하며 호리호리하고 나이 든 베테랑
장사꾼의 얼굴에 그림자를 드리우게 했다.

결국 장사꾼은 룬의 협박에 두 손을 들고 말았다.

"에라. 가져가쇼, 가져가. 내참, 기껏 몇 푸대 사면서 그러는 사람
은 처음 봤소!"

애써 태연한 척 말하는 장사꾼.

하지만 어서어서 되도록 빨리 룬을 보내고 싶어하는 기색이 역력
하다.

그런 광경을 보며 기엘과 룬은 터져 나오는 웃음을 애써 참을 수
밖에 없었다.

"고맙소."

씨이익—

룬은 승리의 미소를 얼굴 만면에 띄우고 있었다.

*　　　　　*　　　　　*

필요한 물자들을 조달하는 데는 생각보다 시간이 많이 필요했다.

일단 자유롭게 의사 소통이 되는 사람이 룬 하나뿐이었기 때문이다. 물론 기엘이나 로운이 하나스 어를 못하는 것은 아니었지만 그것은 어디까지나 하나스 북부의 표준어일 뿐. 셰비 이하의 남쪽 지방의 방언까지 섭렵하고 있을 수는 없었다.

결국, 음식물에서부터 피복까지 자질구레한 것들을 대략 구하고 나자 나직한 언덕 너머로 해가 뉘엿뉘엿 기우는 저녁 시간이 되어 버렸다.

"이런, 생각보다 지나치게 시간이 많이 걸렸군요. 룬 씨, 서두릅시다."

"그러게. 저녁 시간이 되기 전에 배로 돌아갈 수 있을 것이라고 생각했는데 실수군. 이러다가 또 저 녀석이 날뛰는 거 아닌가 몰라."

룬은 그렇게 말하면서 뒤에서 아직도 목을 빼고는 이곳저곳을 기웃거리고 있는 경하를 가리켰다.

물론 본인은 자신이 거론되었는지 아닌지 전혀 알 리가 없다.

"으음. 조금 더 시간이 지나면 위험하겠지요."

그럭저럭 룬하고도 농담을 주고받을 수 있게 된 기엘이 미소를 지었다.

"그럼 필요한 것은 다 구한 건가, 로운?"

"대충. 옷가지야 어떻게든 될 테고, 돌아가는 길에…"

필요 목록을 꼼꼼하게 체크하던 로운이 순간 손을 멈추었다.

'그러고 보니 그 애는 생각지도 못했군.'

순간 그의 머리 속에 떠오른 것은 시유의 얼굴.

여행이 계속되는 동안 피곤함에 지쳐도 말 한마디 없이 꿋꿋이 견디고 있는 그녀를 떠올린 로운은 뭔가 그녀를 위해 준비할 것이 없는가 고민했다.

"기엘! 로운! 루운―!"

뒤쪽에 처져 있던 경하가 타닥타닥 소리를 내며 뛰어왔다.

"비가 올 것 같아."

"예?"

"저기."

경하는 손으로 언덕 너머를 가리켰다.

그곳에서는 정말로 구물구물 눈에 보일 정도의 빠른 속도로 검은 먹구름이 몰려오고 있었다.

"어, 정말이네?"

룬이 신기하다는 듯이 대답했다.

"비가 올 듯한 징조는 없었는데…"

기엘은 경하가 가리키는 야트막한 언덕 너머에서 몰려오는 구름을 보며 중얼거렸다.

"나도 전혀 못 느끼고 있었어. 그런데 순식간에 몰려오더라구."

나름대로는 바람의 흐름으로 대략적으로나마 날씨를 짐작할 수 있던 경하도 이번만큼은 굉장히 의아해하고 있었다.

정확한 시점까지는 모르더라도 왠지 비가 올 것 같다라던가, 오늘은 바람이 좀 심하게 불거다라던가 정도는 마치 일기예보 비슷하게 해오던 경하였다.

경하는 순식간에 구물구물 밀려오는 먹구름을 바라보며 인상을 찌푸렸다.

'뭔가 굉장히 기분 나쁜 구름이잖아. 꼭 구렁이가 기어오는 것 같다.'

살아 있는 것처럼 점점 밀려오던 구름은 어느새 경하 일행이 서 있는 곳 바로 앞까지 들이닥치기 시작했다.

햇빛이 구름에 가려 한 줄씩 두 줄씩 사라지고 있었다.

"이런! 비구름이다. 서둘러야겠어."

커다란 자루를 몇 번이나 고쳐 메면서 룬은 일행을 독촉했다.

세비는 생각보다 훨씬 큰 성이다.

그들의 배가 있는 선착장까지 가려면 상당한 시간을 필요로 하는 것이다.

"꾸물거리다가는 기껏 산 식료품은 물론이고 우리까지 홀라당 젖어버릴 거야. 어서!"

"알겠습니다, 룬 씨."

벌써 축축한 기운이 경하가 서 있는 곳까지 밀려오고 있었다.

서둘러 앞장서 가는 룬의 뒤를 따라가면서 경하는 몇 번이나 뒤를 돌아다보았다.

아무리 생각해도 이상했다.

'보통은 소나기라고 해도 대충은 알 수 있었는데. 안 그래, 케인?'

"보통은 그렇지."

배 위에서라면 소리 내어 세나케인을 불렀겠지만 이곳은 엄연히 '밖'이다.

‘저 정도로 먹구름이 밀려오는데 아무것도 느낄 수가 없었어.’

"나도 느끼지 못했다. 하지만 네가 아무리 바람의 주인이라고 해도 모든 대기의 흐름을 매번 낱낱이 느낄 수는 없는 노릇이다."

‘그건 그렇지만.’

경하가 자꾸 뒤를 돌아보는 바람에 걸음이 지체되자 로운이 달려와 경하의 팔을 붙들고 성큼성큼 걸음을 옮겼다.

"뭐 하고 있는 거야. 서두르지 않으면 안 된다고 하는 소리 못 들었어?"

"아, 미안. 그냥 좀 이상해서 확인을 해볼까 해서."

"확인은 나중에 배에 가서 해도 늦지 않아."

후두두두둑.

순간 경하의 얼굴 위로 물방울들이 떨어졌다.

"어라?"

"이런."

짧게 혀를 차며 로운이 하늘을 올려다보았다.

굵은 빗방울들이 하늘에서 앞 다투어 떨어져 내리기 시작했다.

"자질구레한 것은 포기한다. 어서 배로 돌아가자."

어깨에 멘 커다란 자루들이 바쁘게 움직이며 일행들은 앞장서 뛰어가기 시작했다. 그리고 경하는 로운의 팔에 붙들려 질질, 어쩔 수 없이 끌려갔다.

바닥에 떨어지는 물방울들의 소리와 함께 허둥지둥 좌판을 거두기 시작하는 장사치들의 소란스러움이 거리를 가득 메웠다.

그 때문이었을까?

앞 다투어 달려가는 사람들의 홍수 속에 섞인 일행은 먼 발치에서 그들의 뒤를 따르고 있는 검은 그림자를 전혀 눈치 채지 못했다.

*   *   *

"하아, 한가하구만."

경하 일행이 시장에서 옥신각신 흥정을 벌이는 룬의 뒤를 졸졸 따라다니는 동안 이리야는 한가한 오후를 보내고 있었다.

바람은 따스하고, 햇살은 적당하게 내리쬐고, 그리고 강물 소리는 평온하게 지속되는 정말 한가한 오후.

매일같이 경하의 독촉에 물의 술을 쓰느라 지쳐 있던 이리야에게 있어서 이런 시간은 아주 꿈결 같은 시간이 될 수밖에 없었다.

"소란스러운 녀석이 없으니 아주 한가하구만."

끄덕끄덕, 스스로도 멋진 말을 했다는 듯이 그는 고개를 끄덕였다.

물론 전혀 멋지진 않지만 말이다.

늘어지게 기지개를 켠 후 그는 갑판 위에 대자로 쭈욱 몸을 펴고 벌렁 드러누웠다.

갑갑한 선실에서 새우잠을 자는 것보다는 이쪽이 훨씬 마음에 들기 때문이다.

잠깐 눈을 붙일까 말까 고민하던 그는 온몸이 닿아 있는 갑판의 나무 바닥이 미세하지만 삐걱삐걱 소리를 내는 것을 눈치 챘다.

배에 지금 남아 있는 사람은 이리야 자신을 제외하면 단 한 사람.

"어이, 아가씨. 괜찮으니까 좀 밖으로 나와서 햇빛 좀 쐐. 맨날 그 안에 있으면 갑갑하지 않아?"

"괘, 괜찮습니다."

살며시 선실문을 열고 밖으로 나오려던 시유는 화들짝 놀라서 그 자리에 얼어붙어 버렸다. 나름대로는 조심한다고 한 것인데 귀신처럼 자신의 기척을 알아차린 이리야를 원망하면서 말이다.

"뭐 어때? 그 녀석도 없잖아."

"……."

"그 녀석이 있든 없든 말이야, 나오고 싶으면 원하는 대로 나와 있어. 아가씨가 더 피하니까 그 녀석이 더 함부로 굴 수도 있다고."

일단 당사자가 없기 때문인지 이리야는 꽤나 대담(?)하게 시유에게 말을 걸었다.

"아가씨라고 부르지 마시고 시유라고 불러주세요."

거리낌없는 이리야의 태도에 왠지 마음이 놓인 시유는 조용하게 이리야를 바라보며 말했다.

이리야가 갑판에 아무런 긴장감 없이 벌렁 드러누워 있었기 때문인지도 모른다.

"그랬다가는 기사 양반한테 혼날걸? 내가 그 녀석을 마구 불러대는 것도 간신히 참아주고 있다구."

"괜찮습니다. 저는 수장 계승자도 아닌 평범한 사람이니까요."

단호하게 굳어져 있는 시유의 표정을 보며 이리야는 그녀가 살포시 미소를 지으면 정말로 예쁠 것이라고 생각했다.

"그래도 기사 양반은 꼭꼭 님 자를 붙여서 부르는걸. 안 그래?"

"기엘님은 원래 그러신 분이니까요."

"그렇지, 기사 양반은 앞뒤가 꽉꽉 막혀서 구워도 삶아도 어떻게 안 되는 인종이니까."

"…풋."

이리야의 말에 시유가 순간 웃음을 터뜨렸다.

아주 잠깐이지만 표정이 풀어진 시유는 나이에 걸맞는 귀여운 얼굴을 하고 있다고 이리야는 생각했다.

"뭐, 생각하기에 따라서는… 으음, 그러니까 사실 난 말을 잘 못해. 날 대부터 기사고, 신관인 누구들하곤 상당히 다르거든. 하지만 이렇게는 말할 수 있어."

벌렁 누워 있던 이리야는 몸을 추스르며 일어나 앉았다.

그리그는 툭툭 자신의 옆자리를 두들기며 시유에게 가까이 오라는 시늉을 했다.

시유는 잠시 망설이다가 조금씩 이리야의 옆으로 다가갔다.

"물론 시유의 입장에서는 그 녀석이 못마땅하겠지."

그 녀석이라는 단어에 시유의 표정이 다시 얼어붙는다.

"하지만 나름대로 녀석도 고생을 많이 했어. 그렇군. 내가 그 녀석을 따라다니는 이유, 말한 적이 있던가?"

"……"

"해도 될까?"

"별로 듣고 싶지는 않습니다."

"하지 말라는 소리만 안 하면 됐어."

넉살 좋은 이리야는 그 정도면 됐다고 생각하고는 입을 열기 시작했다.

기왕이면 이 예쁜 얼굴의 소녀가 가끔이라도 웃어주었으면 하는 마음에서 말이다.

"그러니까 그게 언제더라. 여하튼 꽤 되었네, 생각보다는."

이리야는 기억을 더듬어 올라갔다.

"처음 만났을 때는 정말로 절세미녀인 줄 알았지. 정말로 하늘하늘한 데다가 진짜로 인형 같은 외모를 지니고 있었거든. 물론 지금도 나쁘지는 않지만 말이야. 그런데 그런 절세미녀한테 꽉 막힌 기사 양반이랑 신관 양반이 붙어 있더라구. 말 한번 걸었다가 아주 바보 될 뻔했었어. 한마디 더하거나 했으면 아마 지금쯤 내 목은 여기 안 붙어 있을지도 몰라.”

이리야는 툭툭 하고 자신의 목을 쳐 보였다.

“그냥 그렇게 예쁜, 엘러인 줄만 알고 있었는데 알고 보니 나랑 같이 여기저기 숨어 다니고 쫓기는 신세더라구. 나름대로는 반가웠지.”

조용히 이리야의 말을 듣고 있던 시유가 뭔가를 물으려 입을 열었다가 이내 다물어 버렸다.

이리야는 그것을 놓치지 않고 잽싸게 언질을 주었다.

“궁금한 게 있으면 언제든 물어봐도 좋아.”

“……”

“궁금한 거 있지?”

“왜… 쫓기는 신세셨나요?”

“아아, 그거. 뭐, 별거 아니야. 난 원래 제국인이거든, 가이칸의. 제국 황태자가 넓은 제국 전역에서 초보 엘러들을 모아서 부대를 만들었는데 그게 싫어서 도망을 쳤어. 한참을 쫓겨다녔지. 그러다가 간신히 좀 숨을 돌리나 했는데 세상에, 내가 지긋지긋하게 싫어하던 남자가 내가 숨어든 도시까지 쫓아왔지 뭐야.”

따라다니는 이유를 말해 준다며 시작한 이야기는 어느덧 이리야의 무용담이 되어가기 시작했다.

하지만 시유는 아무 말 없이 조용하게 그의 이야기에 귀를 기울이고 있었다.

무료하게 답답한 선실에서 보내던 때보다 훨씬 몸도 마음도 자유롭다. 탁 트인 시야가 꼭 닫혀 있던 마음을 열어주는 기분이었다.

"그래서 그 높은 성벽을 훌쩍 뛰어넘는 것에 홀라당 반했지 뭐야.
사실 나야 고만고만한 물의 술사였을 뿐이니 정말 놀랄 수밖에 없
는 일이었어."

이리야의 이야기는 계속되어 갔다.

꼬리에 꼬리를 물며, 줄줄줄 이어 나가는 이리야의 이야기는 때
로는 건성건성 떼먹고 때로는 마치 지금 바로 그 현장에 있는 듯
착각에 빠지게 만들 정도로 흥미진진하게 펼쳐지고 있었다.

"우앗! 새카매졌잖아!"

"한밤중이나 진배없군요. 괜찮으십니까, 경하님?"

"난 괜찮아. 완전 물에 젖은 생쥐가 되긴 했지만."

물의 술이나 바람술을 써 비를 막는다는 생각 같은 것은 할 겨를
도 없이 일행은 완전히 물에 빠진 몰골이 되어 있었다.

꽤나 서두른다고 서둘렀지만 선착장까지 오는 길은 나무도 멀찍
멀찍하게 서 있는 대로다. 게다가 그 대로에 깔려 있는 돌들이 내리
꽂는 물들을 사방으로 튀기며 흐르게 하고 있는 통에 그나마 따스
하게 느끼던 날씨도 왠지 온몸이 오싹해질 정도가 되어버렸다.

"에이쒸~ 왜 이렇게 먼 거야! 추워 죽겠다."

괜찮다고 한 지가 방금이건만 경하는 한껏 몸을 떨면서 투덜거리
기 시작했다.

주룩주룩 내리는 정도를 지나쳐 이제는 마치 장대처럼 퍼붓기 시
작한 비는 폭풍이라고 해도 과언이 아닐 정도가 되어 있었다.

고개를 들 수도 없었다.

얼굴을 들면 굵은 빗방울이 사정없이 얼굴을 때리며 눈으로 튀어
들고 옷깃 사이로 스며들었다.

물론 너무나 홀딱 젖어 스며들어 봤자긴 했지만 말이다.

"망토라도 가지고 왔어야 하는데."

기엘은 혹시 경하가 감기에라도 걸리지 않을까 걱정을 하며 자신을 책망했다.

"아까 전에 망토를 가지고 나왔으면 걸리적거렸을 거야. 괜찮으니까 기엘, 그냥 가자구. 빨랑. 으으— 왜 이렇게 내리는 거야. 정말이지!"

정말 구멍이라도 뚫린 것 같은 하늘은 장대 같은 비를 퍼부어댔다.

설상가상으로 정말 폭풍이라도 부는 것처럼 번개와 천둥이 그들의 머리 위에서 으르렁거리며 번쩍였다.

"배는 괜찮을까 모르겠군."

로운이 한마디 하자 룬이 대뜸 대답했다.

"괜찮을 거다. 일단은 이리야가 있는데 무슨 걱정이야. 비가 오면 마치 물을 만난 물고기처럼 날뛰는 사람이지 않았어?"

"그건 그렇지만."

그렇게 생각하자 로운도, 기엘이나 경하도 마음이 놓였다.

실제 비가 오는 날엔 이리야가 훨씬 더 기운이 나 펄펄 뛰던 기억이 났기 때문이다.

"경하님, 이제 멀지 않았습니다. 조금만 더 힘을 내세요."

"그렇게 걱정 안 해도 돼. 단지 폭삭 젖어서 기분이 나쁠 뿐이지 어디 안 좋은 건 아니야. 적당히 해줘."

"죄송합니다."

"죄송하다고 하지 말라구!"

"예. 죄송합니다."

"으이그!"

말해 봤자 소용이 없다는 것을 익히 알면서도 경하와 기엘의 실랑이는 끊임없다.

우르르릉 콰아앙—

"우앗—!"

흠칫하고 경하는 어깨를 움츠렸다.

바로 머리 위에서 벼락이 내리꽂는 듯한 느낌.

경하는 너무나 놀라서 그 자리에 멈추어 하늘을 올려다보았다.

"우와."

몇 번이나 장마라든가 태풍 같은 것을 겪어봤지만 이렇게 실감나게 머리 위에서 느껴본 적은 처음이다.

게다가 경하의 현실과는 전혀 다른 이곳에서는 무의식 중에까진 아니더라도 원하는 한도 내에서는 이른바 '예측'이라는 것이 가능했었다.

쏟아지는 빗방울들이 눈앞에 가득 들어왔지만 왠지 눈을 감고 싶은 생각이 들지 않았다.

'이상할 정도로 하늘이 검다.'

맑은 하늘이 순식간에 저렇게까지 검어질 수는 없다.

마치 칠흙처럼, 빛이라고는 한 가닥도 찾아볼 수 없는 새카만 하늘.

눈으로 스며 들어오는 빗물이 너무나도 차갑다.

그 차가운 빗물은 몸뿐만이 아니라 경하의 감각마저 얼어붙게 만들고 있었다.

눈앞에 있는데도, 그래서 그것에 손을 대었는데도 아무것도 손가락에 닿지 않는 듯한 이상한 느낌.

얼굴에 차가운 물방울이 아프도록 내리꽂히는데도 마치 환영을 보고, 환영 속에 있는 듯한 감각.

"뭘 하는 거야. 서둘러야 한다고 오는 내내 귀가 아프도록 들었을 텐데."

"아, 아아."

로운이 독촉했지만 경하는 그 자리에서 움직이지 않았다.

알 듯 말 듯한 그 기묘한 느낌.

느끼려 해도 느껴지지 않는다.

그런데도 불구하고 뭔가 느껴지는 모순된 상황.

경하는 손을 들었다.

하늘 높이.

빗줄기는 이제 더욱더 거세져서 마치 폭포 밑에 서 있는 듯한 상황이 되었다.

그 아래서 경하는 다른 일행들이 모두 자신을 쳐다보고 있다는 것도 느끼지 못한 채 그렇게 그 자세로 얼어붙은 듯이 서 있을 뿐이었다.

빗소리가 들리는 귀가, 구멍이라도 뚫린 듯한 하늘을 바라보는 눈이, 쐐기처럼 내리퍼붓는 빗줄기를 받고 있는 손과 얼굴의 감각이 하나둘씩 마비되어 가고 있다는 것을 경하는 전혀 알지 못했다.

"경하님!!"

우뚝, 마치 동상처럼 하늘을 바라보며 서 있던 경하의 몸이 그 자리에 스르륵 무너진 것은 바로 직후였다.

"경하님!"

"뭐야. 어떻게 된 거야?"

룬이 놀라서 기엘에게 물었지만 기엘은 아무런 대답도 할 수 없었다. 로운의 얼굴을 봐도 마찬가지였다.

"정말 황당하잖아. 이 녀석 어디 아팠던 것은 아니야?"

룬은 경하가 어제까지만 해도 피곤해서 하루 종일 기절하듯 잠들어 있던 것을 기억하며 말했다.

하지만 그런 룬의 말은 기엘의 귀에도 로운의 귀에도 들리지 않는 모양이었다.

찰싹찰싹 몇 번이나 로운이 경하의 뺨을 때리며 이름을 불렀지만 부릅뜬 경하의 눈은 꼼짝할 줄 몰랐다.

마치 그대로 온몸이 굳어져 버린 듯했다.

"여기서는 안 되겠다. 일단 배로 돌아가서…"

너무나 충격을 받아 경하를 안은 채 꼼짝하지 않는 기엘의 팔에서 로운은 경하를 빼앗았다.

손으로 부릅뜬 눈을 감기고, 가슴에 귀를 대어보았다.

두근두근….

시끄러운 빗소리 사이에 섞여 들리는 낮은 심장 소리가 로운의 귓가에 들려왔다.

"괜찮아, 기엘. 언제나처럼 아주 잠깐 이상한 것뿐일 거야. 알겠어?"

멍한 얼굴의 기엘에게 다시 한 번 말한다.

"항상 그랬잖아. 아주 가끔씩. 이상한 행동을 하거나, 그랬던 것. 잊지 않았겠지?"

"……"

언제나 그래 왔다.

아주 멀쩡하게 있다가 순식간에 경하는 마치 자신 혼자서만 딴

세상에 빠져 버린 사람처럼 이상한 표정을 짓고 이해할 수 없는 상
태에 빠져들곤 했다.

"한두 번이 아니었다. 그렇지?"

"한두 번이 아니라니. 뭔가 지병이라도 있는 거야?"

왠지 분위기 파악을 못하고 있는 룬의 말소리가 오히려 기엘의
신경을 아주 조금, 제자리에 돌려놓는다.

"경하님껜 병 같은 것은 없습니다. 다만…."

"다만?"

가까스로 제정신으로 돌아온 기엘은 입술을 깨물었다.

그도 아무것도 모르는데 뭐라고 설명을 할 수 있을까?

아무것도 모른다는 사실이 이렇게까지 사람을 비참하게 만든다
는 사실이 기엘을 더욱 절망하게 만들었다.

"기엘, 괜찮아질 거다. 알겠어?"

"…그래."

로운의 말소리에 기엘이 고개를 끄덕였다.

갑작스러운 비, 그리고 천둥과 번개.

그리고 경하.

세 사람은 아무것도 모른다는 공포감에 휩싸여 비가 퍼붓는 넓은
대로 위를 있는 힘껏 가로질러 가기 시작했다.

비 따위는 그들의 앞을 막을 수 없다고 증명하는 것처럼.

*   *   *

눈앞이 흐려왔었다.

귓가에 시끄럽게 들리던 소리들이 점점 멀어지고, 그리고 손가락 사이를 파고들던 쐐기 같은 물줄기가 언제부터인가 느껴지지 않게 되었다.

마치 흐릿한 안개에라도 갇혀 있는 느낌.

경하는 세나케인을 불렀다.

혼자 있어도 혼자 있지 않을 수 있는 유일한 존재.

'케인.'

입을 움직이는 것 같지 않다.

단지 그냥 부르고 있다라는 사실을 인식하고 있을 뿐이다.

'케인. 케인…'

"……"

대답을 하고 있는 것 같은데 이상하게 그 대답이 들리지 않는다. 분명이 경하의 아주 바로 옆, 아니, 경하의 안에 존재하고 있어야 하는데도 그 존재가 느껴지지 않았다.

'느끼… 는 게 뭐지?'

느낀다는 것이 무얼까.

느낀다는 건 무엇으로 느끼는 걸까?

시각과 청각, 후각, 촉각 그런 것으로 느끼는 것일까?

하지만… 세나케인이, 그리고 바람이, 아니, 바람의 힘의 의지가 그런 것으로 느낄 수 있었던 것일까?

경하는 아니라고 고개를 젓고 있었다.

'나는 아무것도 느낄 수 없어. 아무것도.'

어느덧 경하는 세나케인을 부르던 것을 멈추어 버렸다.

느끼지 못하는 것인데 왜 불러야 하는지 의문을 가져 버렸다.

'힘들었잖아. 그러니까 느끼지 말고, 그냥 있는 그대로 있으면 돼.

그것이 가장 편한 거야. 그냥 계속 언제까지나, 영원히……'

감각없는 눈꺼풀이 눈앞을 가리고 시야는 새카매졌다.

그 어둠이 가져온 공포. 순간 경하는 위화감을 느꼈다.

'누구지? 그렇게 말한 건? 내가 아니야. 나는 아니야.'

느끼지 못한다고 생각한 순간 모든 것이 사라졌었다.

하지만 공포가 가져온 위화감. 그것은 감각이었다.

느끼지 못하는 것이 아니다. 그리고 그 순간 경하는 깨달았다.

'누군가 내 감각을, 오감을 막고 있어. 아니, 느끼지 못하게 막고 있다.'

주위를 돌아볼 것도 없이 경하는 세나케인을 불렀다.

'케인.'

분명히 존재한다. 그 자리에, 경하의 주위에, 경하의 몸속에….

그 존재하는, 분명히 존재하는 그를 부른다.

"케인!!"

이번에는 그의 귀에 들려오는 목소리로.

쏴아아아아아아—

"히야, 죽이는군. 이런 비는 정말 오랜만……."

말을 마치려다 말고 이리야는 고개를 갸우뚱했다.

이 정도의 비라면 분명 그의 기억 속에 있을 터였다.

하지만 그의 기억 속에 있던 어떤 비와도 다른 것을 보면 역시 이렇게 미친 듯이 비가 내리는 것은 아무래도 처음인 듯싶었다.

"오랜만이 아니라 처음이군."

그는 손을 뻗어서 내리는 비를 손바닥에 받았다.

"읏, 차거."

탈탈탈 손을 털어내며 그는 얼른 옷에 젖은 손을 비볐다.

이렇게 섬뜩하도록 비가 차갑게 느껴진 것은 처음이다.

그가 물의 술사라고 해도 비를 매번 따스하게 느끼는 것은 아니다. 물의 술사인만큼 자연의 힘이 얼마나 강한 것인지, 그것이 인간의 잣대로 잴 수 없는 엄청난 것임을 스스로 잘 알고 있는 것이다.

"나쁘지는 않지만 그렇다고 해서 그렇게 좋지도 않구만."

이리야는 딱 한마디로 지금 내리고 있는 비를 결론지었다.

"정말 엄청난 비야. 폭우라고 해도 좋겠어."

말을 하고 있지만 비가 내리는 소리에 스스로의 목소리가 들리지 않을 지경이다.

정말 오감이 마비라도 되어버리는 기분이었다.

그래서였을까?

그는 그 엄청나게 내리는 폭우에 사로잡혀 뒤에서 그를 부르는 목소리를 듣지 못했다.

아주 커다란 소리임에도 불구하고.

안고 가던 경하의 몸에서 순간 냉기 같은 것이 온몸에서 발산되었다.

경하를 품에 안고 있던 로운은 순간 놀라 경하를 떨어뜨릴 뻔했지만 가까스로 균형을 잡고 경하를 안은 채 그 자리에 무릎을 꿇었다.

"로운!!"

뒤에서 로운의 등을 보며 달리던 기엘이 무슨 일인가 해서 다급하게 물었다.

"로운, 무슨 일이야?"

“이 녀석이…”

로운이 미처 말을 마치기도 전에 그것은 기엘의 앞에 나타났다.

“우왓—!!”

눈앞으로 다가드는 거대한 형상.

기엘은 팔로 얼굴을 가리며 주춤거리며 뒤로 물러났다.

경하를 안고 있던 로운 역시 알 수 없는 강대한 힘에 뒤로 밀려나며 팔에 안고 있던 경하를 바닥에 떨어뜨리고 말았다.

그 힘은 앞장서서 달리던 룬에게까지 덮쳐 가 룬이 발걸음을 옮기기도 전에 그를 멀리 앞으로 강제적으로 밀어버렸다.

“으아아아악!!”

바람이 좁은 공간에 갇혀 있다가 빠져나오면 이렇게 될까?

풍선 가득히 공기를 불어넣었다가 순간 터뜨려 버린 것처럼 바람의 엘이 순식간에 경하의 몸속에서 밖으로 미친 듯이 터져 나왔다.

비의 폭풍 대신 바람의 엘의 폭풍을 맞고 있는 세 사람은 그것이 정말 단 한 순간의 일이라는 것을 제대로 인식하지 못했다.

“엘의 흐름이……”.

시끄러운 빗소리 대신 머리를 울리는 듯한 목소리가 들려왔다.

귀를 통한 것이 아닌 머리 속에 직접 울리는 신의 목소리와도 같은 것.

그 소리는 잠시 어디론가 날아갔던 기엘의 정신을 다시 제자리에 돌려놓았다.

“세나케인님.”

얼굴을 가리고 있던 팔을 내리고 기엘은 경외감마저 어린 목소리로 그 대상의 이름을 불렀다.

인간의 형상이 아닌 신의 대리자로서의 형상, 바람의 드래곤.

눈을 반쯤 뜨고 있는 경하의 몸을 중심으로 그의 형상이 바람과 함께 만들어지고 있었다.

그 광경을 바라보고 있는 로운의 시선은 오히려 세나케인보다는 그 중심에 있는 경하의 얼굴에 머물러 있었다.

지금의 이 현상은, 세나케인이 나타난 것은 과연 경하의 의지일까, 아니면 바람의 의지일까?

로운은 그것이 궁금했다.

"예의 그것이로군."

기엘 못지 않게 경외감에 가득 차 있긴 하지만 룬은 엉뚱하게 '그것'이라고 표현해 버렸다.

순간 흐릿하게 나타났던 세나케인의 형상이 순식간에 인간의 형상이 되어 룬의 코 앞에 몰려왔다.

"무례하다, 굉장히."

"우, 우왓—!"

코앞으로 나타난 세나케인에 놀란 룬이 그만 엉덩방아를 쪄버렸다.

"아더쿠—"

"정말 무례하기 짝이 없어. 이러니까 인간들이란."

투덜투덜.

진짜 인간처럼 세나케인이 투덜거린다.

그 모습을 룬은 어안이 벙벙해서 바라보았다.

"이, 이게 어떻게 된 건지 나한테 설명해 줄 수 있는 사람?"

질문을 던졌지만 아무도 그 질문에 답해주지 않았다.

"경하님, 정신이 드십니까?"

“…으응.”

“아무렇지도 않다. 그 녀석은 단지 멍청하게 바보처럼 있다가 정통으로 걸려든 것뿐이다.”

“예?”

기엘이 놀라 세나케인을 바라보았다.

하지만 세나케인은 방금 전에 말한 것은 아주 잊었다는 표정으로 대뜸 경하를 향해 말했다.

“이젠 느낄 수 있을 텐데. 그렇지?”

“응.”

아직 반쯤은 무엇인가에 취해 있는 듯한 경하였지만 세나케인의 말은 들리는지 고개를 끄덕인다.

“누군가 방해를 하고 있어.”

“그래.”

세나케인은 다행이라는 듯 얼굴 표정을 바꾼다.

“네가 제대로 인식하지 않는 이상은 무슨 일이 있어났는지 알 수가 없다. 앞으로는 정신 똑바로 차려. 언제나 내가 네 대신 모든 것을 먼저 알아내고 너를 인도할 수는 없다.”

경하는 고개를 들고 세나케인을 바라보았다.

세나케인의 주위에서 살아 움직이고 있는 엘의 흐름이 경하의 눈에 천천히 인식되었다.

“언제부터지?”

“정확하게는 알 수 없다. 무엇인가 방해를 하고 있다.”

비가 너무 많이 내렸다.

아직도 머리를 때리고 어깨를 때리고 온몸을 적시고 있는 비.

그것이 신경을 분산시켰다.

아무것도 느끼지 못하도록.

"순식간에 벌어진 것이 아니다. 비와 함께 누군가 불러온 거다. 아무도 눈치 채지 못하도록."

마치 경하의 잘못이 아니라는 말투로 세나케인이 말했지만 경하는 주먹을 꾸욱, 살갗이 아프도록 쥐고 있었다.

눈치를 챘어야 했다.

그 구름이, 먹구름이 몰려오던 그 시점에서.

언제나 그랬다. 언제나 일이 터진 뒤에 뒤늦게 깨달았다. 그래서 언제나 후회했었다.

그리그 지금도 마찬가지.

투욱―

"……?!"

경하의 어깨에 젖은 손이 내려왔다.

"그런데 정말 무슨 대화를 하는 건지 알려줄 수 없을까? 문외한이라고 너무 무시하지 말아줬음 좋겠어."

기엘과 로운은 아무 말 없이 경하와 세나케인의 대화를 듣고 있을 뿐 룬에게 설명을 해줄 생각은 추호도 없어 보였다.

그러니 결국 룬이 물어볼 수 있는 사람은 단 하나뿐이다.

"비가 너무 많이 와서……."

"많이 와서?"

번쩍―

어둡게 보이던 경하의 머리카락이 순간 번개에 비쳐 은백색으로 빛난다.

우르르릉 콰광―

은백색의 젖은 머리카락 위로 천둥 소리가 흐른다.

처연함이 가득한 얼굴.

룬은 섬뜩한 추위에 몸을 떨었다.

"케인은, 세나케인이라고 해. 그는 바람의……."

주위는 온통 축축한데 입 안은 바싹바싹 타오른다.

"형체를 가진 바람이라고 해야 하나. 의지를 가진 바람이라고 해야 할까."

"그리고?"

다그치듯, 룬이 경하를 재촉한다.

경하가 한마디 한마디 할 때마다 그의 눈빛이 점점 살아나는 것을 보았기 때문만은 아니다.

"누군가 우리를 노리고 있어. 그래서 강한 비와 바람과 구름을 조정해서 우리의 감각을 마비시키고……."

"마비?"

"엘에 의한 것이 아니야, 이런 현상은. 우리의 감각을 마비시켜서 우리가 느끼지 못하도록, 아무것도 알지 못하도록, 그렇게 만들어서……."

거기까지 말하던 경하의 눈이 순간 커다랗게 떠졌다.

'우리의 눈과 귀와 감각을 막았다. 하지만 우리를, 날 노린 게 아니야. 그렇다면…….'

경하는 주위를 둘러보았다.

알지는 못해도 그것을 알기 위해 기다리는 사람과 묻는 사람들.

로운과 기엘. 그리고 룬.

'이 자리에 없는 사람은!'

느끼한 웃음을 지어 보이는 이리야와 무표정하지만 항상 화나 있는, 그러나 아름다운 얼굴의 시유가 생각났다.

"케인, 먼저 가봐. 나 대신 그들을 도와줘."

"불가능하다."

"어째서!!"

경하는 고함을 질렀다.

이미 그는 자리에서 일어나 그들이 조금 전까지 가고 있던 목적지를 향해 뛰고 있었다.

"이것은 광범위하게, 그러나 한 지점으로 귀결되고 있는 일종의…."

"일종의 뭐!!"

이미 얌전히 설명을 듣고 있을 여유는 없다.

"그래. 인간들의 언어를 빌린다면, 마법이라고 하는 종류다."

인간이었다면 아주 비통했을 그런 목소리로 세나케인이 말했다.

"우리의, 아니, 네 행동 반경을 현저하게 제한해 버린 마법이다. 그것도 금지된 어둠의 마법."

*　　　　　*　　　　　*

이리야는 지금 자신이 어떤 생각을 하고 있는 건지, 어떤 행동을 하고 있는 것인지 인지할 수가 없었다.

손가락 하나 까닥일 수 없는 무력감이 그의 온몸을 휘감고 있었다.

'어떻게 된 거지, 내가?'

스스로에게 자문해 보지만 답이 떠오르지 않는다.

그가 알 수 있는 것은 단 한 가지. 언제나 그의 편이었던 물이 오히려 그를 속박하고 있다는 것이었다.

그것도 자신의 엘과는, 그가 평소 느끼던 자연의 엘과는 전혀 속성이 다른 물의 엘이.

하늘에서 내리던 비가 한곳에 모여 이리야의 다리와 팔과 손과 얼굴을 족쇄처럼 옭아매고 있었다.

눈은 뜨고 있지만 아무것도 할 수 없었다.

자신의 눈앞에서 시유가 맥없이 무너지는 것을 그는 그저 눈을 뜨고 쳐다보고 있을 수밖에 없었다.

도대체 어떻게 된 것일까?

이제 그의 눈앞에 내리는 비는 새카만색으로 변해 흉하게 꿈틀대고 있었다.

그것은 비가 아니었다.

몸 안으로 스며든 비가 폐부를 찌르며 그의 호흡을 방해했다.

"크흑—"

단어를 말할 수 없는 입이 신음 소리를 내뱉었다.

순간 붉은색의 기운이 파악— 하고 그의 시야를 가렸다.

새카만 줄기가 되어 내리던 비가 그의 눈앞에 쓰려져 있는 시유의 몸을 덮치고 있었다.

'안 돼.'

한줄기 한줄기가 보이지 않는 손에 이끌려 시유의 몸에 감겨 들어간다.

그것을 그는 붉게 변한 눈으로 보고 있을 수밖에, 그저 바라만 보고 있을 수밖에 없다.

이를 악물어도 그는 손가락 하나 까닥할 수 없었다.

'어째서. 어째서 아무것도 할 수 없는 거지?'

무력감이 비수가 되어 그의 심장을 찌른다.

'……!?'

그 고통으로 치켜뜬 눈에 이상한 형상이 비추어지기 시작했다.

검게 변한 빗줄기들이 시유의 몸을 속박하고 나자 그 다음에는 뚝뚝, 마치 보이지 않는 병이라고 있는 듯 한곳으로 모여 그대로 천천히 그 보이지 않는 병 안으로 모여들었다.

그것은 인간의 형체를 하고 있었다.

머리끝까지 차 오르는 데는 꽤나 오랜 시간이 걸렸다.

'…저건.'

머리끝부터 발끝까지 새카만, 그 인간의 형체는 곧 이어 천천히, 아주 천천히 이리야 쪽으로 걸어오기 시작했다.

한 발자국씩 발을 뗄 때마다 그것의 표면은 꿈틀꿈틀하며 변하기 시작해 이윽고 이리야의 앞쪽에 우뚝 섰을 때는 거의 완전한 인간의 형상으로 바뀌어 있었다.

"괴로운가?"

마치 지옥에서라도 기어나온 듯한 끔찍한 목소리.

"그렇지, 괴롭겠지. 하지만 그대가 죽인 내 형제들은 더 더욱 괴롭게 죽어갔다."

검은 두건을 뒤집어쓴 그는 천 아래에서 입술을 움직이며 그 끔찍한 목소리를. 계속 힘겹게 만들어 나간다.

"하지만 나는 너를 이 정도로 죽게 하진 않겠어. 너는… 시작일 뿐이다."

새카만 손가락이 이리야의 가슴 바로 앞으로 떠올랐다.

"너는 모든 복수의 시작이 될 것이다. 저기 누워 있는 네 주인과 함께."

비웃는 듯한 웃음소리가 이리야의 마비되어 가는 귀로 흘러 들어온다.

'내 주인? 누구를 말하는 거지?'

"앞선 실패는 오늘을 위한 거다."

"쿨럭―"

피가 튀어 그의 새카만 손가락 위에 떨어졌다. 하지만 그는 아랑곳하지 않고 그 피가 묻은 손가락을 그대로 이리야의 가슴에 대었다.

"똑똑히 기억하라. 너는 지금 이 순간을 똑똑히 기억하고 있다가 다른 개들에게 전하라. 네 주인을 찾고 싶으면, 그럴 수 있으면 한 번 찾아보라고."

쿠욱―

생살을 뚫고 들어오는 지독한 고통.

"커헉―!!"

눈동자가 뒤집혔다. 새하얗게 뜬 이리야의 눈동자는 그가 받고 있는 고통을 그대로 대변하고 있었다.

"기억해 두는 것이 좋다. 하셰카는 아직 죽지 않았다. 아니, 사라진 자들은 모조리 쓸데없는 가지였을 뿐. 하셰카는 언제까지나 기억할 것이다. 그것을 기억하라."

"…커헉. 헉."

새빨간 피가 이리야의 입에서 쿨럭거리며 쏟아져 나왔다.

그것은 상처 입은 그의 가슴께로 흘러내려 검은 빗줄기와 섞여 들어갔다.

한 방울 두 방울씩 흘러내린 피들이 이리야의 발 밑에 피의 웅덩이를 천천히 만들어가기 시작했다.

"나는 내 형제들을 죽인 자들을 용서하지 않는다."

그 말을 마치고 검은 두건으로 얼굴을 가린 자는 뒤로 물러섰다.

그는 팔을 올리는 듯하더니 그대로 흐릿해지며 다시 검은 물의 형태로 돌아가 버렸다.

흐릿한 눈으로 이리야는 이를 악물고 피를 흘리며 그것을 지켜보았다.

검은 물에 감싸여 사라지는 시유의 모습과 인간의 모습으로 변했던 물의 형체가 커다란 구체가 되어 부풀어 오르는 것을….

그것은 이전에 그가 보았던 어떤 형태와 아주 비슷했다.

'안 돼… 나는, 나는 아… 직….'

점점 더 부풀어 올라 이리야와, 이리야가 타고 있는 배를 전부 덮쳐 버릴 것처럼 되어버린 구체가 순간 부르르르하고 떨었다.

'나는 아직… 아무도 구해주지 못했… 어.'

다음 순간 그는 눈앞에서 커다란 소리와 함께 그 검은 구체가 폭발했다.

*　　　*　　　*

털썩—

누군가 그대로 주저앉는 소리였다.

"이, 이건….."

비가 멈추고, 어두운 구름이 걷혀가면서 햇살이 다시 대지와 넓은 폴리카르의 수면을 비추기 시작했다.

하지만 그 햇빛이 비추는 광경은 이전과는 전혀 다른 곳이었다.

많은 배들이 정박해 있던 선착장은 그곳이 과연 선착장인지, 아니면 낡고 오래된 배들이 부서져 만들어진 배들의 무덤인지 도저히 구분할 수 없는 지경이 되어 있었다.

"도대체 누가 이런……!"

난생처음 목격하는 참혹한 현장.

룬은 입을 다물지 못했다.

전쟁을 겪어보았던 그였다. 하지만 어떤 전쟁도, 어떤 전투가 벌어졌던 곳도 이곳처럼 참혹한 상태는 아니었다.

부서진 배 사이로 신음하는 사람들의 머리카락이, 손가락이, 팔이 보였다.

그것들은 제각기 움직이며 도움을 요청하고 있었다.

"어떤 힘이 이런 일을 벌일 수 있는 거지?"

룬이 너무나 충격적인 광경에 혼란스러워하는 동안 기엘은 주위를 둘러보고 있었다.

그 역시 룬 못지 않게 충격을 받았지만 그것을 드러낼 수는 없었다.

"기엘, 배는? 우리 배는?"

그에게 정신을 차리라고 호되게 내리치는 목소리가 뒤에서 들려오고 있었기 때문이다.

"로운, 찾았어?"

그것은 로운에게도 다르지 않게 들려서 그 역시 필사적으로 주위를 둘러보고 있었다.

"어디 있는 거지?"

경하는 빗물로 젖은 머리카락을 잡고 신경질적으로 몇 번이나 같은 말을 되풀이하고 있었다.

아무리 감각을 개방해 보아도 아무것도 느낄 수가 없었다.

그가 찾는 사람들의 기척을 말이다.

'이리야도, 시유도 느껴지지 않아. 도대체 어떻게 된 거야.'

다쳤다면 다친 대로 그들이 가진 파장이 느껴져야 한다. 하지만 마치 깨끗하게 지워 버린 것마냥 아무것도 느껴지지가 않는 것이다.

깨어 물고 있던 입술에 이젠 피가 맺히고 있었다.

"찾았다."

미친 듯이 부서진 선착장 위를 뛰어다니던 로운이 손을 뻗어 멀리 떨어진 한 배를 가리켰다.

그 배는 다른 배들 못지 않게 너덜너덜해진 상태로 금방이라도 물속으로 가라앉아 버릴 것같이 위태롭게 강물 위에 떠 있었다.

"로운!! 기엘!!"

어떻게 하라고 명령하기도 전에 경하가 먼저 몸을 움직이고 있었다.

경하는 세나케인의 도움도 없이 그저 자신의 감각으로 그대로 하늘로 뛰어오른 것이다.

언제나 경하의 몸 주위에 머무는 엘들이 고형화되어 경하의 몸을 아무것도 없는 공중에 머무르도록 했다.

경하는 몇 번이나 아무것도 없는 허공을 박차고 도약해 멀리 떨어져 있던 배 위로 뛰어갔다.

"경하님, 조심하세요. 언제 가라앉을지 모르…."

"알그 있어!!"

경하는 무의식적으로 바람의 엘을 불러 모으고 있었다.

그것은 기우뚱거리며 언제든 가라앉을 듯한 배에 다닥다닥 붙기 시작했다.

투명한 젤 같은 것이 온 배에 달라붙는 것을 확인하자마자 경하는 그대로 배로 뛰어내렸다.

"이리야!!! 시유!!!"

부르는 소리는 절규에 가깝다.

"이리야!! 어디 있는 거야!! 시유!! 대답해!!"

바람이 경하의 눈앞을 스치고 지나갔다.

하지만 바람에 실려오는 소리는 없다.

"시유!!! 이리야!!!"

경하의 목소리에 더해지는 것은 로운과 기엘의 목소리뿐.

아무리 귀를 기울여도 대답은 돌아오지 않았다.

그때였다.

"이리야—!!"

선실 안으로 뛰어들었던 로운의 목소리가 순간 높아진 것을 경하는 눈치 챘다.

저것은 찾기 위해 부른 이름이 아니었다.

경하는 몸을 돌려 좁은 선실 안으로 뛰어갔다. 아니, 거의 바람처럼 날아갔다.

철퍽—

'어? 이건 뭐지?'

선실 안으로 발을 디디는 순간 경하는 발 밑에 뭔가 끈적한 것이 밟힌다는 것을 알아챘다.

"로운? 이리야?"

어두운 선실은 원래보다도 더 더욱 어둡게 느껴졌다.

몇 번이나 눈을 깜박였지만 시력은 쉽사리 회복되지 않는다.

"…이리야?"

순간 경하는 숨을 들이마실 수가 없다는 사실을 깨달았다.

지독한 냄새가 그의 폐에 가득 찼기 때문이었다.

"우욱!!"

갑자기 뒤에서 팔이 쑤욱 뻗어 나와 경하의 얼굴을 가렸다.

"왜, 왜 그래!!"

욕지기를 하다 말고 경하가 그 팔을 뿌리치려 했지만 그 팔은 움직이지 않았다.

"경하 님, 밖으로 나가십시오."

들려온 목소리는 기엘.

"싫어! 이거 놔!!"

"로둔이 이리야를 밖으로 데리고 나올 겁니다."

"싫어!! 놓으라고 했지!!"

버럭 화를 내며 경하가 기엘의 팔을 뿌리쳤다.

그것은 손으로 한 것이 아니라 온몸으로 바람의 엘을 뿜어냈기 때문에 가능한 것이었다.

그리고 다음 순간 경하는 그 숨 막히는 냄새의 정체를 알 수 있었다.

"이… 리야."

어둠에서 해방된 경하의 눈에 이리야의 모습이 들어왔다.

그 냄새는 다름이 아닌 지독한 피비린내.

이리야가 무엇인지 보이지 않는 것에 묶여 벽에 고정되어 있는 곳에서 경하의 발치까지 짙게 변색되어 버린 피의 연못이 흘러와 있었다.

"이리야? 살아… 있는 거 맞지?"

어느덧 경하의 목소리에는 물기가 섞여 들어가고 있었다.

"살아 있는 거 맞지? 그렇지?"

살아 있어야 했다. 하지만 그렇지 않은 것 같았다.

경하는 이리야의 파장을 느낄 수가 없었다.

"이리야? 이리야!!"

앞으로 다가서려는 경하를 다시 기엘이 붙들었다.

"경하님, 진정하십시오."

"이리야!!"

경하의 눈물이 피 웅덩이에 떨어지려는 찰나 로운이 한마디를 무겁게 내뱉었다.

"살아 있다. 하지만… 아주 위험한 상태야."

"어떻게 된 거야? 정말 살아 있는 거야? 그런데 왜 파장을 느낄 수가 없는 거지? 어떻게 된 거야. 그리고 시유는?"

묻고 싶은 것은 산더미 같은데 대답을 해주는 사람이 없었다.

무슨 수를 썼는지는 모르겠지만 로운은 이리야를 벽에서 떼어내는 것만으로도 굉장히 힘들었다는 표정을 하고 있었고 기엘은 기엘대로 불안정의 극치를 달리고 있는 경하를 저지하는 것만으로도 힘들어하고 있었다.

"로운!! 대답을 해봐!!"

상처 입은, 거의 피로 온몸을 물들이고 있는 이리야의 옆에 꿇어앉아 있는 로운에게 경하가 소리를 질렀다.

"로운!!"

"……."

"젠장!!! 대답을 해보라니까! 빌어먹을!! 왜 되는 일이 하나도 없는 거야!! 봐, 기엘!"

"경하님."

"케인, 네가 말해 봐!! 도대체 이리야가 어떻게 된 거지? 너라면 알 수 있잖아!!"

"내가 알 수 있다면 너도 알 수 있다. 냉정하게 대해라."

정말로 냉정하게 들려오는 세나케인의 목소리에 경하는 더 더욱 화가 치밀어 올랐다.

분노가 온몸을 잠식하고 있었다.

"내가 냉정할 수 있으면 너한테 물어보지도 않아. 잘난 척하지 말고 빨리 말해. 진짜로 화나면 내가 무슨 짓을 할지 나도 몰라, 케인!"

"……"

어디선가 바람의 한숨이 들려온다.

그 한숨 소리의 끝에서부터 이번에는 인간다움이 한껏 묻어나 있는 목소리가 그 목소리를 내는 형체와 함께 나타났다.

"인간이라는 건 불편한 거군. 감정에 너무 많이 좌우된다."

"시끄러워, 세나케인."

드물게 경하가 세나케인을 케인이 아니라 세나케인이라고 부르자 세나케인의 표정이 살짝 변했다.

"그는 이미 눈치를 챘겠지. 그래서 아무 말도 못하고 있는 거다."

세나케인은 로운을 보며 말했다. 그 말에 로운의 어깨가 눈에 띄게 굳어졌다.

"왜 아무 말도 못하는 건데?"

"그를 살릴 수 없으니까."

"어째서?"

"경하님, 제발 그만 하십시오, 이제."

기엘이 경하의 어깨를 당겼다. 하지만 경하는 그의 손에서 벗어나 세나케인에게 물었다. 아니, 절규했다.

"어째서 살릴 수 없는데. 아직 살아 있잖아. 아직 살아 있다구. 살아 있다고 나한테 말했잖아!"

"어둠의 마법으로 인해 그의 모든 엘이 완전히 봉인당했다. 외부와 완전히 차단되어 그의 온몸을 흐르는 엘의 흐름이 막혀 있는 것이다. 엘을 쓰는 술사로써 그 흐름이 완전히 막혔다라는 말이 어떤 의미인지 이해할 수 있겠지?"

"……!!"

경하는 입을 벌린 채 아무런 말을 하지 못했다.

그런 경하를 보고 기엘도 아무 말 하지 못했다.

그는 로운이 지금 어떤 생각을 하고 있는지 짐작이 갔다.

지금 이리야가 처해 있는 상황, 그와 똑같은 상황을 로운은 그대로 겪었던 경험이 있다.

현재의 경하가 처음 이 아슈레이의 세계에 왔을 때, 그리고 처음으로 위험에 빠져 자동 발동 주문의 영향으로 이리야와 똑같이 엘의 흐름을 완전히 차단당한 적이 있었다.

그때 로운은 자신의 모든 엘을 이끌어내어 그 순수한 엘의 힘으로 경하의 파장을 끌어냈다. 목숨을 걸고.

기엘은 아마도 경하가 로운에게 이리야를 살려내라고 요구한다면 이전에 그가 했던 행동을 그대로 할 수도 있을 거라는 생각이 들었다. 아니, 로운이 아니더라도 그 역시 경하가 원한다면, 진심으로 원한다고 한다면 기꺼이 행할 것이다.

하지만 그것은 불가능에 가까웠다.

"로운, 이리야 씨에겐 그 방법은 불가능해."

적어도 경하에겐 외상이 없었다. 그리고 스스로의 잠재 능력이 있었다.

하지만 이리야는 그렇지 않다.

"…이리야 씨는 상처를 너무 입었어, 로운. 견딜 수 없을 거다."

"기엘…."

돌아보는 로운의 얼굴은 처음 보는 표정을 하고 있었다.

그 표정은 이어 올라온 로운의 손에 가려져 버렸다.

아무것도 할 수 없다는 무력감 때문일까?

그 무력감이 가져온 공포심 때문일까?

로운의 어깨가 미세하게 흔들리고 있었다.

"…난 이리야가 죽게 내버려 둘 수는 없어."

"경하님."

"이리야의 상태가 어떤지는 알겠어. 하지만… 그래도 죽게 내버려 둘 수 없어. 그리고 시유도."

눈앞에 있는 이리야의 상태가 극도로 나쁜 탓에 잠시 잊혀져 있던 시유에게 생각이 미치자 로운은 머리가 아득해졌다.

"기엘, 일단 이리야를 육지로 옮기도록 하자. 이곳은 너무 위험해."

그리고 나면 어떻게 해야 할까.

항상 똑같은 질문을 계속 반복한다. 언제나.

어떻게 해야 하냐는 질문에 과연 누가 답변을 주는 것일까. 과연 누가.

로운은 천천히 고개를 들었다.

"어서 옮기고… 그리고 시유가 어디로 갔을지……."

"가만히 있어, 로운. 이 배는 괜찮아. 내가 괜찮은 한은."

로운의 말을 경하가 가로막았다.

로운의 시선이 자신도 모르는 사이에 경하에게 닿았다.

"이리야는 죽지 않아. 죽지 않게 하겠어. 그래, 시유가 어떻게 되었는지 이리야는 알 거야. 그러니까 제일 먼저 이리야를 살리겠어."

"하지만 어떻게……."

로운은 지금 자신이 어떤 표정을 하고 있는지 몰랐다.

그는 경하에게 갈구하는 눈빛을 하고 있었다.

"어떻게든 저떻게든 그게 무슨 상관이야. 그런 표정 하지 마. 이리야는 아직 죽지 않았어. 알겠어?"

"하지만 죽어가고 있다."

"그런 말 하지 말라고 했지. 그래, 죽어가고 있다고 쳐. 죽어가고 있으면, 그럼 살리면 되는 거야. 살리고 나서, 그리고 어떻게 되었는지 듣고, 그리고 결정할 거야. 누가 데려갔든 찾아오면 되는 거야. 알겠어, 로운?"

"……."

"대답해, 로운."

명령하듯, 단호하게 들려오는 경하의 목소리에 로운은 자신도 모르는 사이에 대답을 하고 있었다.

"…그래."

왜 그랬는지는 알 수 없다. 단지 경하는 대답하라고 했고, 그리고 로운은 대답을 했을 뿐이다.

"기엘, 로운이랑 함께 이리야를 부탁해. 나는 이리야를 옮길 때까지 이 배를 유지시켜야 하니까."

"예. 알겠습니다, 경하님."

경하의 말에 기엘이 먼저 움직였다.

어떻게든 하면 된다. 경하는 몇 번이고 그 말을 가슴에 새겼다.

일은 원하든 원하지 않든 벌어진다. 그럼 자신은 그 일을 해결하면 된다. 만일 해결하지 못한다 해도 빗겨 나가든 정면으로 맞서든 무엇이든지 하면 된다.

그것이 무엇이 되든 간에…….

갈림길

The Wind of Ashurei

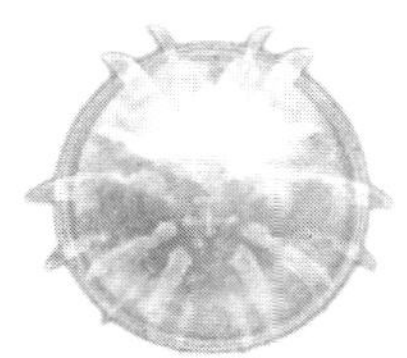

인생의 기로에 서 있다고 말하는 사람들이 있다.

그들은 두 개의 길을 놓고, 그리고 고민한다. 어느 쪽이든 성공 가능성이 있기에 더 더욱 말이다. 이쪽도 좋을 것 같고 저쪽도 좋을 것 같고.

하지간 지금 경하는 이쪽도 좋고 저쪽도 좋은 갈림길에 서 있는 것이 아니었다.

어디까지나 한쪽으로만 치달아야 하는 갈림길에 서 있는 것이다.

손을 놓으면 끝이라는 강박 관념이 경하의 어깨를 짓눌러 왔다.

왜라고 물을 사이도 없었다. 너무나 충격을 받았기에 어째서 이런 일이 일어났는지, 왜 일어났는지, 누구에게 어떻게 무엇을 한 건지 그 과정 같은 것은 생각할 수도 없었다.

눈앞에 있는 것은 상처 입은 사람뿐.

그 사람을 살려야 한다는 단 하나의 명제가, 반드시 해야 하는 그리고 하지 않으면 안 될 명제가 경하의 눈앞에 누워 있었다.

"회복 주문 같은 것도 안 될까?"

질문을 하지만 딱히 답을 바라고 하는 것은 아니다.

단지 아무 말도 하지 않는 침묵 속에서 있는 것이 너무나 싫을 뿐이다.

말소리는 들려오지 않는다. 들려오는 것은 오로지 사람들의 신음소리뿐.

그것이 경하에게는 침묵으로 다가왔다.

이리야의 상태는 이루 말로 설명할 수가 없었다.

몸 전체를 무엇인가 자잘한 것으로 수없이 타격당한 듯 피가 흐르는 작은 생채기들이 온몸에 퍼져 있었다.

하지만 그 피 웅덩이를 이룰 정도의 출혈을 가능하게 만든 상처는 오로지 두 개뿐이었다.

가슴과 이마의 상처.

굵은 못에라도 박았다가 빼낸 듯이 가슴에 구멍이 뚫려 있었다.

기엘과 로운이 되도록 경하가 보지 못하도록 옷으로 가려두었었지만 멈추지 않고 계속 흘러나오는 피는 결국 경하의 눈에 띄고 말았던 것이다.

그 피는 덮어두었던 옷가지를 적시고 지금은 선착장 근처에 서 있는 작은 집의 방 한쪽 구석을 적시고 있었다.

흘러내리는 피가 마치 이리야의 생명이라도 되는 양, 경하는 흐르는 피를 애써 모아보려고 했다.

순식간에 경하의 손은 피투성이가 되어버렸다.

하지만 어느 누구도 경하의 피투성이 손을 닦아줄 수가 없었다.

반 쇼크 상태에 빠진 경하가 자신에게 손을 대기라도 하면 미친 듯이 비경 아닌 비명을 온몸으로 질러댔기 때문이다.

기엘과 로운은 안타까움 반, 괴로움 반인 상태가 되어 이리야와 경하를 지켜보고 있을 수밖에 없었다.

의외로 움직이고 있는 사람은 조금 전까지는 망연자실하게 선착장 앞에 무릎 꿇고 앉아 있던 룬으로, 그는 무엇을 하려는지 잠시 다녀오겠다는 말만 남기고 사라진 상태였다.

"저, 여러분… 이거라도 좀 드시지 않겠어요?"

빼꼼하게 문이 열렸다. 십이삼 세밖에 안 되어 보이는 작은 소녀가 손에 꽤나 커다란 그릇 하나를 들고 있었다.

다친 사람이 있으니 잠시 방을 빌려달라는 청에 두말없이 집을 빌려준 집주인은 나름대로의 호의로 음식을 만들어 들여보낸 모양이었다.

"감사… 합니다."

기엘이 자리에서 일어나 그 그릇을 받아 들었다.

커다란 그릇에는 무엇인지 모를 재료로 끓여진 스튜가 가득 들어 있었다.

물고기라도 들어 있는 걸까?

약간의 비린내 비슷한 것이 기엘의 코를 질렀다. 순간 시장기가 돌았다.

'그렇군. 오후부터 아무것도 먹지 못했어.'

이런 상황에서도 배가 고프다는 사실이 너무나 비참했다.

기엘이 그릇을 받아 들고는 뚫어지게 쳐다보고 있자 소녀가 작은 목소리로 물었다.

"더 필요하신 것이 있으면 가져다 드릴게요."

"아, 아니, 아닙니다. 잠시 생각을 하느라. 정말 감사드립니다."

집을 빌려달라고 하며 내민 돈 때문만은 아니니라, 이런 작은 정성은.

"저분, 좀 차도가 있으신 건가요?"

"조금요. 그럼."

더 이상의 질문은 받지 않겠다는 투로 기엘이 돌아섰다.

일단 경하부터 조금이라도 먹게 만들어야 한다는 생각이 앞섰기 때문이었다.

하지만 과연 경하가 이 음식을 먹으려고 들까?

"아, 잠깐 실례."

마악 닫히려던 문으로 누군가가 커다란 몸짓으로 비집고 들어왔다. 룬이었다.

"여기 천을 좀 구해왔다. 지금 이 근처 전체가 엉망이라 제대로 된 약 같은 것을 구하기는 힘들 것 같아."

"아."

로운이 그 천을 받아 들었다. 룬이 내민 천은 상처를 감싸기 좋은 보드랍고 깨끗한 천이었다.

그는 밖에 나가서 무슨 막일이라도 하고 온 사람처럼 온통 지저분했다.

"아주 엉망이야. 다행히 죽은 사람은 많지 않은 것 같은데. 워낙이 주변이 사람들이 바글바글한 곳이라 다친 사람이 좀 많아. 부서진 집 하나를 좀 정리해 줬더니 그걸 쓰라고 주더군."

룬은 그렇게 말하며 털썩 주저앉았다.

꽤나 지저분한 바닥이었지만 아랑곳하지 않는 것 같았다.

"먹을 거잖아? 왜 안 먹고 그렇게 멀뚱하게 서 있는 거야? 배고
프다."

아무렇지도 않은 척하며 룬이 말을 이었지만 대답을 하는 사람은
없었다. 하지만 룬 역시 특별히 대답이 돌아올 것이라고는 생각지
않고 있었다.

피투성이가 되어 거의 시체나 진배없이 보이는 이리야를 보았을
때부터 말이다.

"어때? 저 녀석은?"

"……."

아무 말 없이 계속 이리야를 바라보고 있는 경하에게 묻고 싶은
생각은 추호에도 없다.

하지만 그 질문을 받은 나머지 두 사람도 아무 대답도 하지 않는
다.

"젠장… 답답해서. 그 스튜나 내놔. 뭐든 먹어야겠어, 난."

그는 벌떡 일어나서 기엘이 들고 있던 그릇을 빼앗았다.

먹어야 산다.

아무것도 할 일이 없다면, 그리고 눈앞에 먹을 것이 있다면 먹어
야 하지 않는가.

그는 전우의 시체를 바로 옆에 놓고 그의 주머니에 들어 있던 마
른 빵을 집어 먹었던 남자다.

"그러고 앉아 있는다고 이리야가 벌떡 일어나는 것은 아니야. 일
단 우리가 먹고 기운을 내야 그놈을 살리든 말든, 누군지 모를 놈들
을 쫓든 말든 할 것 아니야. 응?"

"…러."

"뭐?"

룬이 계속 떠들어대는데 뭔가 소리가 들려왔다.

"뭐라고 한 거야?"

"시끄럽다고."

"이봐, 경하. 네가 그러고 있으니까 다들 이러고 있는 거잖아. 너 먹는 거 빼놓으면 시체 아니었어? 그러니까 일단 먹고 그놈을 살릴 방안을 고민해 보자구. 지금 도시 쪽에서 의사들이 오고 있기는 한데, 순번이 돌아오려면 좀 시간이 걸릴지도 몰라. 하지만 일단은 부탁은 해놓고 왔으니까…."

"시끄럽다고 했지!!! 입 닥쳐!!!"

룬의 말을 경하가 소리 질러 막았다.

"입 다물고 있어!! 조용히 하란 말야!!"

히스테리틱한 경하의 목소리. 하지만 룬은 지지 않고 대꾸했다.

"내가 입이 막혔냐, 입 닥치고 있게? 네가 뭔데!! 나한테 그런 소리를 하는 거지? 내게 그렇게 명령을 하고 싶으면 네 능력으로 그놈을 살려봐. 멀뚱멀뚱 쳐다본다고 이리야가 벌떡 일어나서 '오오~ 살려줘서 고마워' 뭐 이럴 것 같아?"

경하의 눈이 룬에게 향했다.

"살려낼 거야!! 살려낼 거라고!!"

"의사가 올 테니까 지금은 이거나 먹고 있으라고. 기다리면 돼. 알겠어? 네놈의 그 미친놈 같은 행동 때문에 다들 힘든 거 알기나 해?"

"내가 할 거야."

어린아이처럼 경하가 우긴다.

"하긴 뭘 해!"

"한다고 했잖아!!"

마지막에는 결국 비명처럼 울리는 경하의 목소리에 룬은 입을 다물어 버렸다.

소용이 없다고 그는 생각했다.

'이렇게 감정에 휘둘리는 인간이 군주의 자격이 있는 건가? 부하 하나하나의 목숨 같은 것은 군주에겐 왕에겐 그저 게임에 쓰이는 말 같은 것이다. 기껏 한둘이 죽어 나간다고 질질 눈물을 흘리며 앉아 있는 인간은 왕이 될 자격이 없어!'

룬은 그렇게 생각하고 있었다.

'제길. 난 무엇을 보고 여기까지 따라왔지? 무엇을 확인하려고? 저 녀석이 정말로 기사의 주인이 될 자격이 있는지 없는지 확인하기 위해?'

머리 속에서 이런저런 생각들이 미친 듯이 스쳐 지나갔다.

공황 상태에 빠져 버리기 직전의 룬에게 울음이 섞인 경하의 목소리가 들려왔다.

"내 책임이야. 내가 무리하게 강행해서, 내가 자리를 비워서, 그래서 생긴 일이야. 그러니까 내 책임이고, 내 책임이니까 내가 살려낼 거야. 알겠어? 내가 할 거라고."

"웃기는 소리."

그것은 누구를 향한 조롱이었을까?

룬은 그 말을 하고는 다시 주저앉아 버렸다. 앞이 캄캄했다.

"젠장. 내가 왜 여기 이러고 앉아 있는 거지?"

"웃고 싶으면 웃어도 좋아. 내겐 나만의 방법이 있고, 나만의 생각이 있어. 이런 데서 이리야가 죽을 수는 없어. 알겠어?"

"시끄러워!!"

이번에는 룬이 소리를 쳤다.

무엇에 실망하고 있는 것인지 알 수 없다. 하지만 그는 동시에 무엇인가를 기대하고 있었다. 손에 잡히지 않는 그 무엇인가를.

룬이 앉아 있는 자리에서부터 절망감 비슷한 기운이 스멀스멀 경하에게 전해져 왔다.

경하는 이미 터져 버린 입술을 또 깨물며 고개를 돌렸다.

'정말 살 수 있는 걸까, 이리야는? 아니, 조금이라도 살 수 있는 이리야를 내가 손을 대서 금방 죽게 하는 것은 아닐까?'

살리고 싶었지만, 정말 살리고 싶었지만 자신의 힘을 믿을 수가 없었다. 과연 정말로 가능한 것인지 아무도 확인을 해줄 수도 없다.

'내 힘으로… 정말로 살릴 수 있을까?'

경하는 그것을 고민하고 있었다. 이리야를 봤을 때부터 지금까지 계속.

'정말로… 살릴 수 있을까?'

누군가 옆에 있다면, 도와줄 수 있는 누군가가 옆에 있다면 매달리고 싶었다.

이리야를 살려준다고 말하면 누구에게든 매달려 애원할 수 있었다.

'케인……'

경하는 자신의 마음속에 있는 그의 이름을 불렀다.

그는 애원할 수 있는 상대는 아니다. 하지만 그래도 단 한 존재라도 더 더욱 스스로에게 믿음을 가질 수 있도록 만들고 싶었다.

'케인, 내가 할 수 있을까?'

"너는 바람의 주인이다."

'하지만…… 내게 정말 그런 힘이 있는 걸까? 실패하면? 실패해서 이대로 이리야가 죽어버린다면?'

"…너는, 주인이라고 하는 뜻을 잘 이해하지 못하고 있을 뿐, 해답은 이미 알고 있다."

'……'

"선택은 네 몫이다. 그를 살릴지, 죽일지."

'…살리고 싶어.'

"그렇다면 살리면 된다. 네가 가진 모든 힘으로, 그리고 네 옆의 모든…"

세나케인이 말을 막 마치기 직전. 경하의 몸에서는 묘한 변화가 일어났다.

'나는 살리고 싶어.'

희미한, 언제나 그가 바람술을 쓸 때면 나타나던 희미한 은빛이 경하의 몸을 빛내기 시작했다.

그 희미한 빛에 감싸인 손이 천천히 이리야의 가슴 위로 내려왔다.

"로 즈하 아슈레이. 바람의 이름 미메이라의 시작과 끝."

주문과 함께 바람이 불기 시작했다. 그 바람은 피부로 느낄 수 없는 엘의 흐름.

"혼 타히 아슈레이. 불의 이름 호로스의 불꽃."

뒤를 이은 주문은 바람의 주문이 아니었다.

주문이 마치기 무섭게 방 안에 타오르고 있던 작은 램프의 불꽃이 순식간에 부풀어 올랐다.

"라 데온 아슈레이. 땅의 이름 바라스의 생명."

배우지도 않았던, 아니, 단 한 번도 들어본 적이 없었던 주문이 경하의 입에서 흘러나왔다.

그 주문을 외우고 있는 경하마저도 스스로의 입에서 흘러나오는 주문에 놀라고 있었다.

'이 주문은 뭐지? 난 이런 주문은……'

발이 닿아 있는 마룻바닥 밑, 차가운 기운이 맴도는 땅에서부터 희미한 금색의 빛이, 금색의 엘이 스며 올라왔다.

"류 타인 아슈레이. 물의 이름 나유의 근원과 흐름."

경하의 의지와는 또 달리, 경하의 입은 계속 네 번째의 주문을 소리로 만들어내고 있었다.

그 주문은 정신을 잃고 있는 이리야의 물의 주문. 갑자기 이리야의 몸이 꿈틀대며 움직이기 시작했다.

"……!"

"…경하님."

"…이런."

멍하게 앉아 있던 세 남자의 눈앞에 투명하지만 움직이는 무엇인가가 보였다.

은색의 엘과 불꽃 같은 엘, 그리고 금색과 푸른색의 엘이 하나로 모여들고 있었다.

그들은 과연 무엇을 보고 있는 걸까?

보통 사람인 룬은 말할 것도 없이 바람술사인 기엘이나 로운도 그런 광경은 처음 보는 것이었다.

사신(四神)의 힘을 모두 부르는 것은 지금까지 단 한 번도 목격해 본 적이 없다. 아니, 절대 불가능한 일이다.

드물게 두 개의 술을 한 번에 쓰는 경우는 있다고 해도 그것은 어디까지나 그것이 융합될 수 있는 낮은 레벨의 주문들뿐.

하지만 지금 그들이 보는 것은 가장 기초적이지만 가장 강한 본연의 힘과 같은 것이었다.

‘뭔가 달라….’

금색과 은색과 푸른색과 붉은색의 기운이 하나로 뭉쳐 들어간다.

그것은 외부와 완전히 차단되어 있는 이리야의 몸속에서부터 그의 생명을 이끌어낸다. 그의 기원이 되는 물의 엘에서부터, 생명을 유지시키며 끝내는 땅의 엘, 그것에 자유로움의 의지를 주는 바람의 엘, 그리고 그 에너지가 되는 불꽃의 엘이 차례차례 이리야의 물과 같은 피 속으로 흡수되었다.

‘일어나, 이리야.’

경하는 마음속으로 이리야의 이름을 불렀다.

이유도 없이 이리야가 죽는 것을 바라볼 수는 없다. 살아야 한다고, 꼬옥 살아남아야 한다고 경하는 마음속으로 빌고 또 빌었다.

그 기원은 하나의 단어가 되어 경하의 머리 속에서 공기 중으로 흘러나왔다.

“후프샤-히르(해제-치료).”

단어와 엘의 흐름이 하나가 된다.

그것은 봉인되어 차단된 막혀 있던 생명의 흐름을 다시 열어주는 해방의 주문. 실낱처럼 남아 있던 이리야의 생명의 엘이 경하가 불러낸 신들의 힘에 반응하여 활성화되기 시작했다.

흐르는 엘이 신의 힘을 그대로 이어 나가는 조율자의 의지를 따라 새로운 흐름이 되었다.

생명의 흐름. 신의 축복. 신의 축복을 받은 자들의 생명.

신의 힘. 미슈파트.

바람과 불과 땅과 물의 엘, 그것 모두가 신의 힘 미슈파트가 된다.

막혀 있던 이리야의 엘이 해방되고 그의 상처가 치유되기 시작했다.

점점이 맺혀 있던 핏방울들과 옷과 경하의 손가락을 적셨던 핏자국이 하나하나 엘의 가닥으로 되살아난다.

불꽃이 되고 물이 되고 바람이 되고 땅이 되어 살아나는 엘이 천천히 이리야의 몸으로 돌아갈 때마다 갈라졌던 피부가 다시 연결되고 피가 고여 있던 가슴의 상처가 메워져 나갔다.

슈우우우우우—

바람 속에 불꽃이 흩날리며 물방울이 튀고 금속의 반짝임이 섞여 작은 방을 가득 메웠다.

그것은 마치 폭풍 같았다. 하지만 그 폭풍은 파괴가 아닌 재생의, 생명의 폭풍이었다.

*   *   *

"기억이 모두 나는 것은 아니야. 마치 꿈속 같았기 때문에."

이리야가 머리카락을 흐트러뜨리며 말했다. 그의 머리카락은 검은색이 아니었다. 경하의 힘 덕에 재생되며 원래의 바다와 같은 짙푸른색으로 돌아와 있었다.

"처음에는 그냥 비가 하도 내려서 잘 내린다 하면서 보고 있었거든. 그런데 그게 한순간 이상하게 느껴지더라고."

그것은 경하가 느꼈던 감각과 비슷했다.

다른 오감을 모두 사로잡아 느끼지 못하게 하는 고도의 마법.

이리야는 조금 전까지 자신이 누워 있었던 작은 침대를 바라보았다.

거기에는 힘을 쓴 후 완전히 녹초가 되어 혼절해 버린 경하가 누위 있었다.

"물은 모두 내 편이라고 생각했는데 끔찍했지. 그것이 내 몸을 옭 아매고, 그리고 검게 변해서 '그것'이 되었다."

그것이라는 단어에 섞이는 이리야의 감정은 공포와 혐오감이다.

"…그것이라뇨?"

그것이라는 단어에 섞인 이리야의 감정을 읽어낸 것은 아니지만 기엘은 그와 흡사한 느낌을 받았다.

"검은색이라고 하면 당연하게 떠오르는 그것."

"……"

로운의 눈빛이 짙어졌다.

"설마 아직도 하세카가? 이젠 끝났다고 생각했었는데."

"설마가 사람을 잡았지. 이번에는 둘도 아니야. 하나였다. 그 건……"

머리보다는 몸이 기억을 하고 있는 탓일까? 이리야의 어깨가 눈 에 띄게 흔들렸다.

이리야는 부들부들 떨리는 손을 억지로 깍지를 껴 잡고 떨림을 멈추려고 노력했다.

"그건 인간이라고 말하기도 싫어. 하늘에서 내린 비가 검은색으 로 변해 그놈으로 변했어. 사실 무슨 짓을 한 건지 정확하게는 모르 겠어. 몸을 움직일 수 없었으니까. 아니, 제대로 보이지도 않았다. 붉 은색의…"

깍지를 잡았던 손을 풀어 눈앞에 가져간다.

눈을 가리고 그때의 기억을 억지로 불러내었다. 기억하고 싶지 않은 순간이었기에 그것을 떠올리는 것은 몸으로 고통을 겪는 것보 다 더 더욱 힘들었다.

"하세카의 잔당이 아직도. 아니, 그럴 수도 있겠지만……."

로운은 당혹감을 감추지 못했다.

하세카는 범 아슈레이적인 단체다. 그가 알고 있는 한.

하지만 지난번에 그들과 대치한 이후로 하세카라고 생각되는 존재들은 두 번 다시 나타나지 않았었다.

로운이 하세카에 대한 기억을 떠올리고 있는데 이리야가 말을 계속 이어갔다.

"세상이 온통 검붉은색으로 변했어. 그리고 시유가 쓰러졌다."

"시유님이?"

기엘이 되물었다. 제일 궁금했던 두 가지의 사실이 밝혀지는 중이다.

누가라는 질문에는 하세카라는 그들의 적 중 하나.

시유는? 이라는 질문에 대한 답변이 이제 이리야의 입에서 밝혀지려는 것이다.

"무슨 수를 썼는지 그대로 주저앉아 버렸다. 아무래도 나와 비슷한 상태였지 않을까 싶지만, 쓰러지고는 움직이지 못했어. 비가, 검은색의 비가 그녀를 그대로 속박했으니까."

"어째서 시유님을……."

기엘은 혼란스러웠다.

납치를 해간 인물이 경하라면 이해가 된다. 오히려.

제국의 황제가 경하를 여자로 생각해서 계속 뒤를 쫓았던 것이 바로 얼마 전이다. 때문에 경하를 보호하는 데 그렇게나 신경을 썼던 것이다.

그런게 경하가 아닌 시유라니, 아무래도 이상할 수밖에 없는 노릇이다.

"아무래도 시유를 저 녀석으로 착각한 것 같아."

그렇게 말하며 이리야는 혼절해 있다시피 한 경하를 가리켰다.

"시유를 내 주인이라고 말을 하더군. 그때는 그게 무슨 소린가 했지만 지금 생각해 보니 그런 의미였던 거지."

더듬어가던 기억을 확인해 가며 이리야가 눈을 감았다.

"그리고 녀석이 여기에……."

눈을 가렸던 손을 가슴에 대고 심장이 있는 위치를 짚었다.

"끔찍했어. 그대로 죽어버리는 줄 알았으니까."

질끈 하고 눈을 감고 두 번 다시 떠올리고 싶지 않다는 듯 이리야가 말했다.

이상하며 고통스럽고, 그리고 끔찍했던 감각이었다.

생살을 뚫고 들어오던 그것은 인간의 감촉이 아니었다. 마치 차가운 얼음 송곳 같은 것으로 그의 가슴을 후벼파는 느낌이었던 것이다.

"그리고 이렇게 말했지. '하세카는 아직 죽지 않았다. 아니, 사라진 자들은 모조리 쓸데없는 가지였을 뿐. 하세카는 언제까지나 기억할 것이다' 라고 말이야."

말을 하던 이리야는 순간 오한을 느꼈다.

그때의 고통을 되살렸기 때문인지, 아니면 그 검은 하세카의 그가 말과 함께 내뿜던 지독한 증오심 때문인지는 알 수 없다.

"덧붙인 말이 걸작이었어."

"뭐라고 한 겁니까?"

"정말로 화가 머리끝까지 난 듯해. '나는 내 형제들을 죽인 자들을 용서하지 않는다' 라고 했으니까."

"예?"

"하세카의 그때까지의 실수는 뭐라고 하더라? 여하튼 앞으로 열심히 복수하겠다는 소리로밖에는 안 들렸어."

섬뜩하도록 등골로 한기가 달린다.

"웃기는 소리 하지 말라고 해."

차가워진 등 뒤에서 죽어가는 듯한 목소리가 들려왔다.

"용서 좋아하네. 그럼 나는 가만둘 줄 알아? 감히 시유를 데려가다니."

"경하님!"

"괜찮은 거냐?"

"괜찮아?"

"살아난 거야?"

네 남자가 일제히 경하에게 달려들었다.

말의 내용은 꽤나 당당했지만 몸은 아직 그렇지 않은 듯 경하는 손가락 하나 까닥하는 것도 힘들어했다.

"젠장, 누굴 떡으로 아나. 그쪽도 우리한테 입힌 피해가 얼만데. 빌어먹을. 다음번에 만나면 가만두지 않겠어."

잘 움직이지도 않는 손가락이 모아지고 주먹이 된다.

그것은 부르르 떨리며 경하의 감정을 대변하고 있었다.

'젠장. 하나 해결했다 싶었더니, 또잖아. 빌어먹을, 시유는 또 어디서 어떻게 찾아와야 하는 거지?'

눈앞에 쓰러져 있던 이리야에게 신경 쓰느라 잠시 시유는 잊고 있었다.

그래서인지 경하는 시유에게 더욱더 미안한 감정이 일었다.

'젠장! 정말 내 자신이 싫군.'

한순간, 경하에게 이리야와 시유 중 누굴 살릴 거냐고 묻는다면 자신은 뭐라고 대답했을까?

'진짜 싫어. 정말로.'

경하가 자신을 비하하고 있는 동안 이리야는 그런 경하의 얼굴을 바라보고 있었다.

무슨 생각을 하고 있는 걸까?

아니, 사실 그런 것은 별로 중요하지 않다. .

경하가 무슨 생각을 하든 간에 그가 자신의 목숨을 구해준 것은 틀림없는 사실이다. 그것도 이번이 두 번째. 이렇게 혼절하여 누워 있어야 할 정도로 자신을 위해 힘을 써준 것이다.

"고맙다. 이번으로 두 번째군."

"됐어. 간지러우니까 공치사는 안 들을래. 어차피 내가 당할 수도 있던 거니까."

이리야의 말에 경하가 고개를 돌리며 대답했다.

생각 같아서는 휙― 하고 고개를 돌려 버리고 싶었지만 온몸에 무거운 추라도 단 것처럼 잘 움직여지지가 않았다.

고개를 돌리다 말고 경하가 물었다.

"그리고 뒤에 어떻게 된 거야? 어떻게 했길래 배가 그 지경이 된 거지? 정확하게 시유는 누가 데려간 건지 말해 줘."

"아아, 그건."

잠시 다른 이야기를 하느라 멈추어졌던 이야기를 이리야가 계속했다.

"그리고 나서 그 녀석이 시유를 어디론가 사라지게 했어."

"누가 온 게 아니고?"

"그래. 그 이상한 놈 혼자서 모든 일을 벌인 거야. 그리고 그 다음에는 원래대로 검은색의 물의 덩어리로 변했다. 덩어리로 변하고 나더니 그 다음에는 마구 부풀어서……."

부르르르— 이야기만 해도 몸이 떨린다.

"터져 버렸다. 그게 내가 기억하는 끝이야."

"터져?"

"그래. 화약 덩이처럼. 푸악— 하고."

그 소리를 듣고 로운은 이전 페이요트 산맥에서의 기억이 떠올랐다.

너무나도 비슷한 결말.

"그렇다면 그 폭발 때문에 부근이 완전 엉망이 된 건가?"

마치 강한 산에라도 녹은 듯한 자국이 만연해 있던 배의 상태가 이제야 이해가 간다.

단지 다르다면 이전보다 훨씬 위력이 강했다는 것일 것이다.

그것 때문에 선착장 부근 전체가 피해를 입었으니 말이다.

"그 뒤는 나도 정신을 잃었기 때문에 어떻게 된 건지 모르겠어."

"하지만 그 말대로라면 이해가 되지 않는 것이 있습니다. 저희들이 이리야 씨를 발견한 건 선실 안이었는데 그 안에서 폭발을 했다면 배 전체가 부서져도 이상하지 않습니까?"

"무슨 소리야. 난 갑판 쪽에 있었어."

"하지만 분명 이리야 씨는 선실 안에 있었습니다."

"그래. 내가 분명 벽에서 뭉쳐져 있던 엘을 깬 후 데리고 나왔으니까."

기엘의 말에 로운이 덧붙여서 설명했다.

"그럼, 그 뒤에 이동이 된 거겠지. 난 분명 갑판을 바라보고 있었다. 분명 시유는 선실 안에… 젠장. 뭐가 이리 뒤죽박죽이야."

말을 하다 말고 이리야가 얼굴을 찡그렸다.

"앞뒤가 안 맞는 것도 아니죠. 실제 정신을 잃은 뒤에 이리야 씨를 옮겼을 수도 있으니까. 순간의 찰나라고 해도 그 문제의 하세카의 마법사가 주도권을 쥐고 있다면 어떻게 해서든 이리야 씨를 우리에게 발견되게 만들 수 있었을 겁니다. 실제 이리야 씨는 지금 제 앞에 있지 않습니까?"

"그렇지. 말을 전하라고 했으니까."

"쳇. 말을 전하라고 해놓고 그렇게 죽을 지경으로 만들어놓으면 어쩌자는 거야, 그 미친 자식은."

경하가 못지 않게 과격한 말투로 중얼거렸다.

"젠장. 그 하세카라는 거, 자기들은 그렇게 맘대로 행동하면서 우리보고 뭐가 어쩌고 어째? 그쪽이야말로 농담하지 말라고 해주고 싶다, 진짜로. 게다가 눈이 삐었어? 왜 나 대신 시유를 데려가? 착각 좋아하네. 그 녀석들한테 내가 그렇게 호락호락 당할 줄 알다니. 바보 멍청이 같은 녀석들."

"경하님."

"말이 웃기잖아, 말이! 으윽."

화를 내던 경하가 가슴을 부여잡는다.

"아우. 아파 죽겠다."

기엘의 얼굴색이 순식간에 변한다.

"경하님!"

"큰 스리로 머리 위에서 그러지 마. 머리 울려."

"정말 괜찮으신 겁니까, 경하님?"

"어디 이상이 있는 거냐?"

기엘과 로운이 번갈아가며 경하의 상태를 확인한다.

"죽을 만큼 몸이 무겁고 아플 뿐이야. 됐어?"

"그렇게 무리를 하니까 그렇지. 앞으로는 그런 짓은 하지 말아. 무리는 아무 때나 하는 게 아니야."

"시끄러워. 아무 때는 뭐가 아무 때야. 비상 사태였잖아."

"그러면 너는 비상 사태가 되면 언제나 그렇게 네 목숨을 걸 거냐? 네 목숨은 열댓 개는 돼?"

"누가 그렇대?"

"이번에는 어떻게든 되었지만 다음번에도 그렇게 괜찮을 거라고는 아무도 보장 못해."

로운이 가슴을 쓸어 내리는 심정으로 말했다.

그는 자신이 봤던 것을 죽을 때까지 잊을 수 없을 것이라고 생각했다.

여러 번 겪는 일들이지만 겪을 때마다 심장이 아릴 정도로 충격적이다.

잊을 수 없는 광경이 자꾸만 늘어난다는 것은 결코 좋은 일이 아니라고 그는 생각했다. 심장이 두근거리고 눈앞이 새카매지고 호흡이 멈추어 버릴 것 같은 긴장감은 되도록 겪고 싶지 않은 것이다.

로운은 눈앞에 널브러져 누워 있는 경하의 팔을 잡았다.

조금 전, 경하가 이리야를 살리기 위해 무슨 짓을 어떻게 한 건지는 아마도 아무도 모를지 모른다.

실제로 로운 역시 그것이 구체적으로 어떻게 된 것인지는 모른다. 다만 그가 알 수 있는 것은 경하가 자신이 가지고 있는 바람의 엘뿐만 아니라 사신(四神)의 힘을 모조리 불러 그 엘로 이리야의 몸을 회복시켰다는 것이다.

정리하면 간단하지만 사실 그것이 그렇게 간단하지만은 않다.

만일 경하가 이리야를 고치기 위해 물의 엘을 응용했다면 또 모른다.

쉬운 것은 아니지만 그래도 경하는 이리야에게 물의 엘을 쓰는 법을 조금이나마 배우고 있었고 경하가 쓴 엘의 대상이 물의 술사였기 때문에 가능했을 방법이랄까?

그러나 4신의 힘을 전부 불러 치료한다는 것은 생전 처음으로 목격하는 일.

어떤 바람술사도 그런 경지에 도달했다는 기록은 없다. 아주 오래전, 초대 수장들만이 가능했을 경지인 것이다.

'순간적인 힘인지, 아니면 이미 그런 경지에 도달해 있는 건지 알 수가 없군.'

"잔소리하지 말아, 로운. 정말 아프단 말이야. 그거 놔."

"이 정도로 아프다고?"

그러면서 로운은 꾸욱하고 경하의 팔을 쥐었다.

경하가 순간 발악을 했다.

"우아아아악― 로운이 사람 잡아, 기엘―!! 살려줘!!"

"그만 해, 로운."

"감각은 살아 있는지 궁금했을 뿐이다."

"온몸이 아프다니까! 내 말을 뭘로 알아듣는 거야!"

투덜거리던 경하가 문득 생각났다는 듯이 룬을 찾는다.

"룬은? 어디 있는 거야?"

"왜?"

뒷전에 조금 처져 있던 룬이 경하의 목소리에 고개를 든다.

"이젠 내가 뭐 한다고 할 때 토달지 마."

"…하?"

"하는 뭐가 하야! 웃기는 소리 한다고 했잖아!"

"……."

"앞으로 그런 소리 하면 가만히 안 두겠어. 알겠어?"

"떼쓰는 어린애 같군."

"말꼬리 잡고 돌리지 마. 이리야가 살았으면 되는 거잖아."

"문제는 이리야를 살린 것만으로 끝나는 게 아니지 않아?"

뭐라고 말을 할까 고민하던 룬이 툭 하고 한마디를 던졌다.

순간 경하를 비롯한 모두의 머리 위에 찬물이라도 끼얹어진 것처럼 조용해졌다.

어느 누구도 입을 열지 않았다.

'젠장, 실수했군.'

룬이 고개를 돌린다.

'실수했잖아, 실수. 간신히 좀 밝아졌다 생각했는데.'

이리야의 눈이 룬을 나무란다.

'실수하셨습니다.'

기엘이 룬을 쏘아보았다.

'또다시 그런 소리 하면 가만두지 않겠어.'

협박하는 로운의 눈빛이 번쩍인다.

모두들 입을 다물고 룬을 질책하는데 경하가 끄응 소리를 내며 몸을 일으켰다.

"하세카라고 했지?"

"예."

기엘이 얼른 경하를 부축하면서 말했다.

"그 점은 내 잘못이다. 내가… 조금만 더 신경을 썼더라면 그렇게 쉽게 시유를……."

이리야가 고개를 숙였다. 하지만 어느 누구도 그를 질책할 수 없었다.

경하는 잠시 그런 이리야를 바라보다가 입을 열었다.

"시유를 나로 착각해서 데려갔다면 가능성은 두 개야. 하나는…."

자신을 노릴 상대라면 경하가 아는 한 둘이다.

"하나는, 일단 하세카의 잔당들이지. 안 그래? 복수 어쩌고 하는 꼴을 보니 말이야. 그리고 또 다른 하나는 가이칸의 그 이상한 놈이야."

"가이칸의 이상한 놈이라니?"

룬이 무슨 말인가 싶어 물었다.

"가이칸의 빌어먹을 황태자인지 황제인지 그놈."

"그렇군."

로운이 경하의 추측에 동의를 표했다.

"사실은 그 황제 녀석이 더 의심스러워. 하세카의 단독 행동이라면 그 자리에서 죽이면 죽였지 가지고 놀거나 데려가지는 않았을 테니까."

"그게 아니라 상처 하나 없이 납치를 한 거라면…."

경하의 말을 받아 로운이 말을 이었다.

"적어도 목숨은 위험하지 않을 것이라는 소리도 되는군. 가이칸의 황제라면."

"어째서?"

룬이 또 끼어든다.

그러자 기엘이 쓸데없는 말은 하지 말라는 듯 룬에게 눈치를 주었다.

"그럴 사정이 있는 모양이니까, 자세한 건 나도 모르고 있으니 묻지 마. 여하튼 생각보다는 안전할 거라고 생각해. 그렇지 않으면 그런 거창한 마법을 써서 우리를 붙잡아두진 않았을 테니까."

"마법이라…."

경하가 한 말을 룬이 되풀이한다.

"내가 볼 때는 너희들이 쓰는 그 바람의 술이니 하는 것도 다 마법으로 보이는데 도대체 그게 무슨 차이가 있는 거지?"

"차이가 나."

"무슨 차이가 나냐는 거야. 어차피 너희들이나 마법사나 두 쪽 모두 평범한 인간이 할 수 없는 행위를 할 수 있다는 점에서는 같아. 적어도 보통 사람인 내게는 말이지. 내 눈에는 너희들보다 더 뛰어난 마법사는 없어 보이거든."

"그런 기분 나쁜 소리 하지 마. 나랑 그 시커먼 놈하고 동급이라고 생각하니 먹었던 게 다 넘어온다."

이리야가 굉장히 기분 나쁘다는 투로 말했다.

"물을 쓴다는 점에서는 나와 별다를 게 없겠지만 속성이 달라, 속성이. 우리들은 엘이라 부르는 걸 그들은 마나라 불러. 4신의 힘 대신에 고대신의 힘을 이용하지. 우리와 그들이 결정적으로 다른 건…."

"다른 건?"

"으음. 그러니까… 뭐라고 설명을 해야 하지, 경하?"

설명을 하다 말고 말이 막히자 이리야가 대뜸 경하를 쳐다본다.

하지만 경하도 뭔가 개념적으로 어렴풋이 알고 있을 뿐이다.

"몰라. 힘의 기원이, 엘의 기원이 다르다는 것밖에는. 내가 알 게 뭐야. 난 마법사도 아닌데."

“결국 비슷하다는 소리구만.”

룬이 결과적으로는 자기 말이 맞다는 듯이 뻐긴다.

“어디가 비슷해!!”

라고 경하와 기엘, 로운과 이리야가 입을 모았다.

“그러니까 내가 볼 때는 비슷하다니까. 그게 아니면 내가 이해할 수 있도록 설명을 해보던가.”

“시끄러워!! 비슷하게 여겨지는 것 자체가 아주아주 실례다, 룬.”

“실례는 무슨 실례.”

“실례라면 실례라는 줄 알아!!”

결국 언쟁은 룬과 이리야의 차지가 되었다.

경하는 끙끙거리며 그들이 싸우는 것을 듣고 있다가 다시 벌렁 누워버렸다.

온몸이 지끈거리며 아팠다.

기엘이 경하가 눕자 얇긴 하지만 그래도 형태를 갖추고 있는 이불을 그에게 덮어주었다.

“일단은 좀 쉬십시오. 무리하게 힘을 쓰신 탓일 겁니다.”

“응.”

이불을 덮어주는데 경하가 기엘에게 눈짓을 한다.

“예?”

“로운‥ 또 화난 거야?”

소곤소곤 잘 들리지 않는 목소리로 묻는다.

“그저 걱정을 했을 뿐입니다, 경하님.”

싱긋 웃으며 대답하고 기엘은 몸을 일으켰다.

“일단은 경하님은 좀 쉬셔야 하니 우리는 자리를 좀 피하죠. 식사도 못했고.”

그렇게 말하며 그는 아직도 방 한구석에 놓여 있는 그 문제의 그릇(스튜가 담긴)을 바라보았다.

"식사를 좀 하고, 그 이외에도 할 일이 많습니다."

기엘의 말에 아직도 계속 핏대를 높이며 똑같은 말로 싸우고 있던 이리야와 룬을 로운이 질질 끌고 나갔다.

기엘은 한숨을 푸욱 내쉰 뒤 스튜 그릇을 가지고 그들의 뒤를 따랐다.

"잠깐!"

눈을 감고 잠을 청하는 줄 알았던 경하가 마악 문을 닫으려는데 그것을 저지했다.

"예?"

"그거 먹을 거지!"

"예?"

"먹을 거잖아! 왜 가지고 나가!"

"……."

이불을 목까지 끌어다 덮은 탓에 경하는 정말 '그것'처럼 보였다.

"경하님."

"왜! 배고픈데."

"저, 그 이불 조금 내려주시겠습니까?"

웃음을 참으며 기엘이 한마디 했다.

이불을 목까지 덮고 꿈틀거리고 있는 경하는 왠지, 역시나, 경하의 머리를 단 벌레, 밥벌레로밖에 보이지 않았기 때문이다.

*　　　　*　　　　*

“정말 죽었다 살아난 기분이야.”

이리야는 아직도 믿기지 않는다는 얼굴로 자신의 가슴팍이며 몸을 살펴보고 있었다.

기억은 희미하지만 분명 거의 회복 불능이 아닐까 할 정도로 상처를 입었던 그이다. 무엇보다도 심장까지 뚫고 들어오던 그 끔찍한 손가락의 감촉이 아직도 피부 위에 생생하게 남아 있는 것이다.

“이번에야말로 끝인가 했는데….”

그런데 지금 그는 너무나도 멀쩡하게 살아 있다.

뻥 뚫렸던 가슴에는 상흔은커녕 불그스름한 자국도 없었다.

기엘은 자신의 몸을 보며 감탄보다는 경이로움이 섞인 표정을 하고 있는 이리야를 말없이 조용히 바라보고 있었다.

이리야는 아직 눈치 채지 못하고 있다는 것아 확연하게 느껴진다. 스스로는 미처 깨닫지 못하고 있었지만 기엘과 로운은 그의 능력이 어딘가 모르게 달라져 있다는 것을 느끼고 있었다.

이전보다 훨씬 강력한 파장이 그의 몸에서 흘러나오고 있는 것이다. 굳이 설명할 필요도 없다.

‘경하님의 힘이 어떻게 작용을 한 건지 정말 알 수가 없군.’

기엘은 조심스럽게 이리야를 탐색하던 신경을 늦추었다.

부럽다거나, 질투가 나는 것은 아니었다. 단지 그가 느끼는 것은 일종의 경의로움이랄까?

그는 경하에게 그런 감정을 느끼고 있었다.

“그런데 정말 궁금한 게 있는데. 나 어떤 상태였던 거야? 물론 거의 죽기 직전이라는 것 정도는 알 수 있었지만 사실 지금도 잘 모르겠거든.”

이리야의 질문에 잠시 시선을 피하던 로운이 결국 입을 열었다.

아무리 해도 설명해 줄 수 있는 사람은 로운과 기엘뿐이고 기엘은 왠지 말을 하고 싶지 않은지 로운의 옆구리를 꾹꾹 지르며 종요했기 때문이었다.

"바람의 술에는 마웨트(죽음) 계의 주문이 있다."

"마웨트?"

"그래. 보통의 경우에는 거의 사용되지 않지만 드물게, 그러니까 아주 오래전 아직 전쟁이 만연하던 때에는 당연하게 사용되던 공격 주문이다."

"그런데 그게… 설마 내가 당한 게 그런 종류?"

이리야는 재빨리 머리를 굴렸다.

실제 자신이 당한 주문이 그런 종류가 아니라면 굳이 로운이 그런 주문에 대한 언급을 할 리가 없는 것이다.

"종류는 다르겠지만 같은 류라고 생각한다. 바람술에서 마웨트 계는 확실히 다른 어떤 주문보다 강력한 힘을 발휘하지. 원래의 바람의 속성과도 연관성이 있으니까. 그렇기 때문에 이리야, 자네가 쓰는 물의 술은 치료와 방어계 쪽의 주문이 훨씬 막강한 거야. 화염술은 말할 것도 없고."

"흐음. 하지만 날 습격한 녀석은 아무래도 물을 이용한 것 같은데."

"마법이 된 이상, 그게 어떻게 달라질지는 알 수 없다. 그저 눈에 보이는 것을 가지고 추측을 해볼 수밖에."

로운은 고민을 했다. 어떤 식으로 설명을 해야 할까?

이리야뿐이라면 모르겠지만 옆에는 룬이 있다. 사실 자리를 피해 달라고 말하기도 어려운 상태.

"벽에 고정된 방식은 사실 크게 우리가 쓰는 주문들과 다르지는 않았어. 단지 아주 강력했지. 그리고 무엇보다 그걸 해제시키는 게 힘들었던 건……."

"이리야 씨의 몸을 속박하고 있던 것이 이리야 씨 자신의 엘이나 다름없었기 때문입니다."

"뭐? 그게 가능해?"

이리야의 눈이 둥그레졌다.

"저희들도 실제로 보았으니까 말씀드리는 것뿐입니다, 이리야 씨."

"하— 그래서 결국 난 내 힘으로 꼼짝없이 당했다는 뜻인가?"

"꼭 그렇지는 않을 겁니다. 무언가 그들의 힘에는 엘의 흐름을 방해하고 억제하는 그런 작용이 있는 것 같습니다. 그러니까 쉽게 설명하면… 굳혀놓았다고 해야 하나."

"말처럼 쉬운 건 아니다. 주문이 시전자가 피시전자의 엘을 이용해 그의 엘을 통제하고 차단한다는 건 어지간한 단계의 술사에겐 불가능에 가까워. 상급 능력자에게도 마찬가지지. 결국 가능한 건 마법뿐이다."

"세나케인님께서는 검은, 검은 마법이라고 말씀하셨죠. 확실히 마법이라면 가능할 수도 있는 일이었습니다."

"마법이란 게 그렇게 강한 건 줄 몰랐는데."

"사용되는 범위와 방법이 다른 것이라고 생각하시면 됩니다, 이리야 씨."

이리야는 자신도 모르게 손톱을 깨물고 있었다.

스스로 겪었던 그 고통을 생각하면 마법사에 대한 두려움이 뭉클뭉클 샘겨난다.

"젠장. 다 내가 너무……."

능력이 약해서 그렇다고 그는 괴로워할 수밖에 없었다.

일행 중, 가장 능력이 약한 그다. 발을 잡아끄는 일밖에 하고 있지 않을지도 모른다.

"그렇게 생각할 건 없어. 이번엔 어느 누구도, 심지어는 경하마저도 뒤늦게야 눈치를 챈 거니까."

"하지만 그래도 시유를 지키지 못한 것은 내 잘못이야."

이리야가 머리를 감싸며 무릎 사이에 얼굴을 묻었다.

처음이었다. 이렇게 스스로가 약하고 작은 존재라고 생각된 것은.

"녀석의 말을 들었잖나. 시유는 위험하지 않을 거다. 적어도 시유가 경하로 오인되고 있는 동안에는, 오히려 그녀의 목숨을 위협하는 것은 적이 아니야."

로운이 잠시 뒷전으로 미루어놓았던 사실을 끄집어내었다.

그의 말에 기엘이 그제서야 깨달았다는 얼굴을 했다. 까마득하게 잊고 있던 사실.

"그녀의 능력은 기엘이나 나에게는 못 미친다. 하지만 확실히 한 사람의 바람술사로서 제 몫을 할 수 있을 정도의 능력은 돼. 이미 미메이라를 떠나온 지 꽤 시간이 되었다. 앞으로 얼마만큼의 시간이 남았는지 모르겠지만 한시라도 빨리 되찾지 않으면, 경하의 곁에서 오래 떨어져 있으면 있을수록 위험할 거야."

머리를 감싸고 있던 이리야가 놀란 얼굴로 고개를 들었다.

자괴감 같은 것은 어디론가 사라진 지 오래다. 충격이 그를 제정신으로 돌려놓았다.

"그렇다면 어서 시유를 찾아야 하지 않아? 이렇게 앉아 있을 시간이 없잖아."

"하지만 일단 우리에겐 기본적으로 해야 할 일이 있다."

결국 이러지도 저러지도 못하는 상태에 빠져 버린 것이다.

시유 한 사람을 위해서 대의를 포기할 수는 없다. 그것 역시 넓게
는 미메이라의 모든 바람술사들을 위한 일이다.

하지만 다른 모든 이를 위해 시유 한 사람을 포기하는 것도 할
수 없다.

그걸 깨닫는 순간 아무도 입을 열지 못했다.

어느 쪽도 포기할 수 없는 양 갈래 길에 그들은 서 있었다.

"……."

로운들의 대화를 조용히 듣고 있던 경하는 살며시 문을 닫고 다
시 침대로 가 앉았다.

아직 몸은 욱신거리며 아파왔지만 잠결에 들리는 그들의 목소리
에 그만 깨어버렸던 것이다.

'젠장. 정말이지, 몸이 두 개가 되었으면 좋겠어.'

아니, 두 개라도 모자란다고 경하는 생각했다.

이리야를 살리고, 시유를 구하고, 그리고 다음 일을 하면 된다고
말했던 스스로가 이렇게 비참할 수가 없었다.

'룬의 말이 맞아. 나는 결국 제대로 하는 일이 하나도 없어. 제멋
대로 한다고 말해 놓고 제대로 만든 건 하나도 없는 거라구.'

"저어. 저기…"

"으, 으응?"

경하는 갑작스럽게 그를 부르는 소리에 화들짝 놀라 얼굴을 들었
다.

어린 여자 아이 하나가 낡은 담요 같은 것을 들고 있었다.

"밤에는 추워져요. 그렇게 얇게 입고 있으면 감기에 걸릴 거예요.

그러니까 이걸…."

"아. 고, 고마워."

경하는 여자 아이가 내미는 담요를 받아 들고는 어색하게 웃었다.

이럴 때는 어떤 표정을 지어야 하는 걸까?

"언니는 공주님?"

"에, 에엑?"

"저기 멋있는 아저씨들이 많이 걱정하니까…."

"그, 그게 말이지 꼬마야. 난, 난 공주님이 아닌데. 봐, 남자걸랑?"

팡팡— 하고 경하가 자신의 가슴을 쳐 보였다.

'정말 절망이야. 젠장. 이런 꼬마한테까지.'

"흐음."

"그, 그렇지?"

"하지만 머리카락이 반짝반짝 예쁜데."

"너도 예뻐."

그러면서 경하는 소녀의 머리를 몇 번 쓰다듬어 주었다.

물기에 젖은 소녀의 머리카락은 그리 부드럽지는 않았지만 왠지 경하는 그것이 자신의 머리카락보다 100배는 부드럽게 느껴졌다.

"봐. 나처럼 흐리멍텅한 색이 아니라 예쁜 갈색인걸. 그렇지? 그런데 이름이 뭐야?"

"…카라."

"그래. 카라. 아주 예쁜 이름이다. 그리고 나는 공주님이 아니라 그냥 오빠라고 해. 알았지?"

"오빠?"

"응. 난 너 같은 여동생이 없거든. 내 여동생 할래?"

도리도리.

카라가 고개를 흔들었다.

"카라에겐 다른 오빠랑 언니가 있어."

"그, 그렇구나."

"오빠한테도 동생이 있다면서. 저기 아저씨가 그러던데. 그 동생은 어디 간 거야?"

"아, 그게……."

도대체 어느 '아저씨'에게서 들은 건자는 모른다. 그저 지나가다가 시유에 대해 들은 걸지도 모른다. 하지만 남이 말해 주는 시유의 존재는 왠지 이상하리만치 그 존재감이 크게 느껴졌다.

"지금은 잠깐 어딜 갔어. 이제 찾으러 가야지."

"흐응."

"카라는 아무 데도 가지 마. 어디 가면… 카라 오빠랑, 언니들이 찾을 거다. 아주 많이."

"응. 아무 데도 안 가."

분명 열두세 살은 되어 보이는데도 카라는 아주 어린아이처럼 느껴진다.

'동생이란 게 그런 건가.'

사실 시유가 동생처럼 느껴진 적은 없었다. 그렇게 하라고 해도 못했지만 말이다.

'시안이 살아 있었다면…'

아주 오랜만에 경하의 머리에 시안의 존재가 떠올랐다.

'시안이 살아 있었으면 지금쯤 아마 다른 것은 다 제쳐 둔 채로 시유를 찾으러 갔을지도 모르겠군.'

그렇게 생각하고 있지만 경하는 왠지 진짜 시안이라면 정반대의 행동을 하고 있을 것이라는 생각도 들었다.

왜 그런지 모르겠지만 정말로, 이런 상황에서 시안이라면 만사를 제쳐 두고 먼저 아셀로 가는 발걸음을 서둘렀을 것이라는 생각이 들었다.

'이상하군.'

마치 시안이 옆에 있다가 '나라면 이렇게 했을 거야'라고 말하는 것 같다.

'그렇다면 난 어떻게 해야 할까?'

경하는 카라의 머리를 몇 번이나 쓰다듬어 주며 생각에 잠겼다.

*　　　　*　　　　*

"경하님?"

"아침부터 무슨 소란이야?"

"경하님—!"

룬의 질문은 듣지도 못했는지 기엘이 룬의 앞을 휘익하고 지나가 버렸다.

"경하님, 어디 계십니까!"

"뭐가 어떻게 된 거야? 어이, 이봐, 로운."

"자리에 없어."

"누가? 그 녀석이?"

"그래."

퉁명스럽게 룬의 질문에 대답하고 나서 로운은 기엘과 마찬가지로 룬의 앞을 휘익하고 스쳐 지나갔다.

"아침부터 정말 이게 웬 소란이야. 아파서 꼼짝도 못하고 널브러져 있던 놈인데 도대체."

불현듯 룬의 머리 속에 불길한 상상이 피어 오른다.

자신들이 자는 사이, 경하마저도 납치되는 불길한 상상.

"아니야. 설마."

푸르크 고개를 흔들며 불길한 상상을 지워 버린다.

"그런데 이 새벽부터 그 녀석은 어딜 간 거지?"

다음 순간 룬도 아침 새벽부터 경하 찾기 수색대에 몸을 던지고 있었다. 물론 그는 별로 느끼지 못했지만 말이다.

"그쪽에도 안 계셔?"

"……."

대답 대신 로운이 고개를 끄덕인다.

로운의 대답에 기엘의 얼굴이 사색이 되어간다.

"젠장. 움직이시지 못할 것이라고 생각해서 주위를 소홀히 했던 탓이야."

"섣부른 상상은 그만둬. 분명 주위 어딘가에 있을…."

말을 다 마치기도 전에 로운의 얼굴이 휘익 어떤 방향으로 끌려 갔다. 기엘도 마찬가지였다.

마치 무엇인가의 부름이라도 받은 사람처럼 그들은 몸을 돌려 한 방향으로 나아갔다.

보이지 않는 선이라도 있어 그들을 부르는 것처럼 그들은 천천히 아주 천천히 그 선을 따라 걸음을 옮겼다.

"어? 뭘 그렇게 봐? 지붕에 뭐라도 있…."

막 문을 열고 나오던 룬과 그 뒤를 이어 이리야가 로운과 기엘의 시선을 따라서 지붕 위로 눈을 돌렸다.

"어엇!! 그렇게 찾아도 없더니 저런 데 올라가 있다니."

룬이 경하에게 손가락질을 하며 화를 버럭버럭 내기 시작했다.

"야, 임마. 그런 데 올라가 있으면 감기 걸려!! 그것도 그 차림이 뭐야. 누가 보면 널 우리가 구박이라도 하는 줄 알겠다. 응? 얼른 안 내려와?!"

그렇게 소리를 지르는 룬을 누군가 팔을 내밀어 저지했다.

"왜, 왜 그래? 제일 찾아다닌 사람이."

그는 다름 아닌 기엘. 기엘은 아무 말도 하지 않고 고개를 저었다.

"잠시 놀랐을 뿐입니다. 경하님의 파장을 잡을 수가 없어서."

"뭐?"

룬이 눈을 크게 떴다. 어제부터 무슨 파장이 어쩌구 저쩌구 하는 소리를 듣기는 했었다. 물론 그게 뭔지는 아직 정확하게는 모르겠지만 여하튼 그게 안 느껴지면 위험한 것이 아니었던가!

"그런데 잡지 못한 게 아니라 그 파장이, 가득 차 있었던 겁니다."

"그, 그게 무슨 소리야?"

얼떨떨한 룬은 도대체 이 남자들이 무슨 소리를 하는 건가 싶어서 고개를 갸우뚱했다.

"아마 룬 씨도 조용히 정신을 집중하시면 조금은 느끼실 수 있을 겁니다. 경하님의 파장을. 이 포근하고, 따스한… 바람을 말입니다."

"에?"

기엘은 룬의 팔을 잡은 채 다시 고개를 쳐들었다.

지붕 위에는 경하가 우뚝 서 있었다.

그 위에 서서 경하는 두 팔을 쳐들고 먼 곳을 바라보고 있었다.

어렴풋이 구름 사이로 아침 햇살이 비쳐 경하의 그림자를 만들어냈다. 희미한 그림자는 조금 기운 십자 모양.

경하는 아무 먼 곳을 바라보고 있었다.

'케인. 찾았지?'

"그래."

'다행이다. 무사해서.'

경하는 세나케인의 감각에 동조하여 정신을 잃고는 있지만 무사한 시유의 모습을 막 찾아낸 참이었다.

쉬운 작업은 아니었지만 그것이 자신이 해야 할, 시안이라면 당연히 했을 일이라는 생각이 들었던 것이다.

새벽이 어슴푸레 밝아오던 그때 경하는 조용히 일어나 이 집의 지붕 위로 가볍게 뛰어올랐다.

어느 누구에게도 맡길 수 없는 일이다. 그래서 스스로, 단지 홀로 할 수밖에 없었다.

'케인, 부탁해. 네 힘이 필요해.'

경하의 입가에 미소가 맴돌기 시작했다.

'시유에게 전해줘. 내 말과 모두의 생각과 그리고……'

경하는 눈을 감고 수평으로 벌렸던 팔을 하늘 위로 치켜 올렸다.

주위에 가득 차 있던, 그가 불러들인 바람의 엘이 일제히 하늘로 치솟아오르기 시작했다.

'그리고 바람의 엘을 가득……'

바람이 불기 시작했다.

새벽의 차가움과 부드러움이 함께 담긴 바람이었다.

그것은 지붕 위에 서 있는 경하의 몸을 돌아서 하늘로 불어 올랐다.

강하지만 부드러운 바람이 밑에 있는 일행에게도 불어왔다.

사방에서 소용돌이치듯 불어온 바람은 경하의 의지에 따라 멀리 시유가 있는 곳까지 불어갈 것이다.

경하의 생각과 경하의 마음과 함께.

바람은 한참 동안 불었다.

그것은 경하가 팔을 내리고 확인이라도 하듯 눈을 깜박였을 때까지도 쉬지 않고 불고 있었다.

'고마워, 케인.'

고개를 끄덕이고 눈을 감는 순간 경하의 몸이 스르륵 그대로 앞으로 꼬꾸라졌다.

"우, 우앗! 저 녀석!"

룬이 소리를 지르며 달려들었다.

다른 사람들이 경하의 엘에 동화되어 잠시 그 감각이 둔해져 있는 동안 모든 것을 눈과 피부로만 느끼고 있던 룬이 제일 먼저 반응한 것이었다.

털썩―

경하가 룬의 품에 무사히(?) 떨어졌다.

"이봐!! 정신이 있어, 없어? 너 자꾸 사람을 그렇게 놀라게 할래?"

"헤헤헤헤."

룬의 걱정과는 달리 경하는 금세 눈을 떴다.

기엘과 로운도 그제서야 정신을 차리고 룬이 안고 있는 경하에게 달려들었다.

"헤헤, 미안. 하지만 시유를 좀 찾아보느라."

“……”

기엘과 로운은 할 말을 잃었다. 이리야도 마찬가지였다.

“시유는 괜찮아. 걱정하지 않아도 돼. 케인을 보냈으니까. 앞으로도 한동안은 아무렇지도 않게 지낼 수 있을 거야. 내가 바람의 엘을 가득…”

그렇게 말하는 경하는 그대로 꾸벅꾸벅 졸기 시작했다.

“미안. 케인이 금방 돌아올 거니까 나도 괜찮을 거……”

말을 마치기도 전에 경하는 그대로 고개를 푹 꺾고는 코를 골기 시작했다.

이리야는 웃지도 울지도 못한 표정으로 그 자리에 주저앉았다.

“젠장. 난, 이 녀석한테 못 이겨.”

울고 싶은 심정이었다.

“두고 봐라. 평생 쫓아다녀 주지. 죽을 때까지 쫓아다녀 줄 거다. 내 가죽과 물의 나유에 맹세하지. 진짜야. 정말로 저놈이 죽을 때까지 쫓아다닐 거야.”

“전에도 비슷한 말을 했던 것 같은데?”

로운이 너털웃음을 지으며 한마디 던진다.

“시끄러워! 그러는 네놈도 감동한 주제에. 누가 모를 줄 알아, 파계 신괸 양반?!”

“…흑, 흠, 흠.”

로운이 헛기침을 몇 번이나 하는 것을 보면서 룬은 웃음을 터뜨리고 말았다.

“푸하하하하하핫.”

기절할 듯이 웃어대는 룬에게서 경하를 받아 든 기엘은 룬에게 조용히 한마디를 하는 것을 잊지 않았다.

"저희들 목숨을 걸어서 모시고 싶은 분이지만 경하님은 그렇게 놔두시질 않죠. 하지만 그래서 더 더욱, 목숨과 바꿔도 아깝지 않다고 그렇게 생각이 되는 겁니다."

"…하. 하하……."

룬의 웃음소리가 잦아든다.

"룬 씨는 어떠신지요. 경하님이 말입니다."

그리고 기엘은 의미있는 웃음을 룬에게 지어 보인 후 조용히 집 안으로 들어갔다.

그 뒤에서 룬이 어떤 표정을 짓고 있는지는 전혀 상관하지 않은 채.

＊　　　　＊　　　　＊

"정했어. 그러니까 다들 힘들겠지만 아무 말 않고 따라와 줬으면 좋겠어."

경하가 정신을 차린 것은 그날 오후 늦은 시간. 하지만 아무도 경하에게 늦잠꾸러기라느니 하는 소리는 하지 않았다. 물론 경하가 일어나자마자 '바압—' 하고 소리를 질렀을 때도 아무도 밥벌레라는 농담도 하지 않았다.

룬이 '설마 저 녀석이 저렇게 먹어대는 게 혹시 바람술을 그렇게 써대서 그런 거 아니야?' 라고 말했기 때문만은 아니다.

사실 모르는 사실은 아니었기도 하다. 단지 매번 식사 시간만 되면 무섭게 찾아대는 경하의 성격 때문이었을 뿐.

때문에 식충이니 뭐니 하면서도 꼭꼭 먹을 것을 챙겨다 잔뜩 먹여줬던 것이다.

"그, 그러니까 시유는 괜찮아. 앞으로 당분간은 괜찮을 거야. 적어도."

단정을 지었다가 황급히 말을 조금 바꾼다.

"으음. 그러니까, 일단은 시유는 위험하지 않을 테니까 아셀에서의 일을 후다닥 해치운 다음에 시유를 따라서 제국으로 가자. 그게 제일 빠른 길이야."

"알겠습니다."

간단히 기엘이 동의를 표한다.

"뭐, 우리야 싫다고 할 게 있나. 그렇지?"

이리야가 툭 하고 룬을 건드리며 말했다. 룬은 멍청히 딴생각을 하고 있었는지 꿈틀하면서 반응했다.

"아. 그, 그야 나는 전하의 명령으로 뭐…"

"그럼 결정되었군. 서두르자. 일단 이 주위 배란 배는 전부 부서져서 육로로 갈 수밖에 없으니까."

"말은 내가 구해 오지. 마굿간이 부서져서 어쩔 줄 몰라 하는 마상들을 봤거든. 아마 아직 근처에 있을 거야."

"그럼 부탁하지."

굳이 여비를 내미는 행동은 하지 않았다. 물론 룬 역시 준다고 받을 사람도 아니다.

"모두들… 나더러 야박하다고도 안 해?"

막 자리를 뜨려는데 경하가 그들의 뒤에 대고 한마디를 했다.

"왜?"

"왜 그런 말씀을 하십니까?"

"어째서?"

"그럴 리가 없잖아."

제각기 한마디씩 한다.

"시유를 먼저 구하자고 안 하고 멋대로……."

"시유가 멀쩡하고 괜찮다고 한 건 너다. 우린 네 말을 믿을 뿐이야. 알겠어? 아니면 네가 한 말을 믿지 말라는 소린가?"

로운이 진지한 얼굴로 경하에게 물었다.

"그, 그런 건 아니야! 난 단지…."

"네가 무사하다고 했으면 우린 믿고, 네가 가자고 하면 가는 거다. 그게 내게, 그리고 기엘에게도 가장 최선의 선택이다."

"로운…."

뜻밖의 말에 이번에는 경하가 당황했다.

"우린 어디까지나 네 녀석의 기……."

"뭐?"

"아니야. 서두르자. 기엘, 룬. 그 마상들이 어디 있는 거지? 나도 같이 가지."

"아. 아아, 멀지는 않아."

"잠깐! 로운! 말을 하다 말았잖아. 뭐라고 한 거야, 지금."

"못 들었으면 그만이다."

"그런 게 어디 있어!"

"시끄러워. 투덜거릴 시간 있으면 짐이라도 챙기고 잃어버린 식량이나 보충하러 다녀. 알겠어?"

"로운!!"

"내 귀는 안 막혔어. 소리 지르지 마."

"에잇― 음흉한 아저씨 얼굴!"

"오랜만에 듣는 소리군."

"그건 또 뭐야?"

룬이 로운에게 히죽거리며 묻는다.

"신경 꺼."

"괜히 부끄러워서 그러지?"

"신경 끄라고 했지."

뒤에서 펄펄 뛰기 시작한 경하를 기엘이 달래는 소리가 들려온다.

"저 녀석한테 똑바로 말하기가 그래서 얼버무린 거 누가 모를 줄 알아?"

"넘어가지."

"솔직하지 못하구만."

"넘어가자니까."

로운은 어서 이 상황을 넘기고 싶었다.

'쳇. 말실수했어.'

"너무 그러지 마. 난 부러울 뿐이니까."

"뭐?"

"우리 전하는 저 녀석 같지 않으니까. 그거 알아? 내가 굳이 왜 이 일행을 따라오는 일에 자원을 했는지."

"……."

"궁금했거든. 저 기엘이라는 작자와 이리야라던가. 그리고 당신도 포함해서."

"궁금하다니, 뭐가? 우리가 엘러라는 것이?"

"설마. 난 당신 같은 남자들이 왜 저런 녀석에게 목을 매는 건지 그게 궁금했어. 그리고 지금은 뭐랄까. 조금은 알 것 같달까."

"…쓸데없는 궁금증이다."

"그래서 부럽다, 이 말씀이지."

"부러울 것도 참 없군."

"부러운 건 부러운 거지. 하하하하."

"시답잖게 웃지 마."

"푸하하하핫."

룬의 웃음소리에 담겨 있는 것이 무엇인지 로운은 어렵지 않게 짐작할 수 있었다.

'나도 예전에는 그랬지. 무엇인가 갈구하지 않고는 견딜 수 없었으니까.'

그는 오래전, 벌써 오래전처럼 느껴지는 예언의 현자의 말을 떠올렸다.

'원하는 것이 하나가 될 때라…'

예언의 현자는 정확하게 예언을 했다.

'그래. 원하는 것이 하나면 그것이 이루어질 때를 받을 수 있는 거였어.'

아직도 지치지 않고 웃어대는 룬의 옆에서 로운은 슬며시 미소를 짓고 있었다.

그는 팔을 올려 룬의 어깨를 짚었다.

그도 언젠가 원하는 하나를 이룰 때를 받을 수 있기를 바라며.

제3장
손님

The Wind of Ashurei

"후덥덥하다."

"그래. 후덥덥하지."

"어이. 이리야. 이거 어떻게 안 돼? 더워 죽을 것 같아."

말 위에 늘어져 있던 경하가 하늘을 향해 손가락 하나를 세웠다.

"소나기까지는 안 바랄 테니까 좀 어떻게 해줘."

헥헥거리며 경하가 이리야에게 도움을 청했다. 하지만 이리야는
경하를 거들떠보지도 않고 대답했다.

"바람을 좀 불게 하면 되잖아. 나도 힘드니까."

"바람을 불게 해도 습하다구. 게다가 내가 바람술을 쓰면 로운한
테 혼나는걸."

"그러는 나는 안 혼날 것 같아? 그러니까 지금처럼 참아."

추욱―

이리야가 대답을 하자마자 경하와 마찬가지로 말등 위에 늘어져 버렸다. 하지만 그는 경하처럼 축 늘어져 있지 못하고 다음 순간 벌 떡— 하고 일어나 버렸다.

"우엑— 말 냄새. 더우니까 이 냄새도 죽이는구만."

그러면서 이리야는 경하를 바라보았다.

경하는 말등에 기대는 것은 물론이요, 말갈기에 코를 박은 채 잠 들기 직전이다.

"몸을 세우고 가는 거보다야 훨 낫지."

"둘 다 그만 중얼거릴 수 없나? 도대체가."

로운이 조금 걸음을 빨리해 앞으로 불쑥 나왔다.

그런 로운에게 이리야가 덥석 매달렸다.

"이봐, 신관 양반. 부탁이니까 저 녀석한테 바람 좀 불게 시키면 안 될까?"

"위험해. 놓지 그래?"

"응? 아니면 내가 여기 습기라도 좀 없애게 해주던가."

"위험하다고 했을 텐데?"

툭툭툭.

로운은 이리야의 팔을 떼내며 한 눈으로는 경하의 말을 점검했 다.

습한 날씨에 좀 지치긴 했지만 그렇다고 해서 최악의 상태는 아 니다.

"이봐아, 신관 양반. 덥다니까아. 아니면 이 제한 주문이나 좀 풀 면 안 될까?"

"그걸 풀어서 그 검은 마법사한테 덜미를 잡히는 쪽이 낫다는 뜻 인가?"

희번득하고 로운의 눈이 번쩍였다. 이리야는 그의 눈빛에 그만 깨갱— 하고 나가떨어질 수밖에 없었다.

경하 일행은 지금 마악 아셀 제국의 국경을 넘은 참이었다.

최대한 눈에 띄지 않게라는 명목 하에 수풀이 무성한 지대를 지나서 간신히 평지로 나왔지만 대신 숲을(그것도 말을 끌고서!) 헤치고 나오느라 지친 데다가 날씨까지 후덥덥한 바람에 모두들 상당히 지쳐 버렸던 것이다.

사실 평소라면 간단히 숲을 지나거나 바람술을 써서 조금이라도 쉽게 왔겠지만 그렇게 하지 못하는 이유가 있었다.

바로 그 문제의 정체를 알 수 없는 하셰카의 마법사를 의식하지 않을 수가 없었던 것이다.

그 마법사가 이들이, 경하 일행이 엘러라는 사실을 알고 있는 이상 언제 어디서 그들에게 들킬지는 상상도 안 가는 것이다.

그래서 취한 방법이 결국 같은 엘러들도 느끼지 못하게 하는 라인-티리쉬, 즉 그들의 힘을, 파장을 감추게 하는 주문을 쓰는 것이었다.

그 덕택에 바람 한 점 불지 않는 이 널따란 대지를 위에서 땡볕을 받아가며 걷고 있는 중이다.

"해가 조금 더 나면, 이런 공기 중의 습기 정도는 말라 버릴 거다. 온도 자체는 그렇게 높은 것이 아니니까. 조금씩들 참아. 방법이 없으니 투덜거리지 말고."

라고 로운이 말을 마치기가 무섭게 멀쩡하게 말등 위에 기대고 있는 줄 알았던 경하가 주르륵 미끄러져 내렸다.

"우왓—!"

"로운! 어서!"

아슬아슬하게 경하 몸에 묶어놓았던 끈을 잡아챈 로운은 안도의 한숨을 내쉬었다.

얼마나 깊이 잠들었는지 경하는 깨지도 않고 끈에 매달린 채로 드르렁드르렁 코를 골며 자고 있는 것이 아닌가.

"역시 매달아두길 잘했군. 어제처럼 굴러 떨어져 버리면 곤란하니."

로운이 혀를 차며 경하를 다시 말 위에 얹은 다음 다른 줄을 이용해 꾹꾹 경하의 몸을 안장에 매달았다.

"그래도 너무하구만. 이래도 안 깬다니."

이리야는 그런 경하를 보면서 부럽다는 듯 한마디를 덧붙였다.

"나도 저렇게 신경 안 쓰고 좀 잤으면 좋겠다. 으아아아—"

"힘들군. 서둘러야 할 텐데."

"경하님의 상태도 결코 좋지는 않은 것 같아. 이대로라면."

"아무래도."

경하의 상태가 좋지 않은 것을 기엘은 걱정하고 있었다.

라인-티리쉬를 쓰고 있는 상태인데도 경하는 무리를 해가며 시유의 동정을 계속 살피고 있었기 때문이다.

그것이 비록 자신의 힘보다는 세나케인의 힘을 이용하여 최대한 그들을 찾고 있는 누군가의 눈을 피해 편법을 쓰고 있다고 해도 말이다.

사실 그것뿐만이 아니다.

경하 이외의 멤버들도 눈에 띄게 피로가 쌓여가는 중이었다.

기본적으로 티리쉬 주문은 시전자에게 그 주문 자체로 인한 피로

감을 주진 않지만 바람의 술을 쓰는 것을 제한한 만큼 신경이 곤두
서 버리기 때문에 그만큼 힘들 수밖에 없다.

그나마 가장 상태가 괜찮은 사람은 기엘이나 로운처럼 엘러가 아
닌 남자. 바로 룬 한 명이었다.

"그나저나 룬 씨가 돌아올 때가 된 것 같은데. 걱정이군."

기엘이 고개를 빼고 혹여 룬의 기척이 없는지 살폈다.

그때였다. 풀이 무성한 너머로 무엇인가 움직이는 것이 보였다.

순간 기엘의 신경이 한곳으로 몰렸다.

'뭐지?'

허리의 라이트에 손을 얹고 언제든 뽑을 준비를 한다.

숨을 죽이며 기엘은 몸을 숨겼다.

바스락—

풀이 다시 한 번 움직이고 그 사이로 갈색의 조그만 동물이 풀쩍
튀어나왔다.

"……!"

동물이 튀어나오는 순간 기엘의 몸도 앞으로 튀어 나갈 준비를
한창 하고 있다가 순간 긴장이 풀렸다.

"후우…."

식은땀이 한 방울 이마에서 떨어진다.

그는 삼 분의 일쯤 뽑았던 라이트를 다시 검집에 밀어 넣고 자리
에서 일어섰다.

'정말 이런 식이라면 앞으로의 길이 만만치 않겠어.'

"어이, 기사 양반."

"아, 룬 씨."

부트는 호칭이 어느새 이리야와 같아져 버린 룬은 기엘을 부를

때는 꼭꼭 기사 양반이라고 이리야처럼 독특한 억양을 넣어 부르고 있었다.

어차피 같은 기사가 아니냐며 만류하던 기엘은 이리야와 룬이 죽이 맞아서 번갈아 불러대는 통에 그만 항복을 해버렸다.

"건너편에 작은 마을이 하나 있는데, 어때? 들를까?"

"마을에 들르는 것은 되도록 자제를 해야죠. 어떤 경우라도 우리들의 행적이 노출되지 않게 하는 쪽이 경하님께 좋습니다."

기엘은 아직도 코를 골며 자고 있는 경하를 돌아다보며 대답했다.

"하이고. 정말 잘 자는구만. 또 자냐? 먹고 자고 먹고 자고, 정말이지 지치지도 않나?"

기엘은 걱정스런 눈으로 바라보건만 룬의 평가는 사뭇 다르다.

"그런데 정말 이렇게 숨어서 가야겠어? 차라리 내 생각에는 말이야, 들킬 때 들키더라도 있는 능력 없는 능력 다 써가면서 가는 쪽이 좋을 것 같은데. 안 그래? 시간이 없다고 했잖아. 아무리 위험하다고 해도 솔직히 말해서 자네들 실력이나 저 녀석이나 한엘러 한다며."

"…그 표현은 뭐지?"

로운이 이마를 찌푸린다.

"아니, 뭐. 그렇다는 거니까 적당히 넘어가라구. 여하튼 그런데 굳이 이렇게 숨어 다닐 필요가 있냐는 거야."

"위험한 것은 최대한 피해 가는 게 좋다고 생각하니 어쩔 수 없다."

"그럼 시간은? 사실 반쯤은 시간 싸움이라고 이런 건."

"……"

로운은 룬의 말을 들으며 그 말도 맞다고 생각했다.

실제 기엘의 아버지는 이제 거의 제국의 수도 카드미엘에 도착했을 것이다. 그리고 지금쯤엔 키리엔에서의 변화도 알아차렸을지도 모른다.

거기어 한 가지 더 변수가 있다. 바로 납치된 시유.

무사하다는 것은 알고 있고, 그녀가 한창 제국의 수도 쪽으로 이동하고 있다는 것도 알고 있다.

'조금만 더… 조금만 더 시간이 있었다면.'

"심사 숙고를 해보자고. 응?"

"그러지. 일단 이 녀석이 깨어나면."

하루의 반 이상, 아니, 거의 삼 분의 이는 꿈나라에서 보내는 중인 경하를 로운은 걱정스러운 눈으로 바라보았다.

＊　　　　＊　　　　＊

"미메이라의 사신이 곧 도착한다고 합니다. 내일 오후엔 카드미엘로 들어온다고 하는군요."

미타 남작은 로렌에게 가벼운 말투로 보고를 했다.

"그리고 또 하나, 이 서신은 예의 남자에게서부터 온 것입니다."

그는 검은 양초로 밀봉된 서신은 로렌의 앞에 내밀었다.

"흐응. 서신이라. 그쪽도 재미있는 방법을 쓰는군."

"매번 사람을 보낼 수는 없는 모양입니다."

"읽어보게."

"예. 알겠습니다, 폐하."

미타 남작은 로렌 몰래 안도의 한숨을 쉬었다. 로렌은 어떻게 생각하고 있는지 모르겠지만 미타 남작은 로렌만큼 하세카를 믿고 있지는 않았다.

혹시나 그 속을 알 수 없는 일당이 이 밀봉 서신에 무슨 짓을 해 놓았을지 어떻게 알 수 있을까?

로렌에게 위험이 닥치게 하느니 자신이 당하는 게 낫다고 그는 당연하게 생각하고 있었다.

바스락—

검은색의 양초는 떨어지기가 무섭게 치익 소리를 내며 타 들어갔다.

"우웃—"

고약한 냄새가 피어 오른다.

그는 얼른 코를 막은 후 재빨리 창을 열었다.

시원한 바람이 냄새를 순간 씻어내 버렸다.

"취미도 고약하군요."

"다 좋으니 읽어보게."

"문제의 바람을 생포하였음."

"뭐?"

"그뿐입니다."

로렌은 손을 내밀었다. 미타 남작은 주저하다가 결국 새카만 그 서신을 로렌에게 내밀었다.

"다른 내용은 없습니다, 폐하."

"문제의 바람을 생포하였음?"

퍼뜩— 로렌의 머리를 스치고 지나가는 것이 있었다.

"설마?"

벌떡 자리에서 몸을 일으키다 말고 그는 다시 깊숙하게 의자 안으로 돔을 들여앉혔다.

생포라고 했다. 그것도 문제의 '바람'이라는 용어를 사용해서 말이다.

하지만 과연 이 말이 자신이 기다리고 있는 '그녀'를 생포했다는 소리인지 믿을 수가 없었다.

그들은 미메이라도 아닌 가이칸 북부 쪽에서 행방 불명이 되어버렸다.

"이 서신이 어디서 전해져 온 건지 알 수 있나?"

"하나스 쪽입니다."

"하나스?"

그렇다면 더 더욱 미심쩍다. 가이칸 북부에서부터 하나스까지라면 보통 거리가 아닌 것이다.

그 짧은 시간 동안 아슈레이 대륙을 종횡단하여 하나스까지 가는 것은 거의 불가능에 가깝다. 매일매일 말을 달리지 않고서는 말이다.

'아니야. 꼭 그렇게 생각할 것도 없다. 하나스는 미메이라와 아주 가까워. 그리고 그들이 나메스로 들어가거나 하지 않고 그대로 미메이라로 잠행했다면 이 기간 내에 충분히 하나스에 도착할 수도 있을 거야. 게다가 하나스에는 폴리카르가 있다.'

아슈레이의 지도를 떠올리며 로렌은 거리를 계산했다. 수로를 이용한다면 무리가 아닌 거리다.

'그렇지, 오히려 여유가 있을 수도 있겠어. 하지만…'

로렌은 다시 한 번 그 서신을 읽어 내렸다.

너무나 간단한 문장에 설명조차 없다.

'어째서 하나스지? 그들이 어딘가에 동맹을 요청한다면 같은 신

국밖에 없을 것이라고 생각해 왔다. 그것이 틀렸다는 건가?'

그는 며칠 전 보고받았던 하나스에 대한 문서를 떠올렸다.

하지만 그 문서에서 보이는 하나스의 병력 이동은 눈에 불을 켜 듯 뻔한 그런 움직임이었다.

제국이 미메이라 근처로 병력을 이동시키는 것을 보고 약간의 시위를 하는 그 정도에 그쳤었다.

'호로스는 예전부터 호전적인 불의 민족, 만일 움직인다면 호로스 쪽이라고 생각했는데.'

미타 남작은 로렌이 생각에 빠지자 조용히 옆으로 물러났다.

저렇게 한번 고민이나 생각에 잠긴 로렌을 방해했다가는 꽤나 호되게 그 대가를 치러야 한다는 것을 익히 알고 있기 때문이다.

그는 아직 로렌에게 보고하지 못한 몇 가지 서류들을 정리하면서 조그맣게 한숨을 내쉬었다.

'역시 하세카를 쓰는 것은 좋지 않다고 말씀을 다시 한 번 드려 볼까? 마음만 먹으면 얼마든지 다른 인원을 파견할 수도 있는 노릇이건만 굳이 암살단에 손을 대서 혹시나 쓸데없는 흠을 만들어낼 수는 없어.'

사르르륵—

그의 손에서 몇 개의 서류가 흘러내렸다.

미타 남작이 그것을 주으려고 허리를 굽히는데 갑자기 로렌이 자리에서 일어나 뚜벅뚜벅 벽으로 다가갔다.

그는 그곳으로 가서 길게 늘어져 있던 휘장을 젖혔다.

촤악—

로렌은 휘장 뒤에서 나타난 커다란 그림 앞에서 잠시 발걸음을 멈추고 그것을 들여다보았다.

오른쪽에서 왼쪽으로, 그리고 다시 오른쪽으로 걸음을 옮기며 쉴 새 없이 무엇인가를 중얼거렸다.

휘장 뒤에 있는 그림은 바로 얼마 전에 새로 완성하여 장식된 아슈레이의 전도. 하지만 그것은 전략적인 전도라기보다는 감상용 비슷하게 그려진 화려한 지도였다.

한참을 그 앞에서 서성대던 로렌이 이윽고 발걸음을 멈추었다.

"카스핀. 하나스와 아셀, 그 이외 서쪽 방면의 나라들의 움직임을 앞으로 낱낱이 매주 보고하도록 하게. 아니, 매일이 좋겠어."

"예?"

그것은 이미 이루어지고 있지 않느냐고 막 말을 하려는데 로렌이 그것을 막고 말했다.

"이전처럼 형식적인 게 아니라 좀 더 확실하게, 그쪽의 왕실이며 군부며 뭐든 좋아. 사소한 것 하나까지 전부. 알아낼 수 있는 것은 모조리 다 알아내서 샅샅이 보고하라고 하게."

"분부대로 따르겠습니다. 다만 폐하."

'이전에도 형식적인 것만은 아니었건만.'

그의 황제는 언제나 한번 움직이면 따라가기 힘에 겨울 정도다.

"뭔가."

로렌의 화살 같은 눈초리가 미타 남작의 시선을 사로잡는다.

"설마 신국과 셰비 연합국이 어떤 연관 관계가 있다고 생각하시는 겁니까?"

"글쎄? 그건 두고 봐야겠지. 내가 생각하는 것을 남이 생각하고 있지 않다고는 못하지 않을까?"

로렌이 중점을 두고 생각한 것이 바로 그것이었다. 물론 그의 계획은 나름대로 참신했다.

성문화되지 않은 불가침 조약, 그런 것은 유명무실하다고 생각해
왔다. 그래서 성공할 것이라고 당연히, 지금도 생각하고 있다.

그러나 한 가지 간과하고 있던 사실이 있었다. 꼭 자신만이 그런
생각을 하는 것은 아닐 수도 있다.

"이례적이라고 해도, 그리고 전례가 없었다고 해서 남들도 그렇
지 않을 것이라고는 생각하지 않아. 무엇보다 내가 바로 그 증거가
아닌가? 게다가 이미 미메이라 쪽으로는 손을 뻗은 상태다. 아무도
상관하고 있지 않았다고 해도 우리가 움직였기 때문에 따라서 신경
을 쓰고, 그리고 또 다른 반대급부를 내밀어 유혹을 할 수도 있다고
보네. 그러니까."

타악―

로렌의 신발 굽 뒤축이 부딪히며 조용한 내실을 울린다.

"사소한 것이라도 좋아. 평소와는 다른 움직임을 잡아내는 걸세.
그것이 단순한 정보이든, 정말 기밀한 정보가 되든. 그리고 몇 가지
더 자네에게 특별히 지시할 것이 있네."

"하셰카에 관한 것입니까?"

"한두 가지는 그렇지. 일단 그 하셰카에서 생포했다고 하는 것이
정확하게 누구인지, 그리고 그 대상을 우리에게 넘기겠다는 뜻인지,
아니면 우리와 그것을 담보로 또 다른 계약을 하겠다는 것인지. 그
도 아니면 그것을 반대급부로 계약을 파기하겠다는 건지 알아보게.
무엇이 되든 상관없지만 되도록 인수를 받는 쪽이 좋다고 생각해.
문제의 사람이 설사 내가 원하는 사람이 아니라도 말이야. 그리고
또 하나는."

로렌이 미타 남작을 손짓하여 가까이 불러들였다.

"예, 폐하."

　미타 남작을 가까이 부른 로렌은 심각한 표정을 지은 채 무엇인가 지시를 내리기 시작했다.

＊　　　　＊　　　　＊

　로렌은 의자에 깊숙이 앉아 두 손을 모아 이마에 대고 눈을 감고 있었다.
　생각이 많아지면 수면을 취하는 시간조차 아깝다.
　'사소한 것들을 포기하라고? 대의를 위해서?'
　잠을 자고 있는 동안에도 시간은 흐른다. 수도 없이 많은 사건들과 함께.
　'어느 것 하나도 놓치고 싶지 않다. 이것이 그저 아주 개인적인 욕심으로 치부되어 대의라는 명목을 위해 잊혀져야 한다면….'
　드리워진 커튼 사이로 눈이 부신 새벽 햇살이 새어 들어오기 시작했다.
　공기마저도 순식간에 바뀌어진 듯, 숨을 쉴 때의 느낌도 사뭇 다르다.
　그는 살짝 눈을 떴다가 다시 감았다.
　새벽 햇살은 밤을 샌 그의 어두운 눈에는 아직 너무나 밝았다.
　'아니, 나는 무엇이든 내가 원하는 것을 그대로 이룰 것이다. 결코 포기하지 않아. 그것이 아무리 사소하고, 또한 아무리 커다란 것이라도. 원하는 것이라면 대의 명분을 만들어 이루면 돼. 내가 원하는 것을 모두가 원하게 만들면 되는 거야.'
　이기적이라고 해도 좋았다.
　원하는 것을 이루기 위해서라면.

‘나쁘지 않군. 모두가 원하는 것이라.’

그는 천천히 눈을 떴다.

커튼 사이로 내비치는 새벽의 햇살. 그는 어두운 내실을 밝히는 그 빛을 따라 창가로 걸어갔다.

눈을 가늘게 뜨고 그는 그 햇살의 한가운데를 지나 해가 비쳐 들어오는 창밖으로 시선을 돌렸다.

햇살 밑에서 빛나는 그의 성과 성읍은 햇살만큼이나 황금색으로 빛난다.

‘하지만 반드시 내 손 안에 넣고 싶은 것이 있다.’

뒤쪽에서 인기척이 났다. 아마도 그가 아직도 내실에 있는지 확인을 하러 온 여관들일 것이다.

“뭔가.”

로렌의 하명을 기다리는 여관들에게 그는 짧게 물었다.

“폐하. 조반을 올릴까요. 아니면……”

조심스러운 목소리다. 그럼에도 불구하고 로렌은 약간 짜증이 났다.

“……”

그는 아무 말 없이 고개를 돌렸다.

‘이럴 때 그녀가 생각나는 이유는 뭐지?’

머리 속에 떠오르는 것은 은색의 머리를 가진, 어린 시절 보았던 그 바람의 여인.

차라리 뇌리에 떠오르는 것이 시안이었다면 의문을 가지진 않을 것이다.

‘아니. 결국 같은 건가. 시안 역시 그 정체를 모르기는 마찬가지였으니.’

그는 하세카가 생포했다고 한 그 문제의 인물이 시안이기를 바라
고 있을지도 모른다.

"폐하, 어찌할까요?"

"…잠시 쉬고 싶네."

"그럼 준비하도록 하겠습니다."

정확히 표현하자면 누군가의 체온이 필요하다고 말하기엔 아직
로렌은 자존심이 셌다. 그 상대가 누가 되든, 조금이라도 약한 모습
은 보이고 싶지 않았다.

단지 그가 원하는 것은 아주 잠시 쉴 수 있는… 따스한 체온을
가진 여인의 품일지도 모른다고 그는 생각하고 있었다.

*　　　　*　　　　*

"흐음, 역시 이상하단 말이야."

멀지 않은 곳에서 작은 샘을 찾아 목을 축이던 이리야는 물기가
있는 자신의 손을 들어 보이며 혼잣말을 했다.

마치 정해진 것처럼 일행의 식수 조달을 책임지는 것은 이리야이
기 때문에 그는 오늘도 일찌감치 일어나서 식수를 찾으러 나왔다.

"으흥."

다시 손을 물속에 넣고 그는 눈을 감았다.

굳이 신경을 집중하지 않아도 지금 손이 잠겨 있는 샘의 물이 가
지고 있는 엘이 그의 안으로 자연스럽게 스며들었다.

그뿐이 아니다.

그의 손으로 스며드는 엘이 어디에서부터 어떻게 어떤 길을 지나
왔는지 너무나 생생하게 느껴지는 것이다.

최악—

그는 다시 물에서 손을 빼냈다.

오늘 이 샘을 찾는 데도 그는 두리번거리거나 많은 시간을 소비하지 않았다.

그저 노숙을 하고 있던 나무 밑에서 가죽 주머니를 들고 아무 생각 없이 발을 옮겼는데 어느새 이 샘 앞에 다다라 있었다.

'마치 물이 나를 부르는 느낌이 들어.'

이런 변화가 언제부터였는지 그는 곰곰이 생각하고 있었다.

이전부터 물의 술사이기에 물을 찾는 데는 그다지 고생을 해본 적이 없다.

그는 원한다면 어디서든, 심지어는 사막 한가운데서도(물론 사막에 가본 적은 없지만) 찾을 자신이 있었다.

하지만 요 며칠과 같이 아무 생각 없이 몸을 움직이는데 어느새 물가로 인도되는 그런 일은 좀처럼 없었던 것이다.

그것뿐이라면 굳이 고민할 필요도 없다. 그저 우연의 산물이라고 생각하면 되니 말이다.

'뭔가 근본적으로 변한 것이 있는데.'

고개를 갸우뚱해 보지만 도통 무엇이 어떻게 달라졌는지 알 수가 없다.

"그 달라진 게 뭔지 모르겠단 말이야. 쳇."

결국 그는 고민을 포기해 버렸다.

"끄응— 역시나 무겁구만."

그는 가죽 주머니를 어깨에 메고 걸음을 옮겼다.

일단은 아침부터 먹고 보자고, 그리고 자신보다는 그래도 엘에 대해서는 잘 알고 있는 로운이나 기엘에게 물어보자고 결정했다.

"그렇다면 당연히 수로로 가야지. 그게 제일 빠른 길이라면. 지난 번에야 어쩔 수 없었다고 치고, 지금은 그런 것도 아니잖아. 좀 위험하면 어때?"

"하지만 경하님, 그 위험이라는 것을 그렇게 단순하게 생각하시면 곤란합니다. 일단은 이리야 씨의 전적도 있고…."

"좀 더 조심하면 되잖아. 왜, 자신없어?"

당돌하게 경하가 기엘에게 되물었다.

"로운이랑 기엘은 자신이 없어서 지금 피하자고 그렇게 말하는 것은 아니겠지?"

묘하게 사람의 신경을 긁는 발언을 하고 있다는 것을 경하는 스스로 깨닫고 있을까? 로운의 표정이 눈에 띄게 변했다.

"지난번에는 설마 그럴 줄 몰랐으니까 속수무책이었지만 이젠 그렇지 않잖아. 이렇게 말하고 있는 동안에도 시유는 계속 카드미엘로 향하고 있고, 하라스다인 장로님도 마찬가지라며. 그렇다면 방법은 하나밖에 없지. 최대한 빨리 아셀의 왕, 아니, 황제라고 했나? 여하튼 그 사람을 만난 후 제국으로 가는 것. 안 그래?"

다섯 사람은 지금 지난번에 룬이 제안한 좀 위험이 있더라도 수로를 통해 최대한 빨리 아셀의 수도 자노아에 가는 쪽이 좋겠다는 의견에 대해 이야기를 하는 중이다.

사실적으로 룬의 말이 백 번 옳다. 특히 이런 상황에서라면 말이다.

단지 거리껴지는 것은 지난번과 같은 일이 두 번 다시 벌어지지 않을 것이라고 믿을 수 없다는 것인데 누구보다도 기엘이 강력하게 반대를 했다.

결국 선택을 하는 것은 경하에게 넘어왔는데, 경하는 의외로 간단하게 룬의 의견에 찬성을 표했다.

어차피 일이 이렇게 된 이상 서두르고 또 서두르는 게 좋다는 것이 경하의 생각이었다.

"최대한 빨리 폴리카르 쪽으로 가서."

"류이카르라고 한다. 폴리카르의 서쪽 지류의 이름은."

룬이 정정을 했다.

"폴리카르든 류이카르든 뭔 상관이야. 배만 뜰 수 있음 되지."

경하는 이름 따위가 무슨 대수냐며 가볍게 룬의 말을 넘겨 버렸다.

"가서 최대한 빨리 조각배도 좋고 여객선도 좋고 뭐든 좋으니까 속도가 빠른 것으로 골라 타자구. 아셀의 황제도 혹시나 알아? 우리를 목 놓아 기다리고 있을지?"

"……"

그런 일은 없지 않을까요? 라고 기엘이 말을 하려다가 입을 다물었다.

로운은 경하가 정한 일에 웬일로 한마디의 이견도 내놓지 않고 묵묵히 일어나 주위에 늘어져 있던 짐들을 하나로 꾸리기 시작했다.

사실 로운의 태도가 미묘하게 변했다는 것은 경하를 제외한 다른 사람들은 어느 정도는 피부로 느끼고 있는 것이었다.

무슨 이유에선지는 모르겠지만 로운은 사사건건 경하의 의견에 트집을 잡던 버릇을 순식간에 버린 듯싶었다.

물론 이전에도 트집을 잡다가도 결국엔 경하의 의견에 따라주고는 했지만 사뭇 달라진 것이다. 그것은 경하의 말이라면 무조건 옳다며 줄줄 따라가는 기엘의 반응과도 조금 달랐다.

"준비는 다 되었나? 어서 출발하지?"

경하가 무슨 말을 하면 묵묵히 듣고 있다가 가장 현실적인 방법으로 답을 하는 것이다.

예를 들어 경하가 서두르자! 라고 하면 제일 먼저 짐을 챙기고 어서 출발하자고 마구 서둘러 대는 것이다.

그런 로운의 변화를 기엘은 왠지 따스한 눈으로 지켜보고 있었다.

굳이 말을 꺼내 친구의 자존심을 괜시리 건드리고 싶지 않기도 했고 무엇보다 그런 로운이 여느 때보다 훨씬 더 안정적이라는 느낌을 받고 있었기 때문이다.

"어이. 신관 양반."

"……."

한참 앞장서서 말을 달리는데 뒤쪽에 조금 처져 있던 이리야가 말을 달려 로운에게 다가왔다.

"이봐, 좀 천천히 가자구. 서두르는 것은 좋은데 어차피 지리를 그렇게 잘 아는 것도 아니잖아. 방향이라면 내가 정확하게 잡아줄 테니까 말이야."

이리야는 그렇게 말하면서 로운의 긴 망토 자락을 잡아당겼다.

"무슨 일이지?"

"그럼 그렇게 나와야지. 이 몸이 부르시는데 말이야."

"그러니까 무슨 일인지 묻지 않았나?"

"아, 그러니까 그게 말이야. 나 말이지, 좀 이상하지 않아?"

"무엇이?"

"그러니까 나도 정확하게 모르겠어서 묻는 거야. 이런 건 나 자신 보다는 오히려 옆 사람이 더 잘 느껴주지 않을까 해서 말이야."

"어떤 것을 말하는 거지?"

"모르겠어?"

"뭘?"

갑자기 무슨 소리를 하는 것이냐는 듯한 로운의 표정에 이리야는 푸욱 한숨을 내쉬었다.

"꼭 설명을 해야 해? 그러니까 다른 게 아니라. 자아… 느껴보면 알걸?"

그렇게 말하며 이리야가 손을 불쑥 내밀었다.

로운은 도대체 이 남자가 무엇을 하라는 건지 갈피를 잡지 못해서 멀뚱멀뚱 그 손을 바라보았다.

"그렇게 보고만 있지 말고 좀 잡아봐."

"남자 손을 뭐가 좋아서."

"농담할래?"

쯔읏 하고 이리야가 혀를 찼다.

"자아, 어서."

로운은 마지못해서 말고삐를 잡고 있던 한 손을 들어 이리야가 내민 손에 살짝 자신의 손을 올렸다.

'도대체 갑자기 왜 이러는 거지?'

손바닥 밑에서 느껴지는 것은 보통의 손이 주는 평범한 그런 감촉이다.

"그렇게 대충 말고, 왜 나를 가르칠 때처럼 그렇게 해봐. 왜 그렇게 둔해?"

이리야의 재촉을 받고 로운은 살짝 눈살을 찌푸렸다.

"티리쉬의 주문을 쓰고 있는데 도대체 뭘 하라는 거야."

결국 로운은 손을 내려 버렸다.

"아… 그런가."

깜박 잊어버리고 있던 사실을 지적받자 이리야는 아아— 하고 고개를 끄덕였다. 어쩐지 그의 변화를 기엘이나 로운이라면 금방 느낄 줄 알았는데 그렇지 않았던 이유가 이제야 이해가 갔다.

"어차피 그 주문은 관두기로 한 거 아니야. 조금 빨리 주문을 해제하면 어때서. 좀 봐봐. 나한테는 꽤 중요한 일이니까. 그렇군, 나도 일단 해제 주문을…."

"……."

로운은 이리야가 천천히 또박또박 주문을 외우는 것을 보고는 입 속으로 가볍게 해제 주문을 시전했다.

그 순간이었다.

지잉—

무엇인가 몸을 통과해 퍼져 나가는 느낌이다.

'이, 이건 뭐지?'

차가운 물의 느낌이 이리야가 내민 손에서부터 온몸으로 전해져 왔다.

로운은 아무 말 없이 다시 손을 들어 이리야가 내민 손 위에 손을 얹었다.

똑—

환청일까?

로운의 귀에 마치 조용한 연못 위에 이슬이 한 방울 떨어지는 듯한 소리가 들려왔다.

그리고 다음으로 느껴지는 것은 광활하게 넓은, 물의 이미지.

머리 속에서부터 몸 바깥으로, 그것은 마치 물이 퍼지는 것처럼 동그란 동심원을 그리며 퍼져 왔다.

'이것은?'

로운의 눈이 커졌다.

적어도 이리야는 이 정도로 강력한 파장을 뿌리는 엘러가 아니었었다.

물론 현재 이리야에게 느껴지는 파장이 경하 같은 엘-세지 이상의 술사에 미치는 것은 아니다. 하지만 적어도 엘-사인의 단계 정도는 가볍게 넘어 엘-라사의 단계라고 해도 이상하지 않을 정도가 되었던 것이다.

"이상하지?"

"……."

"이걸 물어보고 싶었거든. 티리쉬 주문 때문에 못 느끼고 있었다고는 생각도 하지 못했군. 정말 나라는 녀석은…"

하루 두 번씩 꼬박꼬박 스스로에게 라인-티리쉬의 주문을 시전하여 엘의 흐름을 갈무리해 두고 있었다.

그러니 못 느낄 만도 했다고 이리야는 나름대로 납득을 하고 있었다.

"언제부터 느낀 거지?"

로운이 심각한 표정을 하고 물었다.

사실 이리야는 신국 출신의 엘러가 아니다.

신국 외 출신의 엘러들에 대해 잘 아는 것은 아니지만 이 정도의 술사가 있다는 사실은 본 적도 없고 들어보지도 못했었다.

하물며, 이리야의 능력을 손바닥의 눈금 보듯이 훤히 꿰뚫고 있던 것이 바로 로운이다.

그가 가르치기도 했기 때문이고 무엇보다 꽤나 오랜 시간 동안 바로 옆에 머물러 있었기 때문이기도 하다.

눈에 보일 듯 훤히 알고 있던 이리야의 파장이 이렇게 순식간에 뒤바뀌었다면 분명 무엇인가 이상이 있다고 생각할 수밖에 없는 것이다.

'잠깐. 지금 내가 무슨 생각을……'

이리야에 대해서 생각하다 말고 로운은 조금 전으로 사고의 방향을 돌렸다.

무엇인가 아주 중요한 키워드를 그냥 스치고 지나간 것 같았기 때문이다.

"어떻게 된 건지 나한테 설명해 줄 수 있겠어? 너무나 급작스러워서 잘 이해가 안 가는걸."

이리야가 기대에 찬 눈빛으로 로운을 바라보았다.

사실 능력이 자꾸만 발전하는 것은 좋은 일이라면 좋은 일이다. 실제 이리야의 경우 경하 일행을 만난 후 아슈레이 중간 지대까지 갔다 온 덕에 제국 출신의 엘러로써는 상당한 단계까지 발전해 온 터다.

'이상… 이라. 이상. 이상……'

로운은 같은 단어를 몇 번씩 되뇌었다.

순간 머리를 스치고 지나가는 영상.

"그렇군. 그것 때문인가?"

"어? 뭔가 알겠어?"

"…경하 탓이라고밖에는 설명이 안 될 것 같군. 이건 기엘과도 좀 이야기를 나누어봐야겠지만 정확하게는 모르겠다."

"그 녀석 탓이라니?"

"네가 다쳤을 때, 경하가 치료를 했지. 그때……."

그저 경하가 온 힘을 다해 치료를 했다고 가볍게 언급을 하고 넘어갔던 일이다.

사실 로운도, 기엘도 정확하게 설명을 할 수 없는 부분이었기 때문이다. 룬은 아예 논외.

"아니, 이럴 것이 아니라 경하에게 직접 물어보는 쪽이 좋을 것 같다. 정확하게 말해 줄 수 있는 것은 한 가지뿐이야. 당신의 능력이 비약적으로 향상되었다고 해야 할까?"

"뭐?"

"스스로 느끼지 못하나? 주위의 엘이 반응하고 있잖아. 그렇게 질질 흘리지 말라고. 하앗—!"

말을 마치기가 무섭게 로운은 말 머리를 돌렸다.

정확한 것은 경하보다는 경하 안에 있는 존재. 세나케인이 더 잘 설명을 해줄 것이라는 생각이 들었기 때문이었다.

"어, 어이, 이봐. 같이 가!"

이리야가 허둥지둥 말 머리를 돌려 로운의 뒤꽁지를 쫓아갔다.

'능력이 향상되었다구?'

의문이 꼬리를 물고 자꾸만 생겨난다.

'도대체 난 어떻게 된 거지?'

*　　　　　*　　　　　*

"설명할 것도 없지 않아?"

퉁명스럽게 세나케인이 무슨 시답잖은 것을 묻느냐는 듯 대답했다.

“그러지 말고 케인이 설명 좀 해줘.”

경하는 자신의 일이 아니라는 듯 옆으로 비키고는 한가롭게 누워 세나케인을 재촉했다.

말을 달리고 또 달려서 폴리카르의 또 다른 갈래인 류이카르의 근처에 도착한 일행은 오늘 하루는 마지막으로 푹 쉬자고 동의한 후 마을을 찾아 들어온 차였다.

단지 문제는 마을은 마을인데 워낙 작은 마을이라 여관이라고 할 것도 없었다는 것이다. 덕택에 일행은 노숙보다는 조금 나을지 모르지만 결국에 노숙과 비슷하게 짚을 잔뜩 쌓아둔 창고 한구석에 둘러앉아 있었다.

“이 정도는 네가 좀 알아서 설명을 해주면 좋을 텐데 어째서 날 귀찮게 하는 거지?”

세나케인의 말에 경하의 눈초리가 휘익 하고 치켜 올라갔다.

“지나치게 인간답게 굴지 말라고 했지. 에잇! 정말이지.”

이번에는 경하가 투덜투덜댔다.

“그렇게 서로 미루지만 마시고 대답을 해주십시오. 아무래도 스스로에 대해서 잘 알지 못한다면 불안하기 짝이 없을 겁니다.”

기엘이 한마디 거들었다.

그 말에 경하가 조금은 뻘쭘한 표정을 했다.

왠지 찔렸기 때문이다. 경하도 이전에 이것과 비슷한 상황에 있었던 때가 있었기 때문이다.

스스로 가지고 있는 능력이 어떤 것인지, 그리고 그 한계가 어떤 것인지, 그리고 세나케인이 어떤 존재인지 전혀 모를 때, 경하는 계속 불안하기만 했었다. 스스로의 존재를 어떻게 받아들여야 할지 아주 혼란스러웠었다.

'젠장, 귀찮게스리.'

하지만 경하는 로운의 두터운 망토를 빼앗아서 둘둘 두르고는 옆으로 누워버렸다.

개구리 올챙이 적 생각 못한다고밖에는 표현이 안 될 행동.

하지만 이전의 그런 불안했던 때를 떠올리는 게 이상하게도 싫었다.

스스로의 행동이 너무나 어린애 같다는 것을 알고 있었지만, 그래도 싫은 것은 어쩔 수 없다고 경하는 생각하고 있었다.

"난 모르니까 케인에게 물어. 케인이 다 대답해 줄 거야."

어떻게 된 건지 대충 짐작은 가지만 설명할 재주가 없다는 게 사실은 정확한 대답일지도 모른다.

알고는 있지만 설명을 못하는 경우도 얼마든지 있는 법이다.

물론 진실은 정말 어렴풋이 대강 짐작이 갈 뿐 사실은 정확하게 어떻게 된 건지는 모른다는 것이라는 게 문제라면 문제.

"…피곤하십니까, 경하님?"

"그래. 엄청 졸려."

핑계를 대고는 경하는 꾸물꾸물 몸을 움츠리며 눈을 감았다.

그러자 모두의 눈초리는 팔짱을 끼고 아주 한심하다는 표정을 지으며 경하를 내려다보고 있는 세나케인에게 향했다.

그는 현재 조금은 반투명한 형체였지만 경하가 눈을 감기 무섭게 아주 뚜렷한 실체가 되어 다른 사람들과 마찬가지로 땅에 발을 대고 '서' 있었다.

"정말 귀찮은 녀석이군."

털썩—

경하가 그러는 것처럼 세나케인이 자리에 주저앉았다.

'똑같구만.'

'비슷해.'

'닮았어.'

'경하님과 똑같아.'

다들 마음속으로만 생각할 뿐 감히 입을 열어 그것을 단어로 옮기지는 못했다.

"불을 보듯 뻔한 것인데 그것을 제대로 인식하지 못하기 때문이다."

대뜸 세나케인이 한마디 했다.

"예?"

당사자인 이리야는 입을 꾸욱 다물고 세나케인이 무슨 말을 하는지 두근두근하며 기다렸다.

"생명의 흐름이 끊어져서 자연으로 돌아가기 직전에 그것을 원래대로 돌려놓으려고 하니 저 녀석의 힘만으로는 부족할 수밖에."

"에?"

빈사 상태긴 했지만 자신이 그렇게 심한 상태인 것은 몰랐던 이리야가 넋을 놓고 세나케인의 얼굴을 보았다.

"엘이 흩어지기 시작한 이상은 치유의 주문 정도로 되돌려놓을 수는 없어."

설명을 하고는 있지만 도통 못 알아듣는 표정을 하고 있는 일행들을 브고 세나케인은 인간처럼 한숨을 내쉬었다.

"저 녀석과 별다를 것 없군. 물론 인간이라는 것이…."

"거, 자꾸 인간 인간 하는데 듣는 인간은 아주 불쾌해. 그러는 당신은 결국 인간이 아니면서 인간의 흉내를 내고 있는 거잖아. 안 그 래?"

불쑥 룬이 한마디를 해버렸다.

그런 룬의 말에 기엘이 끼어들어 그만 하라고 하려는 순간 세나 케인이 웃으면서 말했다.

"…재미있는 인간이군, 그댄."

"칭찬 고마워. 당신도 생각보다는 훨씬 인간 흉내를 잘 내는데?"

룬은 세나케인과 똑같은 포즈를 하고 그를 쳐다보았다.

로운은 그런 두 사람(?)을 보며 고개를 저었다.

'정말이지, 저 남자의 반응은 언제나 상식을 초월하는군.'

로운의 논평과는 상관없이 케인은 룬을 향해 설명을 하기 시작했 다.

"흩어지기 시작한 엘을 다시 불러들인다고 해서 그것이 그대로 생명의 흐름에 동참하지는 못해. 그러니 살리는 방법은 하나지."

"그게 도대체 뭐야?"

오히려 당사자보다 룬이 더 흥미진진한 표정을 하고 있다.

"재구성하는 것."

딱 떨어지게 세나케인이 말했다.

"너와는 달리 저 녀석이나…."

세나케인은 잠자는 척(?)을 하는 경하를 가리켰다가 기엘과 로운 등을 가리켰다.

"이쪽의 경우는 엘의 영향을 태어날 때부터 죽을 때까지 훨씬 더 많이 받지."

"그래서 그 재구성이 뭔데? 빙빙 돌리지 말고 말을 해봐."

"이미 선을 넘겨 자연으로 돌아가고 있는 엘을 다시 인간의 틀에

집어넣으려면 그냥은 안 되니 결국 인간의 몸과 엘이 하나가 되도록, 인간의 몸을 구성하고 있는 4가지의 엘을 모두 활성화시켜야 한다. 그래서 재구성이라고 하는 것이지."

너무나 훌륭하게 설명했다고 생각한 세나케인은 스스로 만족하여 고가를 끄덕끄덕한다.

"……."

하지간 당사자인 이리야를 비롯 어느 누구도 만족할 만한 얼굴이 아니다.

"…뭔가. 설명이 더 필요한 건가?"

뻘쭘해진 세나케인이 말하자 모두들 무겁게 고개를 끄덕였다.

그러자 세나케인은 이리야를 가리키며 말했다.

"더 이상 설명은 필요없을 듯한데? 그러니까 다시 말해서 넌 바람의 주인의 힘으로, 라기보다는 단순하게 불러온 것뿐이지만, 여하튼 말이지, 다시 태어난 셈이라고 생각하면 된다. 원래보다 훨씬 엘의 흐름을 다루기 쉬워졌다면 그것도 모조리 저 녀석의 탓이다. 새롭게 만들어놓은 사람 솜씨가 좋으니 어쩔 수 없지 않은가."

"…오호, 그렇군."

손바닥에 주먹을 타악 치며 룬이 뭔가 깨달았다는 표정으로 말을 한다.

하지만 룬을 제외하면 모두 과연 자신들이 무슨 이야기를 들었나 싶어서 눈만 껌벅껌벅이고 있었다.

말은 이해되지만 그 말에 담겨 있는 의미는 너무나도 엄청난 것이었기 때문이다.

하지만 세나케인은 그것을 아는지 모르는지 룬을 보며 왠지 흐뭇해하고 있었다.

"알아듣는 인간이 있어서 편하군."

"음, 내가 원래 이해력이 좀 좋지."

두 사람이(?) 주거니 받거니 이야기를 하는데 그때까지 얌전히 자는 척을 하며 세나케인이 하는 말을 한 귀로 열심히 듣던 경하는 그만 참지 못하고 일어나 버렸다.

왠지 세나케인의 말대로라면 모든 것은 '자신'의 탓인 것이다.

"이봐, 룬! 뭐가 그렇군은 그렇군이야! 그리고 케인, 넌 왜 그렇게 기분 나쁘게 웃는 건데? 참나. 설명을 하라고 했더니 룬하고 죽이 맞아가지고는. 정말 별일이다, 별일!"

"설명을 하라고 시킨 건 내가 아닌데?"

바로 네가 아니냐며 세나케인이 반발했다.

하지만 경하는 머리를 쥐어뜯으며 소리쳤다.

"시끄러워, 케인. 아아악— 돌겠다. 젠장, 갑자기 뭔가 심각한 이야기라고 해서 좀 심각하게 있어줄려고 했는데 왜 둘이서 개그를 하는 거야! 응?"

"별로 그럴 생각은 없었는데?"

룬 역시 경하에게 왜 그런 반응을 보이냐며 의아한 표정을 지어 보였다.

"그런 얼굴도 하지 마! 이리야, 궁금하긴 뭐가 궁금해. 인간이 죽을 고비를 넘기면 의례 버전업, 아니다… 여하튼 능력이 좀 더 좋아질 수도 있는 거고 그런 거지, 뭘 그런 것 가지고 난리를 피우는 거야! 그냥 그런가 보다 하고서 살면 되지. 안 그래?"

경하의 말에 이리야가 또 다른 의미로 벙찐 얼굴을 했다.

"능력 좋아지면 좋지 뭘. 그걸로 뭐 나쁘게 되는 거라도 있어?"

"아, 아니, 그건 아니지만."

"그럼 됐잖아. 뭘 그렇게 시시콜콜 따지는 거야! 손에 안 익어서 그런 거면 연습하면 되고. 어차피 티리쉬 주문이고 뭐고 다 팽개치기로 했으니까 상관없잖아."

"물론 그렇지."

"그럼 끝난 거니까, 그만 자자구. 응? 내일부터는 버전업된 능력만큼 다구 부려먹어 줄 테니 직접 눈으로 확인해 보란 말야. 그리고!"

얼떨떨한 표정을 짓고 있는 이리야에게 경하는 마지막으로 한마디 했다.

"나타고 그렇게 될 줄은 몰랐으니까 사과는 안 해. 어쩌다 보니까 그렇게 된 건데 사과하는 것도 난 우습다고 생각해. 다만."

"……."

"다치게 된 데는 내 책임이 있으니까. 그게 미안할 뿐이야. 그럼 난 잔다."

말을 마치기 무섭게 경하는 다시 망토 속으로 파고 들어갔다.

"그리고 케인, 쓸데없는 헛소리하면 가만 안 둘 거야. 특히 룬하고 죽이 맞아서 떠들어대면 발로 차버릴 거야."

"…발로 차다니. 내가 네가 차대던 의자나 침대나 그런 종류인 줄 아는 건 아니겠지?"

"농담 따먹기 하지 마, 케인! 시끄러우니까 빨랑들 자! 어서!!"

그렇게 말은 하지만 잘 준비가 된 사람은 오로지 경하뿐이었다.

"먼저 주무십시오, 경하님. 저희들은 주위를 좀… 둘러보고 오겠습니다."

"……."

"로운, 나가지. 이리야 씨, 같이 가시겠습니까?"

“어이, 나랑 이 녀석만 놓고 가는 거야? 위험하지 않아?”

“세나케인님이 모처럼 나와 계시니까 괜찮을 겁니다, 룬 씨.”

옆에 내려놓았던 라이트를 들고 기엘이 일어나자 로운과 이리야도 주춤주춤 자리에서 일어났다.

“부탁드립니다, 세나케인님.”

라이트를 들고 세나케인에게 예를 갖춘 기엘은 아직도 얼떨떨한 표정을 짓고 있는 이리야를 독촉해서 창고 밖으로 나갔다.

“로운, 뭐 해.”

“아. 그, 그래.”

결국 로운도 나가고 뒤에는 세나케인과 룬과 망토를 뒤집어쓴 경하만이 남았다.

경하는 마지막으로 주의를 주는 것을 잊지 않았다.

“둘이 떠들면 둘 다 죽어.”

*　　　　*　　　　*

“뭔가 상당히 충격적인데 이거.”

이리야는 바람이 횡횡 부는 강가에 앉아서 스스로에게, 또는 기엘과 로운에게 말했다.

사실은 뭐라고 표현해야 할지 몰랐기 때문일지도 모른다.

“결국… 죽을 고비라고 해야 하나, 아니, 거의 죽은 거나 진배없었다는 거잖아.”

다른 것보다는 바로 그 점이 이리야에게 상당한 충격을 가져왔다.

물론 굉장히 위독했다라는 것은 로운이나 기엘에게 들어서 알고 있었다.

거의 시체였다고 하는 룬의 논평도 이미 들은 상태다. 그럼에도 불구하고 세나케인의 설명을 듣고부터 몸의 떨림이 멈추지 않는 것이다.

"저도 상당히 놀랍습니다. 전 단지, 치료 과정 중에 경하님의 엘에 반응을 한 탓이 아닐까라고 생각을 했습니다만."

쓰윽—

이리야는 서늘한 어깨를 감싸 안았다.

"참, 지금 심정을 뭐라고 말해야 할지 모르겠어."

그런 이리야에게 위로를 하기도 그런 기엘은 그때까지 한마디도 하지 않고 있는 로운에게 시선을 돌렸다.

"로운, 너무 말이 없다."

"아. 아아."

로운은 로운대로 뭔가 고민을 하는지 표정이 어두웠다.

로운은 말은 하지 않았지만 조금 전 세나케인이 경하가 한 일에 대해 설명을 할 때 이미 충격을 받은 상태였다.

"걱정이 되는 것이 생겨서."

"무슨?"

"겉에서만 보면 단순하지, 이번 일은. 하지만 티리쉬로 억제를 하고 있는데도 시유의 상태를 지속적으로 알아보는 것도 그렇고, 이리야를 저렇게 고쳐 놓은 것도 그렇고."

"놀랍긴 하지만, 결과가 나쁜 것은 아니지 않아?"

"그렇게만 생각하지 말라니까, 기엘. 탁 까놓고 말해서 생각을 해봐. 아니, 기억을 해보라고. 우리가 아는 어떤 바람술사가 그런 일을 할 수 있었지? 과거의 기록을 되짚어보아도 4신의 힘을 그렇게 사용할 수 있었던 수장은 없었다. 있었다면 아주 고대의 일이겠지."

"……."

그제서야 기엘은 로운이 왜 그런 표정을 하고 있는지 이해했다.

그가 이제야 알아차린 것은 단지 곁으로 벌어진 일에만 신경을 쓰고 있었던 탓이었다. .

"단지 저 녀석이 일반적인 수장 계승자와는 다르기 때문이라고 말하기엔 그 차이가 너무 커."

"그렇지. 어떤 바람술사도, 어떤 수장도……."

"죽어가던 사람을 살린다는 게 어떤 의미인지는 모르겠지만 위기에서 구해내는 것과는 전혀 문제가 다르다고 본다. 물론 나쁘다는 것은 아니지만 왠지 내 이해의 범주를 넘어서고 있는 것 같아서 두려워."

기엘의 어깨가 움칠했다.

그의 친우의 입에서 두렵다는 단어가 나온 것이 얼마 만일까? 아니, 기엘이 기억하는 한 로운이 기엘의 앞에서 두렵다라는 단어를 대놓고 말한 기억은 없다.

하지만 그런 단어를 쓸 정도로 로운이 생각하고 있는 것이, 로운이 말하고 있는 것이 얼마만한 의미를 가지고 있는 것인지는 충분히 이해가 갔다.

무조건 경하의 능력이 대단하다고 감탄만 해서는 안 되는 것이다.

"그리고 이리야, 당신도 앞으로는 조금 조심하는 게 좋을 듯싶어."

"으으응?"

갑자기 자신에게 로운의 화살이 돌아오자 이리야가 화들짝 놀렀다.

"신국 출신의 엘러와 타 지역 출신의 엘러가 얼마만큼 차이가 있는 것인지는 솔직히 나도 정확하게는 몰라. 하지만 지난번에 제국에서 만났던 엘러들과 이전의 당신의 능력을 생각해 본다면 확실히 신국 출신에는 못 미치지. 그것은 아무래도 어쩔 수 없는 신의 영역이라고 본다."

"뭐, 그건 나도 인정하지만. 그게 이제 와서 무슨?"

"현재 당신의 능력은 나나 기엘에 굉장히 가까워. 물론 숙련도라는 부분이 있으니 그것이 얼마나 좌우될지는 모르겠지만 말이지."

"에? 그렇게나?"

이리야가 벅벅 머리를 긁었다.

내색은 한 적 없지만 그에게 있어서 경하는 완전히 범위 밖의 인간이었기에 감히 상상도 하지 않았었다. 그러나 기엘이나 로운의 경우 나름대로는 조금은 질투의 감정도 가지고 있었다.

"솔직하게 말해서 이전에는 시유에게도 못 미쳤지."

"음. 으음."

"하지만 지금은 다른 상황이 되었고, 따라서…."

로운은 잠시 말을 멈추었다.

자신의 말이 맞을지 맞지 않을지 사실 그도 자신이 없다.

"일단 설명을 좀 해두어야겠군. 다른 신국은 어떨지 모르지만 일단 미몌이라에서는 바람술사의 단계를 다섯 단계로 나눠. 엘-다인. 엘-유린. 엘-사인. 엘-라사, 그리고 엘-세지라고 하지. 제일 낮은 것이 엘-다인. 미몌이라의 대부분이 사람들이 엘-다인 정도의 바람술사다. 그리고 나와 기엘은 엘-세지 직전이 아닐까라고 생각 중이고. 물론 경하는 엘-세지의 단계를 넘긴 지 오래지."

“그럼 현재의 나는 어떤 단계지?”

“엘-사인의 단계는 넘어섰다고 보고 제대로 훈련을 받는다면 충분히 엘 라사의 단계는 되지 않을까 짐작 중이다.”

“에엑?”

이리야는 깜짝 놀랐다. 분명 이전의 자신의 능력보다는 한 단계 위라고 생각을 하지 않은 것은 아니다.

“훈련을 하면 스스로의 능력이 어느 정도 되는지 자신이 정확하게 판단할 수 있게 될 거다. 그리고 바람술을 기본으로 이야기하자면 일단 자신의 엘을 얼마만큼 정교하게 다스릴 수 있는지도 중요한 부분이다. 하지만 문제는 그게 아니야.”

기엘은 로운이 능력의 단계에 대해 이야기를 하는 대목에서 그가 무슨 문제를 제기하고 싶어하는지 알 수 있었다. 그것은 경하가 매일매일 하루의 삼 분지 이를 잠으로 보내면서도 애를 쓰며 하고 있는 일과도 관계가 있다.

“그런 단계에 도달해 있는 엘러가, 비록 신국 이외의 출신이라고 해도 과연 제약을 받지 않을지는 장담할 수 없다는 것이다.”

“뭐?”

“이전에 들었을 텐데? 신국인은 오랜 시간 신국을 떠나 있을 수 없다는 말.”

“그런……”

순간 이리야의 안색이 새하얗게 되었다.

“신의 축복이자 저주라고 누군가는 말하기도 해. 물론 이렇게 말해 버리면 경하는 펄펄 뛰겠지.”

“아마도 제대로 말하지 않았다고 또 화를 내실걸?”

기엘도 쓴웃음을 지으며 로운의 말에 동감을 표현했다.

"어이, 지난번에 말한 거 그게 다가 아니야, 설마?"

"뭐, 기본은 같습니다. 단지 경하님께 말씀드린 것보다는…."

"보다는?"

"그 기한이 생각보다 훨씬 짧다는 겁니다. 특히 능력이 뛰어나면 뛰어날수록. 물론 경하님은 제외입니다."

"설마……."

"물론 경하님 곁에 있으면 그 기한이 얼마가 될지 모른다고 하는 부분은 사실입니다. 경하님이 옆에 계시는 한은 확실히 문제가 없을 겁니다. 경하님께서 바람의 근원이나 다름없는 그런 상태니까."

"하지만 나는……."

이리야는 떨리는 손을 맞잡아 동요를 억누르려 했다.

"지난번에 경험하셨던 것처럼 일단은 이리야 씨도 경하님 곁에 계시는 동안은 특별한 문제는 없지 않을까 싶습니다. 무엇보다 현재의 이리야님은 경하님께서 이루어놓으신 뭐, 그런 것이 있지 않습니까."

로운은 떨리는 이리야의 두 손 위에 자신의 손을 얹었다.

"만약의 경우에는 나유로 가면 되니까 문제는 없어. 그렇게 쉽게 끝이 날 리 없잖아. 지금까지도 그래 왔는데."

"……."

"그렇죠. 아마도 대륙의 어느 누구보다 파란만장한 몇 달을 보내오지 않으셨습니까."

"생각하는 것과 그것을 직접 몸으로 겪는 게 이렇게 다를 줄 몰랐어. 솔직히 이야기해서 난 그저 기사 양반이랑 신관 양반이 부러울 뿐이었거든. 그 부러움에 이런 함정이 있을 줄 몰랐어. 정말로."

"뭐, 숙명이라고 생각하면 그리 함정이라고 생각되지 않습니다. 사실 저희도 여행을 떠나기 전에야 사실을 정확하게 알게 되었습니다. 한편으로는 축복이 되고 다른 한편으로는 축복을 받은 대가가 되죠."

씨익 하고 기엘이 웃어 보였다. 어떻게 그런 얼굴을 하고 웃을 수 있는지 이리야는 이해가 갈 듯하면서도 가지 않았다.

"좋은 것만은 아니군. 확실히."

"그것 때문에 저 녀석이 저렇게 뛰는 거야. 어느 누가 그런 상황이 될지 아무도 모르니까. 그것을 막기 위해."

"……."

로운은 이리야의 손을 꾸욱 쥐었다가 놓았다.

그것은 몇 마디 격려의 말보다 훨씬 더 이리야에게 도움이 되었다.

"아참! 그리고 문제가 하나 더 있군."

"뭐가?"

이리야가 안도를 하다 말고 로운의 말에 다시 긴장을 했다.

"사실은 내가 당신한테 가르칠 수 있는 것은 거의 다 가르쳤거든. 엘-사인 이상 되는 물의 술사에게 내가 더 가르칠 수 있는 건 없어."

"에엑―"

"다시 말해서 현재 자네가 능력을 갈고 닦고 싶어도 그걸 해줄 만한 스승이 전혀 없다는 뜻이야."

"우욱. 그게 더 나쁘잖아. 현실적인 문제라구."

"뭐, 그래도 어쩔 수 없으니까. 날 원망하지는 말아줘."

"우어― 큰일 났잖아, 이거."

현실적인 문제가 닥쳐 오자 이리야는 순식간에 다른 문제들을 잊어버렸다.

아니, 사실은 무의식 중에 잊어버리려 노력했을지도 모른다.

"젠장. 이 일을 어쩌지. 정말 나유까지 빌빌거리며 가야 하나."

이리야는 꽤나 심각하게 고민을 하기 시작했다.

"이리야 씨, 너무 걱정하실 필요는 없을 겁니다. 이런저런 다양한 주문은 나중에 어떤 방법을 통해서든 습득하실 수 있을 테니까요. 기본적인 것은 언제나 같은 법입니다. 무엇이든 기초가 중요한 법이라고 하지 않습니까?"

"어. 그건 그렇지만."

"맞아. 기초는 중요한 법이지."

로운은 말을 마치고 벌렁 축축한 바닥에 그대로 드러누웠다.

"그리고 내일부터는 그 알고 있는 기초 몇 가지로 아마도 경하에게 혹사를 당할 테니 각오해 두는 것이 좋아."

"으득. 그런가."

이리야 역시 로운과 나란히 누워 하늘을 바라보았다.

새카만 하늘이 그를 내려다보고 있었다.

이리야는 왠지 저 새카만 하늘이 앞으로 요 며칠 간 그가 계속 보게 될 하늘이 아닐까 걱정하기 시작했다.

"움하하하하하하. 역시 짱이야. 쾌속선이 따로 없구만."

히죽히죽.

뒤에서 봐도 경하가 히죽거리는 것은 명백하다. 마치 온몸으로 히죽거리며 웃고 있는 듯해서 일행 중 어느 누구도 경하의 옆에 다가가지 않았다.

가까이 가기만 해도 히죽거림이 옮아올 것 같았기 때문이다.

지금 일행은 그리 크지 않은 조그만 배에 옹기종기 모여 앉아 있었다.

선착장이 있는 커다란 마을도 아닌 이상 그들이 살 수 있는 배는 이 정도가 한계였다.

그 배에서 현재 제일 막노동을 하고 있는 사람은 다름 아닌 이리야였다.

"어이, 이봐. 좀 쉬면 안 될까? 나도 사람인데."

"무슨 소리야. 버전업되었다며. 그럼 지속 시간도 버전업이 되어야지."

"그 버전업이란 게 도대체 무슨 소리야? 어제부터 같은 소리를 하고 있는데 도통 이해할 수가 없잖아."

이리야가 투덜투덜거리며 이마에 흐르는 땀을 닦아냈다.

"기엘에게 들었는데 엘-라사 단계의 물의 술사가 되었다며. 낮은 단계에서 높은 단계로 올라가는 걸 버전업이라고 하지. 흐흐흐흐. 여하튼 올라간 건 올라간 거니까. 힘내."

마치 악덕 공장주라도 된 기분으로 경하는 히죽거렸다.

"흐흐흐흐! 좋잖아, 역시."

"그 기분 나쁜 웃음은 좀 안 해줬으면 좋겠다. 왠지 얼굴하고 안 맞아."

룬이 경하의 웃음소리를 듣고는 핀잔을 주었다.

"뭔 상관이야! 내가 웃겠다는데. 좀 흐흐하고 웃으면 어떻고 헤헤헤하고 웃으면 어때."

룬이 어깨를 으쓱했다.

"누가 뭐래? 단지 내가 말하는 건 말이야. 기왕이면 겉보기 등급

하고 비슷한 행동을 보여달라 뭐 이런 거야."

"그래서 지금 불만이라는 소리… 어?"

제일 먼저 눈치 챈 것은 역시 경하였다.

라인-티리쉬의 억제도 받지 않고 있는 경하의 감은 지금 아주 예민해져 있는 상태.

그리고 다음으로 차례차례 누가 먼저랄 것도 없이 하나둘씩 경하가 느낀 바로 그것을 느끼고 주위를 둘러보기 시작했다.

적의를 가진 것은 아니지만 아주 낯설은 그 무엇인가가 그들을 향해 오고 있었다.

"뭐지? 이런 느낌은 처음인데."

경하가 흘러내리는 머리카락을 뒤로 넘기며 이리야에게 가까이 갔다.

그것은 배의 뒤편에서 배를 따라 아주 급속도로 다가오고 있었다.

"신기해. 아주."

경하는 '그것'이 다가오는 쪽으로 손을 내밀었다.

눈에 보이지 않는 차가운 감촉이 경하의 손가락을 시리게 했다.

'마치 물… 과 같은 엘.'

시린 손가락 끝에 살아 있는 엘의 감촉이 느껴졌다.

경하의 눈이 순식간에 커졌다.

"왔다."

그 말과 동시에 배 뒤편에서 물줄기가 하늘로 솟구쳐 올랐다.

"……!"

강물과 뒤섞인 차가운 엘은 공중에 자유롭게 맴도는 물줄기와 섞여 어떤 형상을 만들어 나가기 시작했다.

그것은 오래지 않아 인간의 형체와 비슷한 상태가 되더니 곧 이어 천천히 굳어가기 시작했다.

"설마 케인, 너랑 비슷한 상대인 거야?"

그 변하는 모습이 케인과 흡사하다는 생각이 들어 경하는 세나케인을 불렀다.

"달라."

돌아온 대답은 너무나 썰렁한 단 한 단어.

"그럼 도대체."

색깔을 갖추고, 그리고 이번에는 점점 진해지더니 다음 순간 그것은 인간의 모습이 되었다.

눈을 감고 있던 '그녀'는 아직도 물방울이 뚝뚝 흘러내리는 머리카락 사이로 살며시 눈을 떴다.

"놀라게 해드려서 죄송합니다."

"아. 그, 뭐 놀라긴 했지만 별로 죄송할 것은 없는데요?"

당돌하게 경하가 대답했다.

그러자 놀랍게도 그 물로 된 형상이 생긋하고 미소를 지었다.

"상냥하신 분이군요."

"그런데 당신은 누구?"

더 놀랄 것도 없다 싶어서 경하는 대놓고 물었다.

뭔가 좀 건방지다 싶었지만 적의라고는 단 한 움큼도 느껴지지 않았기 때문일지도 모른다.

"실례. 소개가 늦었습니다. 저는 물의 신국 나유의 딸, 라마이드라고 합니다."

물방울과 함께 그녀의 고개가 까닥하고 숙여졌다.

"만나서 반갑습니다."

그녀의 인사는 분명 경하가 아닌, 이리야를 향한 것이었다.

"당신을 찾아 이곳까지 왔습니다. 이국의 물의 술사여."

"에어?"

"그대가 물과 가까이 있어서 이렇듯 찾기 쉬웠습니다."

"어……."

어제보다 배는 더 어리둥절한 상태로 이리야는 상대방을 바라보았다.

상체는 분명 보이지만 그 아래부터는 역시나 출렁출렁거리는 물의 상태. 과연 이 사람(?)은 누구인 걸까?

"당신을 만나 아주 다행이라고 생각합니다. 물의 술사여."

후두두둑— 물방울이 떨어졌다. 상체만 만들어졌던 형체에서 팔과 같은 형체가 이리야의 앞으로 내밀어지고 있었다.

"나유의 축인을 받지 못한 불쌍한 물의 아들."

물로 만들어진 손가락이 이리야의 굳은 이마에 살짝 닿았다.

반짝이는 물방울이 이리야의 이마에 남았다.

"곧 당신과 만나게 될 것입니다. 저를 기다려 주십시오."

"……."

"나유의 축복이 언제나 당신과 함께하기를."

그 말과 함께 라마이드라고 자신의 이름을 밝힌 그 물의 형체는 순식간에 다시 강물 위로 후두둑 떨어져 내리고 말았다.

이틀째 너무나도 황당한 일을 겪어버린 이리야는 아무 말도 하지 못하고 입만 물고기처럼 뻐끔거릴 수밖에 없었다.

"에액! 저러고 끝이야? 시시하잖아!"

경하는 그런 이리야를 보며 투덜거리며 말했다.

"이상한 손님이었잖아. 이름만 밝히고는 그대로 사라지다니."

하지만 그렇게 쉽게 이야기를 할 수 있는 사람은 오로지 단 하나, 다른 일행은 모두 이리야와 별다를 바 없는 반응을 보이고 있었다.

"다들 왜 그래? 응? 으응?"

제4장
뒤돌아서는 사람들

The Wind of Ashurei

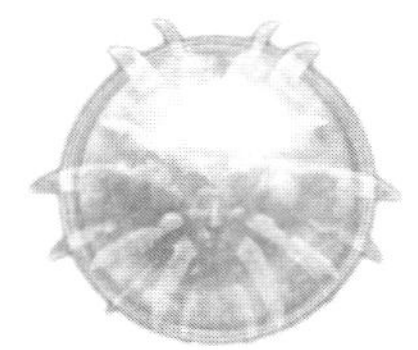

“그러니까 누차 말씀드리지 않았습니까. 경하님께서는 낯선 사람을 조심하라는 교육도 받지 못했던 겁니까? 저와 로운이 항상 경계를 하는 것만으로는 부족합니다. 경하님께서 스스로 주의해 주지 않는 이상은 말입니다. 아시겠습니까.”

“……”

“비록 적의가 없다고는 해도, 그 상대가 누구이며 어떤 목적을 가지고 왔는지 아무도 모릅니다. 상대는 적의가 아닌 행동을 했다고 해도 그것이 무의식 중에 경하님께 피해를 입힐 수도 있는 겁니다.”

“…응, 응.”

“지금 건성으로 말하고 있는 게 아닙니다, 경하님.”

“알았다니까, 기엘. 적당히 해. 무슨 말인지 알아. 여하튼 결과적으로는 아무 일도 안 일어났잖아. 응?”

경하는 드물게 머리에 핏대를 세우고 잔소리를 하는 기엘의 앞에 조신하게 앉아 있었다.

'세나케인이 존재할 수 있는데 이제 와서 뭐가 더 새롭고 이상하겠어. 적의가 없다 싶으면 그걸로 된 거지.'

다들 놀라서 심장이 튀어나올 지경이었지만 오직 한 사람 경하만은 멀쩡했다. 멀쩡한 정도가 아니라 그게 뭐가 대수냐는 표정을 짓고 있는 것이다.

사실이 그랬다. 처음에는 조금만 이상해도 가슴이 벌렁벌렁할 정도로 놀라서 정신을 못 차렸지만 그것도 이제는 슬슬 면역이 되어가는 중이다.

세나케인까지 갈 것도 없다. 따지고 보면 경하 자신이 이 아슈레이의 세계에 있는 것 자체가 이미 모든 이상함의 경계선을 넘어 있는 것이다.

그렇게 생각해서인지 경하는 묘하게 침착한 상태가 되어 있었다.

'아슈레이에 있어서 내가 이렇게 존재하는 게 가능하다면, 뭐가 안 되겠어?'

"상당히 낙천적이 되었군. 이상하다면서 엉엉 울었던 게 어제 같은데?"

천하태평인 경하에게 세나케인이 한마디 던졌다.

순간 경하의 얼굴이 빨갛게 달아올랐다.

'이, 이봐! 그럴 때는 좀 '오오, 많이 컸군' 정도로 끝내는 거야. 꼬기는 왜 꽈!'

"넌 아무렇지도 않겠지만 다른 사람들을 생각하는 아량이 필요할 것이다. 내가 네게 하고픈 말은 그것뿐이야"

그 말에 경하는 눈치를 보며 주위를 둘러보았다.

과연 다들 반쯤은 얼이 빠진 얼굴들이다. 물론 로운은 얼이 빠졌다기보다는 뭔가 화를 내고 싶은 것을 상당히 참고 있는 표정이었다.

"쳇. 하고 싶은 말이 있으면 해, 로운. 그런 이상한 표정 하지 말고."

"……."

"로운, 하고 싶은 말 있잖아."

"없는데?"

"그럼 왜 그런 얼굴이야?"

"내 얼굴이 어디가 어때서?"

매도 차라리 가서 먼저, 알아서 맞는 게 좋다는 생각에 경하는 로운에게 꼬치꼬치 캐물었다.

"뭐랄까, 설명하자면 말이야. 아으. 저놈 한 대 때려주면 딱 좋겠는데 구실이 없어서 못 때리겠군. 하지만 정말정말 참기 힘들잖아. 아우, 성질나. 라는 표정."

"……."

'맞겠군.'

룬이 고개를 끄덕이며 홀로 예언을 한다.

'한 대 얼어맞지나 않으면 다행이겠네.'

이리야도 눈을 찔끔 감을 준비를 한다.

'아, 말려야겠지?'

지레짐작으로 말리기 위해 만전의 준비를 하고 있는 기엘.

그 사이에 로운과 경하가 서로의 눈을 팽팽하게 노려보며 앉아 있다.

얼마나 그러고 있었는지는 아무도 알 길이 없다. 다만 자그마한 배에서 보이는 바깥 풍경이 아주 조금이나마 변했다는 것으로 짐작을 할 수 있을 뿐.

"…후우."

들려오는 강물 소리가 마악 변하려는 찰나 로운의 깊은 한숨 소리가 새어 나왔다.

"화난 것은 없다. 단지 묻고 싶은 게 있을 뿐이지."

"묻고 싶은 것?"

"그래. 네 말대로 아까 나타났던 그……."

"라마이드."

"그래. 그 라마이드. 그녀가 나타났을 때 아무리 적의가 없었다고 하지만 그렇게 태평하게 반응한 이유가 뭐지? 네 태도는 마치 당연하게 나타날 것을 알고 있는 듯한 그런 태도였다. 난 그것이 이해가 안 돼."

아, 하는 짧은 탄성이 여기저기서 새어 나왔다.

너무나 당황스러워서 미처 눈치 채지 못했던 점을 로운은 지적하고 있었다.

"우리야 이미 네 말대로 세나케인을 눈앞에서 보았고 이런저런 이상한 것들을 많이 보아왔기 때문에 라마이드라는 여자를 보고 놀라지 않는다고 치자. 하지만 난 네 태도가 이해가 안 가."

"에에, 그, 그건……."

생각해 보니 이상했다.

태평한 표정으로 있던 경하도 로운이 말을 던지자마자 표정이 변해 버렸다.

"그건 말이지. 그러니까……."

'어째서 그랬던 거지? 나는?'

스스로에게 질문을 해도 답변이 돌아오지 않는다.

질문에 대답을 하다 말고 경하는 생각에 잠겨 버렸다.

'나타날 것을 알고 있는 듯한 태도였다고 내가? 설마 나라는 녀석 모르는 사이에 뭔가 예지할 수 있는 능력이라도 생긴 건가?'

엉뚱한 생각을 하고 있지만 역시 의문은 풀리지 않는다.

"대답은 끝까지 해."

로운이 다그친다.

"…도, 모르겠는데."

내리깔았던 눈을 살그머니 뜨며 경하가 배시시 웃었다.

"그… 세, 세상에는 내가 모르는 일도 많으니까."

"대답이 안 돼."

"하지만 정말 모르겠는걸. 그냥 나타났으니 그런가 보다 했던 것 같은데."

"……."

소리없는 한숨이 로운의 품에서 새어 나온다.

'자각이 없는 거야, 역시.'

무엇에 대한 자각인지 로운은 정확하게는 알 수 없었지만 눈앞에 있는 경하가 뭔가 자신의 이해의 범주를 훌쩍 뛰어넘어 있다는 것을 로운은 다시 한 번 생각하지 않을 수 없었다.

'그것이 과연 좋은 것인지, 나쁜 것인지 도무지 알 수가 없군.'

남에게는 말할 수 없는 고민을 로운은 가슴속 깊이에서 하고 있었다.

＊　　　　＊　　　　＊

며칠 밤낮이 지났는지 알 수 없는 어두운 공간. 그 안에서 한 소녀가 살며시 눈을 떴다.

'여긴 어디?'

몸이 흔들리고 있었다.

'아직도……'

눈을 뜰 때마다 계속 어디론가 그녀는 이동되고 있었다.

정신을 잃고 있는 동안 여기저기 부딪친 몸이 자꾸만 아파왔다.

무슨 약이라도 먹였는지 그녀는 어두운 공간에 있는 동안 계속 잠을 자고 있었다. 아주 가끔 눈을 떴다가도 곧 쏟아져 오는 수마 때문에 정신을 잃는 것을 반복했다. 하지만 그것도 이제 약효가 떨어진 듯, 조금씩 정신이 돌아오고 있었다.

'어디로 가고 있는 걸까?'

조금이라도 몸을 가누려 했지만 왠지 힘이 들어가지 않았다.

'난… 난 어떻게 되는 거지?'

마차 같았다.

밖에서는 계속 말발굽 소리가 들려왔고 가끔은, 아주 가끔은 사람의 목소리도 들려왔다.

'시안 언니, 난 어떻게 되는 걸까요?'

정신을 잃기 전 마지막으로 뇌리에 남아 있는 것은 단 하나. 억수같이 내리는 비뿐.

그리고 정신을 차려보니 이 어두운 마차 안이었다.

있는 힘을 다해 시유는 고개를 들었다.

"하아."

고개를 숙이고 몸을 오그리고 시유는 눈을 감았다. 눈을 떠도 보이는 것이 없었기 때문만은 아니었다.

뭐라고 말할 수 없는 절망감이 그녀의 정신을 갉아먹고 있었다.

“……?”

한참을 그러고 있던 시유는 문득 이상한 느낌에 눈을 떴다. 너무나 익숙한 느낌이 어두운 공간에 한가득 들어차고 있었다.

“이건 바람의……”

어디서 불어오는 걸까?

시유는 의문을 가지기도 전에 그 바람에 몸을 맡기고 있었디.

그것은 바람이라기보다는 바람의 엘 그 자체와도 같은 것.

그 바람의 엘 속에서 시유는 다시 살며시 눈을 감았다. 이번에는 불안감 대신 포근함과 따스함을 느끼면서.

*   *   *

“정말 여기가 맞는 거야?”

“그렇다니까.”

“그런데 왜……”

“나도 모르니까 잠시 기다려. 어차피 처음 계획하던 것과는 시간 차이도 났고, 아직 아셀의 황제는 우리들이 도착한 줄도 모르고 있을 것 아니야.”

룬이 퉁명스럽게 대답했다.

경하 일행이 지금 머물고 있는 곳은 아셀의 수도에서 그리 멀지 않은 조그마한 성이었다.

하나스 국왕의 호의로 아셀의 그 누군가를 만나게 될 것을 잔뜩 기대하고 있던 경하에게는 어째서 이런 조그마한 성 한구석에 이렇게 똬리를 틀고 있어야 하는 건지 이해가 가지 않았다.

“이 성의 주인은 이전에 하나스에 오랫동안 머물렀던 훼인 후작 부인이다. 어차피 전하의 서신도 훼인 후작 부인의 손을 거쳐 전달이 되었을 테니 이제 남은 것은 느긋하게 기다리는 것뿐이지."

룬은 일단은 자신이 맡은 역할은 여기까지라는 것을 강조하며 말을 끝맺었다.

그들이 하나스를 출발해 이곳 아셀까지 오는 데는 열흘하고도 삼 일의 날을 허비했다. 원래의 예정대로라면 열흘 이내로 도착을 했어야 했다. 하지만 중간에 있었던 이런저런 사건들을 생각하면 사실 아주 늦어진 것도 아니다.

"느긋하게라니. 우리가 뭐 하러 힘들여서 여기까지 왔는데. 그렇지 않아도 여기까지 오는 데 며칠이 걸렸는데. 젠장. 비행기는 두 번째고 차라도 있었으면 정말 좋겠네."

"차… 라니?"

"아아, 됐어, 됐다구! 내가 무슨 말을 못해. 으이그."

"룬 씨."

옆에서 기엘과 로운이 룬을 불렀다.

룬은 그들에게 잠시 눈짓을 해 알았다는 뜻을 밝히고는 경하에게 말했다.

"뭔가 필요한 것이 있으면 하인들에게 시키면 되니까 되도록 느긋하게 쉬라구. 자아, 그럼 나는 이만."

"저희들도 이만 물러가겠습니다, 경하님. 모처럼이니 오늘은 푸욱 쉬십시오. 내일 일은 저희들이 걱정하겠습니다."

"말은 쉽지."

경하는 왠지 기분이 좋지 않았지만 기엘의 말을 듣고는 침대 위로 기어 올라갔다.

생각해 보면 이런 침대에서 잠을 자보는 것도 아주 오랜만의 일이다. 하나스에서 룬의 집에 머물렀던 때 이후로는 처음이다.

'하아. 정말이지, 이런 떠돌이 생활을 할 줄 누가 알았겠냐구.'

"훼인 흐작 부인은 어떤 분입니까?"

"에?"

"어느 정도는 저희들도 알고 있어야 하지 않겠습니까? 물론 하나스의 호의에는 정말 감사드리고 있습니다만. 아직 이 성의 주인도 만나뵙지 못한 상태라…."

"아아. 그거. 뭐 별거 아니야. 훼인 후작 부인은 그러니까 말이지."

팔장을 끼고는 손가락을 빙글빙글 돌리면서 룬은 말꼬리를 늘였다.

"전하께서 직접 서신을 부탁할 수 있을 정도의 여자라고 하면 되려나?"

"……."

룬은 씨익 웃으면서 말했다.

"아셀 황제의 넷째 부인의 아홉 번째 딸인데 훼인 후작이라는 늙은이랑 결혼했다가 결혼한 지 얼마 안 되어 미망인이 되었어. 그리고 나서 이리저리 팔자 좋게 유람을 다니다가 하나스까지 흘러 들어왔지. 뭐, 그 다음은 대충 상상에 맡겨두겠어."

기엘이 어색하게 기침을 몇 번 했다.

결국 달하자면 일종의 '핫' 라인인 것이다.

로운은 경하의 표현을 빌어 목 위는 30대요, 목 아래는 40대인 하나스의 극왕 이제라그를 떠올렸다.

'하나스의 국왕과 아셀 황제의 딸이라. 묘한 관계군.'

말이 우람이지, 그 뒤에 숨어 있는 진실이 어떤 것인지는 오직 본

인들과 양 나라의 국왕과 황제만 알고 있을 것이다.

"우리 전하는 미인한테 상당히 약하거든."

룬은 윙크를 해 보이면서 너털웃음을 지어버렸다.

"……."

하지만 기엘이나 로운, 그리고 이리야는 그에 동조할 수가 없었다.

'왠지 참 묘하게 들리는 말이야.'

로운은 인상을 찌푸렸다.

"여하튼 내가 맡은 것은 여기까지고 이제는 훼인 후작 부인의 재량에 맡길 수밖에 없어. 뭐 불운이라면 후작 부인이 성을 비우고 있다는 것이겠지만 곧 돌아온다고 했으니 기다리자구."

"믿을 수 있는 분이시겠죠?"

"못 믿으면? 이제 와서 어쩔 건데?"

"자신의 일이 아니라고 그렇게 말씀하지 마십시오, 룬 씨."

"어이, 어이, 내 일이 아니라니. 적어도 내 조국과는 밀접한 관계가 있는 일이야."

하지만 그렇게 말하는 룬은 왠지 믿음이 가지 않는다고 기엘은 생각하고 있었다.

"그러니까 다시 한 번 말해 두지만 좀 쉬자구, 오늘은. 응? 으으… 완전 강행군이었잖아. 나름대로는."

"…후우."

룬은 기엘의 등을 밀며 종용했다.

몇 발자국 아무 말 없이 걷고 있는데 갑자기 룬이 그제야 생각났다는 듯이 불쑥 입을 열었다.

"그렇지!"

"예?"

“……?”

“뭔데?”

“미안. 잊고 있다가 이제야 생각이 났는데 말이야.”

벅벅벅 미안하다는 듯이 룬이 머리를 긁는다.

“빨리 말을 해봐. 당신 말대로 아~주 편하게 발 뻗고 자고 싶다고 나는.”

이리야가 투덜투덜거린다.

하지만 룬은 왠지 말을 하기를 자꾸만 미루었다.

“그, 그, 듣고 너무 놀라지는 말아. 나도 숨기려고 한 건 아니고 말이야. 상황이 상황이니만큼 괜히 말을 하면 좀 이상해질 것 같고 그래서 말이야.”

“그래서 무슨 말씀이십니까, 룬 씨?”

기엘이 정색을 하고 룬의 앞에 바로 섰다.

“그… 훼인 후작 부인은 말이야.”

“……”

“사실은 마법… 사야.”

순간 그들이 서 있는 어두운 복도의 온도가 영하로 떨어져 버렸다.

휘이이이잉—

룬의 앞으로 찬바람이 스쳐 지나갔다.

“무어?”

이리야의 기가 차다는 외침이 어두운 복도의 끝까지 지잉지잉 울리며 퍼져 나갔다.

*   *   *

마법사는 어떻게 생겼을까?

경하는 예전에 봤던 책들에 묘사되었던 마법사들의 외양을 떠올려 보았다.

흑마법사들은 대부분 시커먼 로브를 입고 왠지 쪼글쪼글한 마른 손을 가지고 있는 늙은 할아버지들이 많다. 아니면 아예 새파랗게 젊어서 절대 늙지 않는 괴물이던가. 반대로 백마법사는 새하얀 수염을 늘어뜨린 인자한, 또는 조금은 성질 나빠 보이는 할아버지의 이미지랄까? 가끔은 로브가 없어도 마법사를 주장하는 파가 있기 때문에 마법 검사니 뭐니 하는 것도 많았던 것 같다.

"흐응."

하지만 이 아슈레이의 마법사를 본 일이 없는 경하로써는 도통 짐작이 가지 않았다.

따지고 보면 경하의 입장에서는 바람술사인 자신도 꽤나 훌륭한 마법사로 인식이 되고 있으니 말이다.

"흐음."

역시 마법사 하면 떠오르는 아더왕의 멀린이 최고가 아닐까? 기왕이면 다홍치마라고 왠지 신비한 분위기를 풍기며 사르륵— 로브를 끌고 나타나 주면 좋겠다고 경하는 생각하고 있었다.

"으음."

말을 하는 대신 계속 이상한 소리만 연발하고 있는 경하를 로운은 아무 말 없이 바라보고 있었다.

원래 말이 많은 성격은 아니지만 그래도 경하에게는 시시콜콜 잔소리를 하는 바람에 말이 많아졌었지만 요즘은 그런 것도 왠지 시들해서 로운은 특별한 일이 없는 한 거의 입을 열지 않고 있었다.

"똥 마려운 강아지 같네, 내 폼이."

불쑥 경하가 말을 했다.

"비유 한번 멋지군."

드물게 로운이 경하의 말에 찬사를 보냈다. 하지만 경하는 웬일인지 그런 로운에게 반발을 하기는커녕 파악— 하고 한숨을 내쉬었다.

"아가, 재미없어. 도대체 언제 오는 거야?"

"그래 봐야 아직 점심 식사 시간도 안 됐다."

"할 일이 없잖아. 기다리는 것밖에는! 기왕이면 빨리 와주면 좋겠다구. 하아아암."

그러면서 경하는 입이 찢어져라 하품을 했다. 그 하품은 전염성이 강한지 그 옆에 줄줄이 사탕으로 늘어져 있는 이리야와 룬도 연달아 하품을 하기 시작했다.

"따라하지 마."

눈가에 흘러나온 하품 눈물을 닦으며 경하가 말하자 이리야 역시 똑같이 눈물을 닦다가 말고 경하를 쳐다봤다. 눈이 빨갰다.

"따라한 것 아니야. 피곤해서 그럴 뿐이지."

이리야가 궁시렁거리며 대답했다. 사실 어제 룬이 '마법사'인 훼인 후작 부인에 대해 이야기를 하는 바람에 거의 새벽에나 잠자리에 들 수가 있었던 것이다.

덕택에 경하를 제외한 나머지 남자들은 전부 수면 부족 상태.

왜 말하지 않았냐는 세 남자의 추궁에 시달린 룬은 사실 거의 꾸벅꾸벅 졸고 있었다.

그가 말하지 않았던 이유는 사실 자명했다.

마법사한테 그렇게 당한 뒤인데 지금부터 만나러 가는 사람이 마법사라고 말한다면 과연 이들이 얌전히 이곳까지 올 리가 없을 것이라는 생각이었던 것이다.

실제 룬은 당한 당사자인 이리야가 제일 펄펄 뛸 줄 알았지만 오히려 이리야보다는 아무 말 없이 묵묵히 있던 로운의 반발이 상당했었다.

마법사의 도움 같은 것은 절대 받을 생각이 없다며 당장에라도 뛰쳐나가려는 것을 결국 룬은 몸으로 막을 수밖에 없었다.

그 덕택에 한잠 자고 일어난 지금도 로운은 룬을 쳐다보지도 않고 있는 중이다.

"아, 한가하다."

"그렇군요."

"흐음. 저어, 여기요."

널따란 의자 위에서 데굴데굴 구르기 직전인 경하가 음료를 내오던 하녀에게 말을 걸었다.

"예."

"후작 부인은 언제 돌아오시죠?"

"곧 돌아오실 겁니다."

"그 곧 돌아오실 겁니다라는 소리는 아침 식사 때부터 들어왔는데."

"글쎄요. 하지만 정말로 곧 돌아오신다고 하셨으니 곧 돌아오실 겁니다."

방글방글.

예쁘게 웃으며 대답하는데 거기다 대고 짜증을 낼 수는 없는 노릇이라 경하는 포기해 버렸다.

아침부터 물으면 돌아오는 대답은 한결같다. '곧 돌아오실 거예요' 라는 대답뿐.

경하는 하녀가 자리를 비울 때까지 기다리고 있다가 쭈욱 팔다리를 뻗었다.

"으으. 몇 시간만 더 이러고 있으면 완전히 돌아버릴 것 같아. 이 집 주인은 어째서 손님이 왔는데 코빼기도 안 내비치는 거야, 진짜."

팔다리를 뻗는 타이밍과 묘하게 맞추어 그들이 앉아 있는 커다란 방의 탁자가 덜커덩 소리를 내며 움직였다.

"어? 어라, 내가 안 그랬는데?"

뒤를 이어 경하가 앉아 있는 의자와 집기들이 제각각 덜컹덜컹 소리를 내기 시작했다.

"으, 으앗! 귀신 집인가 봐!"

놀란 경하가 벌떡 일어나 옆에 있는 로운에게 매달렸다.

기엘도 긴장을 하고 일어나 라이트에 손을 대었다.

"으허! 뭐든 다 좋지만 유령이나 귀신은 싫다구!!"

경하의 발악이 마악 시작되려는 순간 온 집 안의 울림이 순간 뚝 그쳐 버렸다.

"에엥?"

발작 비슷한 것을 시작하려던 경하는 멍청하게 주위를 둘러보았다.

주위는 언제 그랬냐는 듯이 고요해지고 뻘쭘해진 경하는 꼬옥 붙들고 있던 로운의 옷자락에서 손을 떼었다.

"후우."

로운이 뭐라고 하지 않을까 싶어서 살짝 쳐다봤지만 로운은 혹시나 하는 마음에 주위를 경계하느라 여념이 없다.

"그, 지, 지진 같은 게 아니었을까?"

"지진이 아닙니다. 제가 여러분들을 놀라게 했군요."

주위를 둘러보고 있던 사람들이 눈이 순식간에 소리가 들려온 쪽으로 향했다.

"마법 게이트가 가끔은 이런 소동을 벌이곤 합니다. 모두 제 불찰이지요."

그들의 앞에는 부드러운 미소를 짓고 있는 아름다운 여자가 서 있었다. 단 얼굴과는 매치가 안 되는 이상한 옷을 입고 있다는 게 흠이라면 흠.

목 부분은 분명 그냥 맨살처럼 보이는데 아래로 내려갈수록 색깔이 생겨 가슴 부분에서부터는 실크 같은 천으로 변해 물 흐르는 듯한 선으로 길게 늘어져 있었다.

경하는 눈이 휘둥그레져서 그녀를 바라보았다.

갈색의 머리는 조금 흐트러져 있지만 정말로 눈이 휘둥그레질 만큼 아름답게 생긴 여자가 경하를 바라보고 있었다.

"이제라그 전하께서 부탁하신 분들이군요. 늦어서 정말 죄송합니다."

입장하고는 조금 안 어울리지만 긴 드레스를 입었을 때처럼 형식을 갖추어 인사를 하는 여자 앞에서 경하는 엉거주춤 고개를 숙였다.

"제 소개라도 거창하게 하고 다과라도 하고 싶지만 오늘은 불가능하겠군요."

그러면서 예쁘게 웃어 보인 훼인 후작 부인은 경하들이 입을 열기도 전에 급하게 하녀들을 불렀다.

"죄송합니다. 시간이 많지 않아서 지금 당장 떠나실 준비를 해주셔야겠습니다."

“예에?”

경하의 목소리가 거실을 가로지른다.

“어, 어떻게 여기까지 왔는데 그, 그런… 전, 전, 아셀의…”

“쉿―”

훼인 후작 부인은 손가락을 들어 조용히 하라는 신호를 했다.

시녀들이 우르르 안으로 몰려 들어왔다.

“이곳을 정리하고 손님들께서 곧 출발하실 테니 깨끗이 치우도록 해라. 흔적없이.”

“예. 알겠습니다, 마님.”

시녀장인 듯한 여자가 공손하게 머리를 숙인 후 뒤따라 들어온 시녀들에게 이것저것 지시를 내리기 시작했다.

“짐은 많지 않으시겠죠? 많으시다면 최대한 간소하게 추리신 후 이곳으로 와주십시오. 어서 빨리.”

“저어, 부인, 죄송합니다만 저희들은 여기까지 온 이유가 있기 때문에…”

로운이 나서서 말을 해보려 했지만 후작 부인은 막무가내였다.

“짐을 꾸려 오실 때까지는 한마디도 해드릴 수 없습니다. 어서 서둘러 주세요.”

“……”

로운은 아름답지만 단호한 표정을 하고 있는 훼인 후작 부인의 얼굴을 뚫어지게 쳐다보았다. 그녀도 지지 않고 로운과 시선을 마주하며 고개를 돌리지 않았다.

결국 로운은 그런 그녀의 기개에 한발 뒤로 물러섰다.

“기엘, 내가 여기 있을 테니 짐을…”

“알겠어. 룬 씨, 이리야 씨, 짐을 꾸려 오도록 하죠.”

“…이해해 주셔서 감사합니다, 여러분.”

웃고 있지만 훼인 후작 부인의 손끝이 미세하게 떨리고 있다는 사실을 로운은 그 순간 깨달았다.

*　　　　　*　　　　　*

“제가 보내드릴 수 있는 곳은 세 곳입니다. 이곳에서 멀지 않은 조그만 선착장이 있는 마을과 또 하나는 제가 하나스로 갈 때 사용하는 마법진이 있는 유탄, 마지막으로 페이요트 산맥의 끝자락에 있는 조그마한 항구가 있는 쿠이즈. 선택하세요.”

“…마법진으로 갈 수 있다는 뜻인가요?”

“그렇습니다. 이곳까지 오는 데도 힘을 많이 소모했기 때문에 제가 과연 무사히 보내드릴 수 있을지 사실은 걱정입니다. 하지만 이제라그 전하의 부탁인만큼 여러분들은 어떻게 해서든 원하시는 곳까지 보내드리겠습니다.”

“제대로 못 가면 어떻게 되는데요?”

경하가 꽤나 의심스럽다는 물었다.

그 말에 앞장서서 걸어가던 훼인 후작 부인이 뒤를 돌아다보았다. 웃고 있는 것인지, 아니면 울고 있는 것인지 구분되지 않는 표정으로 그녀는 경하에게 말했다.

“무슨 수를 써서라도 보내드리겠습니다. 그렇지 않으면 이곳으로 돌아온 의미가 없으니까요.”

결의에 찬 표정에 경하는 입을 다물고 말았다.

차마 그녀의 앞에서 마법사는 뭔가 의심스러워서 그랬다라는 말을 할 수가 없었던 것이다.

경하는 그저 그녀의 뒤를 얌전히 따라갈 수밖에 없었다.

어울리지 않은 차림을 하고 나타나, 갑작스럽게 경하 일행에게 짐을 꾸리도록 종용했던 훼인 후작 부인은 그 후도 한동안 입을 열지 않았다.

입을 굳게 다문 채 기엘들이 돌아올 때까지 단 한 마디도 하지 않고 있던 훼인 후작 부인은 그들이 돌아오고 나서도 그녀를 따라 어디론가 이동을 하기 시작한 후에야 간신히 말을 하기 시작했다.

"갑작스러워서 놀라셨겠죠. 여러모로 죄송합니다."

사과는 하고 있으나 왠지 위로는 허락하지 않는 분위기에 아무도 입을 열지 않는다.

"이곳으로 돌아오는 것도 제게는 커다란 모험이었습니다. 물론 무사히 돌아오게 되어 기쁘긴 하지만요. 이쪽입니다."

말을 다치기 무섭게 그녀는 끼이익 소리를 내는 거대한 문을 힘겹게 밀기 시작했다. 뒤에 서 있던 룬 등이 재빨리 그녀를 도왔다.

안으로 들어서자 왠지 퀘퀘한 먼지 냄새가 코를 질렀다. 무엇보다 어두웠다.

"라이트 온—!"

낭랑한 경하의 목소리가 벽에 부딪혀 울리며 다시 돌아왔다.

화악 하고 밝아진 시야.

그들은 그리 넓지 않은 지하 동굴 비슷한 곳에 들어와 있었다.

"감사합니다. 친절하시군요."

"에, 어에, 뭐 어두우니까."

어두웠던 공간을 밝게 만든 것이 경하인 것을 알아챈 후작 부인이 인사를 하자 경하는 얼굴을 붉혔다. 역시 미인은 미인이라고 경하는 생각하고 있었다.

하지만 경하가 후작 부인에게 정신을 팔고 있는 동안 다른 일행들은 무엇인가를 발견하고 웅성웅성 그쪽으로 몰려가고 있었다.

"에… 저건."

바닥에 무엇인가 희끄무레한 것들이 주욱 그려져 있었다.

"아직 가까이 가지는 마세요."

그 말에 그 희끄무레한 것에 손을 대어보려던 이리야가 흠칫하고 손을 치웠다.

"마법진… 인가요?"

"예. 이동 마법진입니다. 제가 만든 것이라 규모는 그리 크지 않지만 그래도 쓸모가 있지요. 물론 제가 돌아온 마법진은 다른 것입니다. 그들도 제가 그 마법진을 사용해 돌아온 것을 이젠 눈치 챘을 겁니다."

"헤에. 이건 모래잖아."

"예. 하지만 그냥 모래가 아니라 마법의 모래죠."

이리야는 후작 부인의 주의에도 불구하고 여전히 마법진에 코를 박고 있는 중이다.

그런 그는 무시하고 로운이 나직한 목소리로 후작 부인에게 물었다.

"그럼 이제 설명을 좀 해주시겠습니까? 갑작스럽게 저희들에게 짐을 꾸리고, 그리고 이런 곳으로 데려온 이유를 말입니다."

"……."

"로운."

조금은 무례하다고 생각하며 기엘이 로운에게 주의를 주려 했지만 로운은 아랑곳하지 않았다. 따지고 보면 무례는 이미 후작 부인쪽에서 먼저 해버렸다.

"저희들을 이 마법진으로 어디론가 보내주신다는 것은 알겠습니다만, 이유도 없이 무조건이라는 생각은 들지 않습니다."

"…그렇죠. 설명이 필요하겠죠. 이중에서 이제라그 전하의 명을 받아 온 분은… 그래요, 당신이군요."

후작 부인의 시선이 룬의 앞에서 머물렀다. 그러자 룬이 갑자기 정색을 하며 후작 부인 앞에 무릎을 꿇었다.

"신 룬 디 리첼. 전하의 명을 받아 이분들을 이곳까지 호위해 왔습니다, 훼인 후작 부인. 그리고 이것은…"

룬은 품에서 부스럭부스럭 무엇인가를 꺼냈다.

"전하께서 부인께 직접 전하라 명하신 것입니다."

"감사합니다, 리첼 경."

룬의 갑작스런 돌변(?)에 경하는 경악을 금치 못했다.

'리첼 경? 어디가 경인 거야, 저 건달 아저씨가.'

"전하께 제가 감사히 받았다고 전해주십시오."

생긋 웃는 그녀의 얼굴이 점점 더 어두워지고 있었다.

"그럼 이제 간단하게나마 그 이유를 설명드려야겠군요."

훼인 후작 부인은 천천히, 그리고 깊게 숨을 들이내쉬었다. 마음의 준비라도 하는 것 같았다.

"룩스 오라버니께서 돌아가셨습니다."

처음에는 그 말이 무슨 말인지 아무도 이해하지 못했다.

"아버님과 룩스 오라버니는 아주 사이가 좋지 않으셨어요. 하지만 아버님도 나이가 들으셨던 탓에 어쩔 수 없었죠. 룩스 오라버니께서는 이제라그 전하와 친분이 있으셨기 때문에 여러분들을 충분히 도울 수 있었을 겁니다. 그래서 제게 여러분들을 도와달라 부탁을 하셨죠. 하지만… 이젠 문제가 달라요."

그리고 이어지는 후작 부인의 말은 자못 충격적인 이야기들뿐이었다.

황제의 장자이자 황태자였던 '룩스'가 바로 어젯밤 시해되었다는 것이었다. 반 제국파인 룩스와 친 제국파인 두 번째 왕비의 첫째 아들인 궐트는 사사건건 충돌을 했었는데 결국 어제 황태자인 룩스가 시해되면서 궐트가 전면에 나서기 시작했다는 것이었다.

원래부터 친 가이칸 제국파였던 궐트는 황태자 룩스의 반 가이칸 정책에 상당히 반발을 하는 터였고 따라서 그가 마음을 돌려 경하 일행을 도울 가능성은 전혀 없다는 것이 후작 부인의 설명이었다.

"조금 더 여러분께 빨리 연락을 드리고 싶었지만… 사정이 여의치 못했습니다. 룩스 오라버님의 식솔들을 피신시키는 것이 워낙 급선무였기 때문에."

그래서였을 것이다. 그녀의 옷차림이 후작 부인의 그것에 미치지 못했던 것은.

"더 자세한 것은 말씀드릴 수가 없군요. 그 이상의 것은 제가 태어난 이 나라의 묻혀질 비밀이 될 테니까요. 그리고 지금 제가 여러분들을 보내드리려 하는 것은…"

후작 부인의 목소리가 작게 내려앉기 시작했다.

"이제라그 전하의 마음에 제가 보답을 하길 원하기 때문입니다. 그러니 선택하세요. 어디로 가길 원하시죠?"

"잠깐. 잠깐! 잠깐만요, 후작 부인."

경하는 그때까지 조용히 이야기를 듣고 있다가 결국 불쑥, 끼어들고 말았다. 정확하게는 뭔가 엄숙해지던 분위기를 와장창하고 박살을 내버렸다.

"무슨 말인지는 대충 알겠는데요. 기왕 보답을 원하시면 그 귈트 황자인지 왕자님인지 하는 분께 어떻게 연락할 수 없을까요? 당신들 사정은 이해하지만 우리들도 나름대로는 우리의 사정이 있다구요. 두슨 생각으로 그 정신 나간 제국 편을 드는 건진 모르겠지만, 그래도 설명을 들으면 이해해 줄 거라고 보거든요. 예?"

"……"

"그런 표정 하지 말고 좀 어떻게 해주심 안 될까요? 가이칸 제국은 이곳 아셀도 그냥 두진 않을 거예요. 그 이상한 황제라면…."

후작 부인은 고개를 저었다.

"이해를 못하시는군요. 귈트 오라버니는 아셀을 위해서라면 어느 나라라고 해도, 심지어는 어둠의 신과도 손을 잡을 수 있는 사람입니다."

"그러니까 내 말이 그 말이잖아요. 어둠의 신과도 손을 잡을 수 있다면 가이칸 따위하고는 손을 잡아선 안 돼요."

"제가 말을 잘못했군요. 아셀을 위한다라는 말은 귈트 오라버니께는 자신이 원하는 그 무엇인가를 위해서라는 뜻이 됩니다. 아마 귈트 오라버니를 직접 만나보시면 제가 하는 말이 무슨 뜻인지 이해를 하실 수 있겠습니다만, 그렇게 했다가는 여러분은 그 자리에서 모두 억류되어 가이칸으로 보내질 거예요. 자아, 시간이 없습니다. 어서 선택해 주세요."

"이봐요! 아줌— 우읍! 움읍움."

뭐라고 더 반론을 제기하려는 경하를 로운이 막았다.

"뜻은 잘 알겠습니다. 그리고 도와주신다고 하니 기꺼이 그 도움을 감사히 받겠습니다. 단지 아주 잠시라도 좋으니 저희들이 의논할 수 있는 시간을 주시겠습니까? 지금 당장 어디로 갈지 저희들은 정하질 못했습니다."

"좋습니다. 이 이동 마법진을 발동시키려면 조금은 수리를 해주어야 할 테니까요. 하지만 정말 잠깐뿐입니다. 이미 제가 이곳으로 온 것을 알아챘을 겁니다. 곧 따라올 거예요. 궐트 오라버니 곁에는 제 사제가 있습니다. 저보다 훨씬 능력이 뛰어난 마법사가."

"감사합니다, 후작 부인. 기엘, 이리야."

로운이 발악하는 경하의 입을 꾸욱 막은 채 기엘과 이리야를 불렀다.

"어이, 난 왜 빼는 거야."

"당신은 이제 당신의 임무를 다했소. 룬 디 리첼. 후작 부인에게 부탁해서 하나스로 돌아가십시오. 당신에게도 감사를 표현하고 싶지만 그럴 만한 사정이 되질 않는군요."

"자, 잠깐. 어째서, 갑자기 나더러 돌아가라는 거야, 지금!"

하지만 로운은 룬의 말을 들은 척도 하지 않았다. 그는 기엘에게 의견을 물었다.

"어떻게 할까? 내 생각에는 아무래도 제국으로 하루라도 빨리 가는 쪽이 좋을 것 같은데."

"아무래도 그렇겠지. 시유님도 제국으로 향하고 계시다고 했으니. 하지만 안전을 생각하면 하나스로 가서 그곳에서 제국으로 들어가는 것도 나쁘지는 않을 것 같다. 뭐니 뭐니 해도 페이요트 산맥의 끝자락이라면 제국의 수도까지 가는 데 상당한 시간이 걸려."

"그렇긴 하지만…"

"그리고 경하님을 놔드려. 경하님의 의견도 중요하니까."

"시끄러울 것 같은데."

"그래도."

"……."

심정 같아서는 눈과 귀를 꾸욱 막아서 일단 안전한 곳에 갈 때까지 꽁꽁 묶어두고 싶었지만 결국 로운은 경하의 입을 막았던 손을 놓아주었다.

"푸아가아아—"

숨이 막혔던 건지 경하는 헥헥거리면서 로운의 품 안에서 빠져나왔다. 그리고 로운이 예상했던 그대로 버럭하고 소리를 질렀다.

"로운! 두 번 다시 내가 말을 하는데 입을 막아봐! 가만 안 둘 거야!"

퍼억—

경하의 로우킥이 작열—하려다 말고 공중에서 불발이 되어버린다.

"미안하지만 별로 차일 일을 했다고는 생각지 않아."

"시끄러워!! 좀 맞아!! 맞으라구!! 아악— 왜 일이 이렇게 꼬이는 건데!!"

일이 안 된다 싶으면 바로 발악하는 경하의 버릇이 나오기 시작했다.

"젠장! 정말 미치고 환장하고 팔짝 뛰겠네!! 룩슨지 뭔지 하는 사람은 왜 죽은 건데!!! 어째서 죽은 건데!! 그 사람 옆에는 보디가드도 없대? 퀼튼지 뭔지 하는 놈은 피도 인정도 없어? 왜 자기 형을 죽이고 난리야!! 아아악—!!"

경하가 글자 그대로 '발광'을 하는 동안 곁에서는 훼인 후작 부인이 경하가 난리를 치는 것을 듣는지 마는지 작업을 하는 데 여념이 없었다.

흰색의 모래를 공중으로 뿌리며 알아들을 수 없는 언어들을 계속

나열했다.

공중으로 뿌려진 모래는 하나의 선이 되어 그녀의 앞에 그려져 있는 복잡한 도형 위에 사르륵 사르륵 쌓여갔다.

그때였다.

쿠웅—

발 밑의 땅이 순간 내려앉는 느낌이 나더니 벽 전체가 흔들리기 시작했다.

스스스 소리를 내며 돌가루들이 일제히 흘러내렸다.

"마법진이…."

후작 부인의 안색이 새파랗게 질렸다.

"그들이 따라왔어요. 어서! 어서 이 위로 올라오세요. 샌디-라인 마크(sandy-line mark)!"

마법의 스펠이 그녀의 입에서 흘러나왔다.

"마법진은 이제 고정되었습니다. 서두르세요. 어디로 가실 거죠?"

기엘과 로운이 동시에 경하의 얼굴을 돌아보았다. 마구 허공에 발길질을 하며 화를 내던 경하는 그런 기엘과 로운의 얼굴을 번갈아 쳐다보았다.

결정을 내려야 했다.

고요한 가운데 들려오는 것은 멀리서부터 점점 더 가까워지는 발걸음 소리.

철컹거리는 병기들의 소리가 섞여 그 소리는 더욱더 커지고 있었다.

"스며드는 어둠은 빛의 방패에 가려지나니, 너는 네 주인의 땅을 지키리라. 쉴드 클로우징(shield closing)—!"

날카로운 후작 부인의 마법 스펠이 그녀의 손짓과 함께 열려 있던 문으로 날아갔다.

희뿌연 연기가 쏜살같이 날아가 거대한 문에 작열했다.

끼이이익— 쿠웅.

육중한 문이 마법의 힘으로 닫혀지고 철컹 소리와 함께 굳게 잠겼다.

"마법사가 따라왔을 겁니다. 저것이 얼마나 더 버틸 수 있을지 몰라요. 어서!"

후작 부인의 재촉에 경하는 마음을 굳게 먹었다.

상황이 이렇다고 화를 내도 어쩔 수 없다. 이미 돌아선 사람의 마음을 돌려놓기에는 시간도, 그리고 상황도 경하에게 허락되지 않았다. 경하는 마음을 정했다. 남은 것은 경하가 할 수 있는 일을 최대한으로 하는 것.

이런 상황이 되면 왠지 마음이 가라앉고 머리가 냉정하게 돌아간다.

아셀 제국이 가이칸 제국과 손을 잡는다면 더 이상 아셀 제국에 머물 필요가 없다. 그렇다면 다음 목표는 오직 하나다.

바로 가이칸 제국.

'내 판단이 맞는 거야. 그렇게 믿자.'

경하는 굳은 발걸음으로 후작 부인이 만들어놓은 마법진으로 걸어갔다.

"밟아도 되는 건가요?"

"이미 고정되었으니 괜찮아요."

"기엘, 로운, 그리고 이리야. 우리는 페이요트 산맥 아래 어디라고 했지? 여하튼 거기로 가자. 그곳이 제국에서 가장 가까우니까. 그리고 룬."

기엘 등이 경하의 말에 따라 마법진 위로 이동하는 동안 경하는 룬을 불렀다.

"여기까지 와줘서 고마워. 룬은 이제 이제라그에게 돌아가서 그에게 고맙다는 말을 전해줬음 좋겠어. 정말로 도와준다고 해서 고마웠고 감사한다고. 그리고 룬을 여기까지 보내줘서 진짜로 도움이 많이 되었다고."

"이봐, 나는…."

"여기부터는 우리가, 아니, 내가 할 일이야. 룬과는 관계가 없어."

"관계가 없다니. 그게 무슨 소리야!"

쿠웅—

닫혀진 문이 요란한 소리로 울렸다.

그 문을 경하는 날카로운 눈빛으로 바라보았다.

길고 긴 주문 따위는 필요하지 않았다. 원하는 것은 단 한 가지. 그 이미지를 떠올리며 경하는 정신을 집중했다.

"쉴드—"

바람이 경하의 몸에서 빠져나와 소리도 없이 거대한 문에 부딪혔다.

쿠웅 하는 울림이 재차 전해져 왔지만 소리는 들려오지 않았다.

경하의 힘은 물리적인 힘과 함께 공기의 흐름까지 막아버렸기 때문이었다.

"그래, 관계는 있어. 하지만 룬은 하나스의 기사잖아? 하나스에 돌아가서 할 일이 있을 거야. 저분의 말대로라면 제일 위험한 건 어쩌면 미메이라가 아니라 하나스일지 몰라. 아셀과 가이칸이 손을 잡는다면 필시 제일 먼저 하나스를 노릴 것이라고 생각해. 안 그래?"

룬은 뒤통수를 맞은 기분이었다.

"그것을 이제라그에게 전하는 게 당신 임무야. 그리고 저기 있는 후작 부인도 부탁해. 우리를 보낸 것을 알면 후작 부인도 무사하지 않을지도 모르니까. 내가 만든 쉴드는 적어도 당분간은 견딜 수 있을 거야. 우리가 가고 난 뒤, 당신은 하나스로 돌아가. 그곳이 당신이 돌아갈 곳이야."

경하의 말은 한 군데도 틀린 곳이 없었다.

룬은 대답을 하지 않았다.

"돌아가서 당신의 일을 해. 당신의 나라를 위해서. 후작 부인, 도와주셔서 감사합니다. 이 은혜는 잊지 않을게요."

"말씀, 감사합니다. 그 말씀대로 저는 이 나라에 남아 아셀을 위한 일을 할 겁니다. 마치 도망치려는 절 꾸짖어주신 것 같군요."

후작 부인의 눈에 눈물이 맺혔다.

"아, 아니, 그런 소리가 아닌데."

"자아, 그럼 시작할까요?"

"잠깐요."

경하는 마지막 주문을 외우려는 후작 부인에게 한 가지 묻고 싶은 것이 있었다.

"물어보고 싶은 것이 있어요. 대답해 주실 수 있습니까?"

"제가 대답할 수 있는 것이라면 뭐든지."

"당신이 쓰는 마법과 제가 쓰는 이 바람의 엘이, 그러니까 바람술이 어떻게 차이가 나는 건지 아시나요?"

"그건 간단한 이치입니다."

"……"

눈물을 닦으며 후작 부인이 생긋 미소를 지었다.

"당신들은 자연의 엘과 공존합니다. 그것과 함께 태어나고 숨 쉬고 생활을 하죠. 하지만 우리는 엘을 불러 모아 이용합니다. 엘러는 타고난다고 하죠. 하지만 마법사는 그렇지 않아요. 물론 자질을 가지고 태어나는 사람이 대부분이긴 하지만 말이죠. 자아, 대답이 되었나요?"

"……."

"시간이 더 있었으면 좋겠네요. 하지만, 곰곰이 조금만 생각해 보시면 아실 수 있을 겁니다. 당신들은 신의 축복을 받고 태어납니다. 그렇죠?"

"그렇습니다."

로운이 대답한다.

"그 축복의 차이라고 해두지요. 자아, 그럼, 시작합니다. 조금 흔들릴지도 몰라요. 그곳의 마법진은 동굴 속에 있으니까 도착하더라도 너무 놀라지 마시길 바래요. 저도 그곳에 마지막으로 갔던 것은 벌써 3년 전이랍니다."

그 말을 마치자 후작 부인은 손에 들고 있던 마법의 모래를 허공에 높이 뿌렸다.

그 모래는 반짝반짝 빛을 내며 마법진의 마지막 한곳을 향해 천천히 내려오기 시작했다.

"룬 씨, 다시 만날 수 있기를 바랍니다."

기엘이 빛나는 마법진을 넘어 룬에게 마지막 인사를 건넸다.

룬은 무슨 생각인지 아무 말도 하지 않은 채 떠나는 그들을 지켜보고 있었다.

그에게 경하는 한마디를 더 남겼다.

"룬, 당신이 죽지 않아서 다행이야. 절대로 죽지 말아. 죽으면 손

해야.”

“무, 무슨 불길한 소리를 하는 거야! 너!”

나름대로는 상념에 잠겨 조금은 멋진 척(?)을 하고 있던 룬이 갑작스런 경하의 말에 화를 버럭 냈다.

“이 자식들! 사람을 실컷 고생시키더니 이젠 너희들만 지옥으로 뛰어드는 거냐! 사람을 뭘로 보는 거야! 그래, 맘대로 고생해 봐라. 진흙 밭을 뒹굴면서 어디 싸워봐! 얼마나 잘하는지 두고 보지. 그리고 멀쩡하게 죽지 말고 살아 돌아와! 알겠어? 늬들이 안 오겠다면 내가 미메이라로 갈 테니까! 이 바보 멍청이들아!”

화를 내는 룬에게 경하는 손을 흔들어 보였다.

룬의 목소리 때문에 후작 부인의 주문 소리는 잘 들려오지 않았다. 아니, 그보다는 발동되기 시작한 이동 마법진의 영향 탓이었으리라.

“알겠어? 너희들이나 죽지 마!! 이 재수 더럽게 없는 놈들아!!!”

말을 마치기 무섭게 룬이 자신의 검을 뽑아 들었다.

그는 검을 높이 쳐들었다가 자신의 가슴에 가지런히 대고 경하를 바라보았다.

자신의 왕은 아니다. 하지만 그에게는 무엇인가가 있었다.

그에 대한 예를, 그는 마지막으로 경하에게 보내고 싶었다.

모래에서부터 빛이 하늘로 치솟아올랐다.

그리고 반짝이는 모래들이 소용돌이치며 그 빛을 따라 올라갔다. 경하 일행의 모습이 점점 그 빛과 모래의 소용돌이에 가려 흐려지기 시작했다.

날카로운 후작 부인의 시동어와 함께 지면이 흔들렸다.

모든 공기가 순식간에 마법진으로 빨려들었다.

룬은 두 발을 땅에 굳게 대고 그들의 마지막 모습을 지켜보았다.

빛과 모래로 만들어진 소용돌이 사이로 은백색으로 빛나는 경하의 머리카락이 흔들리는 것이 보였다.

룬은 눈을 비볐다.

경하의 머리카락 사이로 은색의 투명한 비늘 같은 것이 스르륵 지나가는 것 같았다.

'젠장. 절대 죽지 마라, 너희들.'

언제 다시 만날 수 있을지 그것은 운명의 신들만이 알고 있을 것이다. 영원히 만나지 못할 수도, 그리고 웃으며 다시 만날 수도 있다.

"다시 만날 수 있기를… 진심으로."

룬은 그들을 따르는 마지막 바람의 한줄기가 자신의 말을 전해주길 진심으로 바랐다.

밝았던 공간이 점점 어두워졌다.

경하가 남겨놓았던 라이트 온의 불빛이 주인이 사라짐에 따라 서서히 수그러들고 있었다.

그리고 잠시 후 룬의 앞으로 새카만 어둠이 덮쳐 왔다.

*   *   *

"아셀은 걱정하지 않으셔도 좋습니다. 폐하."

"빠르군."

뜻밖이라는 정도는 아니었지만 로렌은 나름대로의 놀라움을 담아 대답했다.

"그곳에는 이미 오래전부터 가망성이라는 단어를 심어두었기 때문이죠. 궐트 황태자는 자신이 조종되고 있다는 것도 눈치 채지 못하고 있을 겁니다."

"눈치 채도 별로 상관은 없다. 그의 성격으로는 아마도 우리를 이용할 수 있을 만큼 철저히 이용하겠다고 생각하고 있을 테니."

로렌은 너털웃음을 지었다.

궐트는 어린 시절 볼모로써 가이칸 제국의 수도에서 9년여를 지냈다.

자주는 아니지만 그를 몇 번이나 만날 기회가 있었던 로렌은 기억 속의 그를 떠올렸다.

영악하고 머리가 좋지만 뭔가 골똘하게 되면 귀가 얇아지는 사람이었다.

주위의 말에 쉽게 넘어가는 그런 유형의 사람.

장점이라면 한번 정한 것을 밀고 나가는 탁월한 행동력이랄까?

"풋―"

그것이 지금 이렇게 이용이 될 수 있으리라고는 그는 생각지 않았다.

"자아, 그럼 무대는 대충 준비되었고. 이제는 모자란 몇 가지만 시간을 들여 천천히, 그리고 충실하게 채워 나가면 되겠군."

"그러고 보니, 그 아셀 왕에게는 마법사인 자식들이 몇 있다고 들었는데?"

"기본적으로 아셀 왕의 가계에는 마법사의 혈통이 전해져 내려왔다고 합니다. 특출난 마스터 급의 마법사는 별로 배출된 적이 없지만 사실 궐트 왕자만 해도 스스로 가벼운 마법을 쓸 수 있는 초급 마법사이니 말입니다."

"그건 그랬지."

“그들에 대해서는 그리 걱정하실 것이 없습니다. 눈을 끄는 마법사들은 궐트 왕자가 이미 포섭을 하거나 제거한 듯합니다.”

“흐응… 방해가 되지 않았으면 하는데.”

“방해가 되면 방해가 되는 대로 그의 역량을 시험해 볼 수 있는 계기입니다. 혹여 실패를 하더라도, 아셀은 당분간은 제국에 대항할 수 없을 겁니다. 아셀의 ‘왕’은 이미 노쇄하여 실권은 거의 룩스 왕자에게 넘어가 있다시피 했는데 그것이 순식간에 다시 뒤바뀐 것이니 궐트 왕자가 실권을 쥐는 데까지도 상당한 시간이 필요할 수밖에 없습니다.”

“여하튼 수고했네.”

“별말씀을. 제가 한 일은 별로 없습니다, 폐하.”

“원하는 것이라면 당분간은 충분하게 지원해 주도록 하게. 그건 그렇고, 이번에는 하셰카가 일을 제대로 해낸 것 같군.”

“그렇습니다.”

로렌은 슬며시 미소를 지었다.

왠지 더욱더 하셰카가 마음에 들어가고 있는 그였다.

“하지만 기고만장하게 해서는 안 돼. 포상은 적절히, 하지만 그들이 절대 이전과 같은 세력을 가지게 해서는 안 되네.”

“잘 알고 있습니다, 폐하.”

“적당히라는 것이 원래 어려운 법이긴 하지.”

과하지도 모자라지도 않게.

로렌은 그 말을 머리 속에, 가슴속에 새겨넣었다.

＊　　　　＊　　　　＊

어슴푸레하게 불빛이 비치고 있는 어두운 지하.

그 불빛에 의지해 훼인 후작 부인은 자신의 틀어 올렸던 머리카락을 가닥가닥 아래로 늘어뜨렸다.

그녀는 늘어뜨렸던 머리를 다시 둘로 나누어 단단하게 고정을 했다.

후우— 하고 숨을 내쉰 그녀는 룬에게 말했다.

"혹시 단검이 있으신가요?"

"예?"

"있으시겠죠?"

"물론 있습니다만."

"잠시만 제게 빌려주시겠어요?"

"……"

룬은 미심쩍은 눈으로 그녀를 바라보았다.

단검을 빌려서 무엇을 하겠다는 걸까?

"설마 제가 자해를 할 리가 있나요. 아까 그분의 말씀을 아주 가슴에 깊이 새겨들었습니다."

"그렇다면…"

룬은 다리에 묶어놓았던 단검을 하나 풀어 그녀에게 건넸다.

"궁금한 게 한 가지 있는데요, 저도."

"말씀하십시오. 제가 말씀드릴 수 있는 것이라면 얼마든지 대답해 드리겠습니다."

"그렇게 정색하지 않아도 좋습니다, 리첼 경. 제가 궁금한 건 제가 조금 전 쿠이즈로 보내드린 그분들이 어떤 분들인지 하는 거랍니다."

"예?"

룬의 눈이 화등잔만해졌다.

'설마… 전하께서는 아무런 말씀도 안 전해주신 건가?'

"물론 아주 귀한 분들이라고 이제라그 전하의 서신을 받았습니다만. 머리 색을 보아하니 바람의 신국에서 오신 분들 같은데… 제가 들어도 실례가 되지 않는다면 확인해 주세요."

"아, 그, 그게…."

'도대체 전하께서는 무슨 생각을 하고 계신 거야. 이런 일을 부탁하면서 자초지종도 설명하지 않으시다니.'

"힘드신가요?"

"절대 아닙니다. 그, 그들은 바람의 신국에서 온 사람들이 맞습니다."

"그렇군요. 귀한 분들이라고 해서 저는 무슨 일인가 상당히 궁금했답니다. 말씀을 하시는 것으로 보아 가이칸과 무슨 연관이 있는 건가 그렇게 추측을 하고 있을 수밖에 없었죠."

"연관이야 많습니다. 제국이 바람의 신국 미메이라에 손을 뻗고 있습니다. 하나스와 아셀, 그리고 전 아슈레이 대륙에."

"……."

"그래서 도움을 청하러 왔는데 뭔가 상황이 힘들어졌군요."

"저는 퀼트 오라버니가 걱정되는군요."

울고 싶은 심정일지도 모른다.

몇 마디 듣지는 않았지만 뭔가 가닥이 잡혀가는 기분이었다.

훼인 후작 부인은 그녀의 묘한 위치와 하나스 국왕과의 관계 때문에 자신의 의사와는 상관없이 어느 정도 정치라든가 외교라든가 하는 부분에 관여되어 살 수밖에 없는 사람이었다.

그런 그녀이기에 그녀가 들은 단편적인 정보는 상황을 이해하는 커다란 열쇠가 되었다.

"……."

룬은 혹시 후작 부인이 눈물을 흘리며 울어버리는 건가 해서 안절부절못했다. 하지만 그녀는 울기는커녕 눈물 한 방울 흘리지 않았다.

그녀는 룬에게서 건네받은 단검을 단단하게 쥐고는 아까부터 그녀가 마음속에 정해두었던 행동을 했다.

순식간의 일이었다.

"우, 우왓—!"

파스스—

잘려진 머리카락이 몇 가닥 바닥으로 흩어졌다.

"부, 부인, 어째서!"

"이것을 이제라그 전하께 전해주세요, 리첼 경."

그녀는 단칼에 잘라낸 머리카락 중 한쪽을 룬에게 내밀었다.

"제 마음이라고… 두 번 다시 만나지 못할지 모르니 이것으로 저를 기억해 달라고 그렇게 전해주시기 바랍니다."

"후작 부인…."

"이 한쪽은 돌아가신 오라버니께 드리고 싶은데 가능할까 모르겠네요."

그녀는 자신의 머리카락의 남은 가닥을 손수건으로 꼬옥 묶었다.

"부인, 저와 함께… 하나스로 가지 않으시겠습니까? 전하께서는 기꺼이 부인을 보호해 주실 겁니다."

룬은 진심으로 그녀에게 말했지만 그녀는 고개를 살래살래 흔들었다.

"그분의 말씀을 새겨들었다고 하지 않았나요? 죽지 않고 끝까지 살아남아, 아셀을 위해 제가 할 수 있는 일을 할 거예요. 이런 상황에서 제가 무슨 도움이 될지는 모르지만 적어도 이 머리카락은 오라버니께 드리고 싶네요."

"부인."

"서둘러 주세요. 그분의 바람술도… 이제 효력이 다해가는 것 같습니다. 자아, 이 단검을."

그녀는 하얀 손으로 룬의 단검을 내밀었다.

"그것은 부인께 드리겠습니다. 저는 이 머리카락을 전하께 전해 드리겠습니다. 무사하시다고, 다시 만날 날을 고대하신다는 말씀과 함께."

"감사합니다."

룬이 마법진의 한가운데에 올라가자 그녀는 흐트러져 있던 마법의 모래에 그녀의 마나를 마지막까지 불어넣었다.

"그럼."

룬이 검을 들고 예를 올리기가 무섭게 마법의 모래가 공중으로 치솟기 시작했다.

그녀는 이동 마법진에 담겨져 있던 마나까지 모조리 불러내며 이동 주문의 스펠을 영창했다.

그 순간 닫혀져 있던 문 쪽에서 퍼엉 소리가 나며 그녀의 주문이 파괴되고 경하의 주문이 사라졌다.

그녀의 주문 소리는 역시 룬의 귀에는 들리지 않았다.

들리는 것은 오로지 경하가 남긴 마지막 바람 소리였다.

제5장

인어의 진주

The Wind of Ashurei

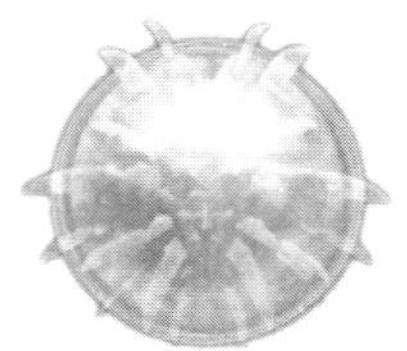

눈앞이 빛과 함께 흐려졌다.

모래가 혹시 눈에 들어가지 않을까 하는 어리석은 걱정은 순식간에 사라져 버렸다.

빛이 사라지고 어둠에 마악 눈이 적응하려는 찰나 그들은 공중에서 물속으로 어처구니없이 떨어져 내렸다.

첨벙첨벙하는 소리가 정확하게 4개 하고도 작은 첨벙 소리가 한두어 개 들려왔다.

“우앗— 이, 이건 뭐야.”

“이리야 노운. 라 유리아—!”

경하의 귀에 이리야의 목소리가 꼬륵거리는 소리와 함께 들려왔다.

다음 순간 경하 일행이 풍덩 하고 빠졌던 물이 쏴아아 소리를 내며 어디론가 움직이기 시작했다.

"라이트 온!"

기엘의 목소리가 뒤를 이어 들려왔다.

철푸덕—

젖은 땅에 무엇인가가 떨어지는 소리가 들려왔다.

경하는 마지막까지 물에 잠겨 있다가 물줄기가 마악 빠져나가는 순간 로운에게 구출(?)되었다.

"어디 다친 데는?"

"어, 없어."

물에 푸욱 젖은 생쥐 꼴이 된 경하는 푸르르 하고 머리를 털었다.

뺨을 흘러내리던 물기가 입 안으로 들어오며 짠 기를 한껏 풍겼다.

"우엑— 짜! 바닷물이잖아."

"그렇군요. 밀물 때인가 봅니다."

"하이고. 그 후작 부인인가 하는 여자, 기왕 보내줄 거면 좀 곱게 보내주지."

"그런 소리는 하지 마십시오. 나름대로 어렵게 손을 써주신 분인데."

기엘이 이리야에게 한마디 했다.

나름대로 그녀는 각오를 하고 그들을 여기까지 보내준 것이다.

"우리들을 이리로 보낸 덕에 어떤 대가를 치르실지 모르는 일입니다. 감사하는 마음을 가져도 부족한 판에."

"아이고! 알았습니다, 선생님. 정말 잘못했습니다."

이리야가 꾸벅꾸벅 기엘에게 머리를 숙였다. 하지만 그 태도는 정말 잠깐뿐 다음 순간 그는 젖어 있는 바닥에 그대로 철푸덕 주저앉아 버렸다.

"치잇. 뭐라고 말을 못하겠어, 참나. 그건 그렇고, 내가 물의 술사니 괜찮았지 다른 사람이면 어떻게 하려고 이런 데다 만들어놓은 거지?"

"사람들의 눈을 피하려고 그런 것이겠지. 아마도 밀물 때만 물이 들어오는 해변가의 동굴인 모양인데. 그만 투덜거리고 거기 있는 짐들이나 모아서 이 자리를 뜨자."

로운은 물에서 건져 낸 경하를 내려놓고는 경하에게 주의를 주는 것도 잊지 않았다.

"성장기라는 것은 이해하겠지만 적당히 먹는 게 좋겠어. 들어 올리는 데도 상당한 노동력이 필요해졌다."

"뭐어?"

물에 푸욱 젖어서 상당히 기분이 나빠진 경하는 찌릿하고 로운의 말에 정전기 반응을 일으켰다.

"뭐가 어쩌고 저째? 내가 크고 찌는 데 뭐 보태준 거 있어?"

"당연 많지. 먹을 것 사주고 만들어주고 챙겨주고."

"…으읏."

부들부들 떨면서도 절대 반격을 하지 못하는 경하는 갑자기 짜증이 치솟았다. 그렇지 않아도 꽁지에 불붙은 닭처럼 도망쳐 나온 길이다.

"그, 그래, 그랬다고 쳐도. 로운 말대로 성장기라고 난. 그런데 그런 것도 배려 못해주면 어떻게 해. 갓난아기가 화장실에서 실례 못한다고 화내는 꼴이라고."

"그러니까 배려하고 있잖아. 게다가 넌 말귀를 못 알아듣는 갓난아이가 아니야. 적당히 먹으라고."

"그게 배려야? 왜 사람 속을 벅벅 긁어!"

지잉— 지잉— 경하의 목소리가 동굴 안에 울려서 귀가 아프도록 크게 들렸다.

"시끄럽군."

로운은 물건을 들고 있는 오른손은 포기했지만 왼손으로 자신의 한쪽 귀를 틀어막았다. 말하자면 시위다.

"시끄러우니까 여기서는 짖지 말고 밖으로 나가자. 이런 데서 젖은 채로 있으면 몸에 안 좋아. 기엘, 이리야, 그쪽에 떨어진 것도 있다."

"아, 그래, 로운. 이쪽은 내가 알아서 하지. 경하님을 모시고 먼저 가."

기엘이 떨어진 짐들을 주워 올렸다.

그런데 문제가 하나 있었다.

이리야가 주문으로 물을 밀어내긴 했지만 왠지 밖으로 나가는 길은 가슴까지 차 오르는 바닷물 상태 그대로였기 때문이다.

경하는 망연자실하게 그 넘실대는 바닷물을 보다가 처량하게 이리야를 바라봤다.

"이리야. 이거 어떻게 안 될까?"

"그런 걸 하나하나 다 주문으로 처리하려면 더 귀찮아. 그냥 헤엄쳐."

"그래도……."

상당히 체격이 좋은 로운이나 기엘, 그리고 이미 성년이 된 이리야에겐 그럭저럭 버틸 수 있는 깊이지만 말마따나 '성장기'라 아직 키가 조금 작은 경하에게는 파도가 밀려온다면 꽤나 부담이 되는 깊이다.

"파도가 와봤자 나한테 먼저 올 테니 넌 뒤를 따라와, 꼬마."

"…로오—운! 나한테 뭐 원수 진 거 있어?!!"

크아아악— 하고 발작 상태로 들어가기 직전의 경하는 로운의 뒤를 따라 가슴 높이까지 차는 차가운 바닷물 속으로 뛰어들었다.

이리야는 그것을 지켜보고 있다가 주문의 힘을 끊어버렸다.

다시 바닷물이 몰려와 기엘과 이리야의 가슴께까지 차 올랐다. 단, 그것은 세차게 올라온 것이 아닌, 천천히 마치 수조에 물이 올라오는 것과 비슷했다.

"…그러지 않아도 꽤 힘들 텐데 저 녀석. 신관 양반은 어째서 저렇게 성질을 긁는 거야. 나 같으면 어깨라도 두들겨 주고 싶을 텐데."

이리야는 자꾸만 경하를 자극하는 로운이 못마땅했다.

"일부러 그러는 걸 겁니다, 이리야 씨."

"에엥? 일부러? 그럼 더 질이 나쁘다구. 신관 양반, 에이, 못 쓰겠어, 인간이."

투덜투덜, 그리고 철벙철벙 소리를 내며 이리야가 몸을 움직이기 시작했다. 그 뒤를 기엘이 따랐다.

기엘이 움직이자 그가 만들어낸 빛의 구가 천천히 기엘의 앞으로 움직여 가기 시작했다.

저 앞에서는 로운이 어느새 만들어낸 빛의 구가 그들의 앞에서 길을 인도하고 있었다.

기엘은 그것을 보고는 피식 하고 웃었다.

이리야와는 달리 기엘에겐 로운의 경하를 향한 마음 씀씀이가 느껴졌기 때문이다.

"나름대로는 정말 신경을 쓰는 겁니다. 방법은 항상 좀 거칠긴 하지만 저렇게 하지 않으면 아마 경하님은 땅이라도 파려고 드실 겁니다. 이런 일이 생길 때마다 왠지 자신의 탓이 아닐까 해서 항상 부담감을 느끼시는 분 아닙니까?"

"그, 그건 그렇지만. 그래도 그렇지."

이리야는 이곳으로 이동되기 전 경하가 마구 발광하던 모습이 기억났다.

"그렇지 않아도 불안감이 쌓인 데다가 연일 이동해 왔던 탓에 피로도 누적되어 계실 겁니다. 말씀은 안 하시지만 매일같이 시유님께 신경을 쓰느라 정신적인 피로감도 상당하실 텐데 말입니다. 그런데 또 오늘 비보를 듣지 않았습니까."

"그렇지. 갑작스런…."

그렇다. 아셀의 황태자가 죽었다는 소식이 그들을 이곳까지 오게 했다.

"급작스럽긴 하지만 분명 뭔가 이유가 있을 것이라고 봅니다. 그걸 곰곰이 생각하게 되면 경하님은 혹시나 또 자신 탓이 아닐까 해서 절망하실지도 모르죠. 그런 것에는 누구보다 민감하게 반응하시는 분이니까요."

철썩 하고 파도가 밀려왔다.

"쌓여 있던 불안감과 처음으로 경험해 본 이동 마법진에 대한 부담감. 그리고 상황이 상황인 터라 제대로 인사도 하지 못하고 헤어진 룬 씨에 대한 걱정까지. 지금 경하님이 감당하셔야 할 것이 너무 많습니다."

"그런 것은 우리들도 마찬가지야. 나도 마법이라면 치가 떨린다고."

차마 아무에게도 말하지 못했지만 사실 이리야는 아까 마법진에 올라갈 때 온몸에 소름이 돋아 오르고 벌벌 떨리는 것을 간신히 참았던 것이다.

"그렇긴 하죠. 하지만 이리야 씨."

"……?"

"이리야 씨도 결국은 아무 말 안 하셨지 않습니까. 경하님이 걱정할까 봐."

"그야, 저 녀석은 조금 그런 문제에는 지나치게 감성… 적이니까."

결국 그도 경하를 걱정하고 보호하고 싶은 마음이 있는 것이다.

이리야는 말을 하다 말고 어딘가 모르게 근질근질해졌다. 왠지 기엘과 이런 대화를 나누는 것은 어딘가 모르게 상당히 쑥스럽다.

"경하님을 따라다니시는 이유를 당당하게 말씀하실 수 있지 않습니까? 이리야 씨, 로운은 그런 말을 하는 것보다는 저렇게 경하님이 다른 생각을 하도록 하는 것으로 대신하는 겁니다. 비록 본인이 미움을 받더라도 말입니다."

"쳇. 그러니까 사실은 우리 중에 제일 쑥스러움을 많이 타는 건 저 신관 양반이란 뜻이군."

"본인 앞에서 그렇게 말씀하시면 안 됩니다."

"아아, 알아. 분명 턱에 멍이 생기도록 얻어맞겠지."

철벅철벅.

가슴까지 차 오르던 바닷물은 걸을 때마다 가슴에서 배로, 배에서 허리로, 그리고 무릎께로 점점 내려갔다.

그리고 얼마 지나지 않아 그들은 파도가 치고 있는 작은 모래톱에 무사히 도착했다.

"으아… 진 빠진다. 점심도 못 먹고 이게 웬 극기 훈련이냐구."

"그래도 밝은 곳으로 나오니 훨씬 좋군요. 로운, 나는 근처에서
몸을 말릴 만한 곳을 찾아보지."

"기엘! 혼자 가지 말고 같이 가. 차라리 헤매고 있는 쪽이 덜 춥
겠어. 으으…"

별로 추운 날씨는 아닌데도 찬 바닷물에 푸욱 젖은 탓인지 온몸
이 덜덜 떨려왔다.

경하는 두 팔로 어깨를 감싸고는 옆에 서 있는 로운을 힐긋 쳐다
보았다.

'으으. 밉살스러.'

하지만 로운은 그런 시선은 얼마든지 받아왔다는 양 아무렇지도
않게 또 한마디를 던졌다.

"허약해서 그래. 그러니까 기엘이 주는 건 뭐든 골고루 먹으라
고."

"고만 해! 에잇."

퍽퍽퍽—

젖은 모래를 마구 짓이기며 경하는 기엘을 따라갔다.

뒤에서 로운과 이리야가 아무 말 없이 뒤따라오는 것이 느껴졌
다.

'제길. 누굴 애로 아나.'

맞서서 대꾸하며 화를 내는 척을 하고 있지만 경하도 로운이 일
부러 그런다는 것을 대충 눈치 채고 있었다. 아주 예전부터 로운은
이런 때가 되면 꼭 그랬었다.

로운의 그런 마음 씀씀이에 경하는 왠지 눈물이 나는 듯했다.

"후에췌!"

재채기로 훌쩍거림을 날려 버린 경하는 고개를 들었다.

시간을 들여 아셀에 갔었지만 아무것도 얻지 못했다. 하지만 적어도 당분간은 아셀은 아셀 내부의 일 때문에 제국에 협조는커녕 아무것도 못하고 끝날지도 모른다.

그것이 나름대로는 위안거리가 되었다.

그리고 아직은 희망이라는 것이 있다. 자신과, 그리고 자신의 일행들.

'그래. 아직은 진 게 아니야. 그리고 끝나지도 않았어.'

힘차게 걸어가다 말고 경하는 뒤를 돌아다보았다.

아슈레이에 와서 처음으로 보는 바다가 눈앞에 펼쳐져 있었다. 기억 속에 있는 어떤 바다보다도 훨씬 파란 아름다운 바다가.

"아자아자아자! 내가 왔다! 움하하하하하하하하하하!!"

마치 개그 만화의 한 장면처럼, 경하는 허리에 손을 얹고 웃어대기 시작했다.

"와하하하하하하하하하."

＊   ＊   ＊

"그렇군."

"예, 전하, 죄송합니다. 조금만 더 시간이 있었으면 어떻게 해서든 모셔올 수 있었을 텐데 제 불찰입니다."

무릎을 굽히고 최대한의 예를 올리고 있는 남자는 화려한 갑옷을 입고 있었다. 그 갑옷은 하나스에서도 최고의 실력을 가진 최고의 기사들만이 입을 수 있는 것으로 하나스의 남자라면 누구든 어린 시절 한번쯤은 꿈꾸어봤을 물건이었다.

"그녀는 그런 말을 들어줄 사람이 아니지. 만일 그녀가 원하기만

했다면 그런 힘든 인생을 살지 않아도 되었을 텐데 말일세."

이제라그는 손 안에 든 머리카락을 잠시 매만졌다.

슬픔은 느껴지지 않는다.

감정이 메마른 건가 생각하지만 마음속에 남아 있는 여인에 대한 감정에는 거짓이 없다.

단지 가슴 한쪽이 메어올 뿐이다.

"수고 많았네. 어려운 일을 그대에게 맡겼던 셈이 되었군."

"그렇지 않습니다. 좋은 경험이었다고 생각하고 있습니다, 전하."

"그럼 이제 더 좋은 일을 해주지 않겠나?"

"예, 전하."

이제라그는 고개를 숙이고 있는 남자를 바라보았다.

그는 진심으로 자신의 말에 답하고 있는 걸까 하는 의심이 순간 든다.

"……."

하지만 그는 그것을 입 밖에 내는 실수는 하지 않는다.

'내가 믿어야… 믿어야 그는 나의 신하가 된다.'

이제라그는 룬에게 하명했다.

"그대에게 내 곁에 머물러 있으라 하면 그댄 불만이 많아지겠지."

"…그, 그렇지 않습니다, 전하."

"하하하하. 나는 솔직한 게 좋네. 좋아. 그래서 자네를 위해 준비한 것이 있네. 듣자 하니 변방에서는 아무것도 모르는 농부들을 솜씨 좋게 훈련시켰다던데."

이제라그는 커다란 배와 함께 자리에서 일어섰다. 그리고는 멀리 있는 창가로 걸어갔다.

"이리 오게."

"네. 전하."

이제라그의 손짓에 길게 드리워져 있던 휘장이 양쪽으로 갈라지며 빛이 들어왔다.

"저곳을 보게."

룬은 고개를 들었다. 그의 눈에 여러 개의 건물이 한꺼번에 비쳤다.

"저 중에 하나는, 이번에 신설된 새로운 기사 양성 전문 학원이라고 해야 할까?"

"……."

"뭐, 그런 것을 새로 만들기로 했네. 이런 자리에 있다 보면 가끔은 선견지명이라는 것이 좀 생기지. 아셀에서 그런 일이 있었다면 그들이 모든 것을 재정비하는 데도 시간이 걸릴 게야. 그럼 우리는 그동안 시간을 버는 것이지. 그 시간 동안 자네가 할 일이 바로 저곳에서 새로운 기사들을 키워내는 것이네."

"예에?"

"꼭 기사가 아니더라도 좋아. 하나스를 위해 일할 수 있는 사람들을 자네가 직접 훈련시키는 걸세. 평민이든, 귀족이든 원하는 사람은 누구든지. 자네에게 일임을 할 테니 원하는 대로 훈련을 시켜보게."

"전하…."

"사실은 굉장히 힘들지도 모르지. 평민과 귀족을 한자리에서 훈련을 시키려면. 하지만 자네라면 괜찮을 거라고 생각해. 안 그런가? 물론 저곳이 싫다면…."

"아닙니다, 전하. 하겠습니다."

절대로 화려한 갑옷을 입고 의장대로 하루에 몇 번씩 궁을 도는 것은 질색이다.

룬은 이제라그의 마음이 바뀌기 전에 얼른 허락을 해서 '도장'을 찍어야겠다고 생각했다.

하지만 이제라그가 명한 저 문제의 기사 양성 전문 어쩌구리 하는 곳이 결코 쉬워 보여서는 아니다. 오히려 엄청 골치가 아픈 곳이 될 가망성이 다분하다.

'뭐, 역시 현장에서 뒹구는 쪽이 마음에 드니까… 그런 생활도 나쁘지는 않을 거야.'

"고맙네."

씨익하고 이제라그가 웃었다.

왠지 그 웃음에 넘어간 듯한 생각이 드는 것은 왜일까?

룬은 등 뒤로 식은땀이 몇 줄기 흘러내리는 것을 느낄 수 있었다.

*　　　　*　　　　*

"아아, 난감하다. 여기서 카드미엘까지는 도대체 어떻게 가야 하는 거야. 젠장."

휘이이이잉—

바닷바람이 경하의 머리카락 사이로 불어 들어온다.

이러지도 저러지도 못한 머리카락이 사방팔방으로 멋대로 춤을 춘다.

"으아아아아. 끈적끈적해. 얼른 떠나야지."

"역시 제일 빠른 건 말입니다만."

"그렇기는 한데…. 으으.

경하는 머리를 쥐어뜯었다.

'지긋지긋해. 배도, 말도. 도대체 얼마나 더 이렇게 정처없이 떠돌아다녀야 하는 거냐구.'

요 몇 달 간 여행한 것을 생각하면 정말 평생 할 여행을 지금 다 하고 있는 듯싶다.

현실로 돌아가면 당분간은, 아니, 앞으로 몇 년 간은 여행 따위는 절대로 하지 않을 것이라고 경하는 다짐했다.

"그러서 방법은 역시 말이라는 건가…."

"다 좋으니까 빨리 결정해 주면 좋겠는데."

로운이 팔짱을 터억 끼고는 경하를 바라본다. 그것도 아주 가득, '어서 결정하지 못해? 빨리 결정하지 않으면 가만히 두지 않겠어!'라는 오라를 품고서 말이다.

"말을 타고 가면 얼마나 걸릴까?"

"글쎄요. 줄잡아서… 직선 거리를 선택한다고 해도 15일 넘게 걸릴 겁니다. 물론 중간에 아무런 일이 없다면 말입니다."

기엘은 대충 거리를 계산해 보았다. 그들이 현재 있는 곳은 페이요트 산맥 밑의 작은 항구 쿠이즈.

가이칸과 아셀의 국경 지대라고는 해도 가이칸 제국을 중심으로 놓고 보면 완전히 구석 중의 구석, 서남단 끝인 것이다.

"으음."

"15일보다는 더 걸려. 거리를 생각해야지, 거리를. 셰비에서 자노아까지 가는 데도 열흘이 넘게 걸렸어."

로운이 기엘의 의견에 이의를 제기한다.

그의 말에 경하의 안색이 새파랗게 변했다.

"설마 한 달 내내 말을 달려야 한다는 끔찍한 소리를 하려는 건 아니지?"

생각만 해도 모골이 송연해질 정도로 끔찍하다.

'내가 전생에 말하고 무슨 원수라도 졌나. 으으윽—'

경하는 식은땀을 삐질삐질 흘렸다.

"한 달이라. 그렇게 걸릴 수도 있지."

"으아아아악—!"

경하는 머리를 쥐어뜯었다.

"젠장. 그렇게 걸리면 안 되잖아. 하라스다인 장로님은 이미 카드미엘에 도착했을 텐데. 급하다구. 뭔가 방법을 생각해 봐. 이동 마법진 덕에 여기까지는 쉽게 왔는데. 하아… 어라?"

말을 하다 말고 경하가 고개를 갸우뚱했다.

'마법진이라….'

마법에 대한 인식은 안 좋았지만 적어도 이동 마법진의 편함은 이미 몸으로 느낀 상태다. 게다가 마법사라고 꼭 나쁜 사람만 있을 리는 없다.

아셀에서 그들을 도와준 후작 부인만 해도 그렇다.

'흐음. 나쁘지 않잖아.'

고개를 갸우뚱거리면서 생각하는 경하를 다들 갑자기 '왜 저렇게 조용한 거야? 설마 정말로 폭주하는 거 아니야?' 라는 얼굴로 바라본다.

"좋았어!"

경하는 무릎을 타악 치고는 자신만만한 얼굴로 로운을 바라보았다.

"카드미엘까지 빨리 갈 방법이 생각났어."

"어떤?"

"이동 마법진을 쓰는 거야!"

“……”

로운 이하 경하를 제외한 일동이 모두 그 자리에 굳어버렸다.

“괜찮지 않아? 여기 아슈레이에서의 마법이란 게 뭔지 사실은 아직도 잘 모르겠지만. 일단 그 후작 부인만 해도 생각보다는 괜찮은 사람이었잖아. 그러니까 괜찮은 마법사도 있을 거라구. 그리고 이동 마법진은 벌써 한번 경험을 해본 거니까 부담감도 덜하고. 안 그래?”

“…급하면 원래 이상한 생각이 잘 드는 법이지. 기엘, 난 말이든 뭐든 구해볼 테니까. 여기서 좀 기다리고 있으라구. 어이, 이리야! 같이 가지.”

로운은 마치 세상에서 그런 소리는 듣던 중 처음이라는 얼굴을 하고는 이리야를 불러 일으켰다.

“왜! 마법진이 어때서! 급하잖아. 일단은 빨리 가는 게 급선무야. 지금 더운밥 찬밥 가리게 생겼어? 이용할 수만 있으면 어떻게든 이용하면 되는 거라고 생각해. 나쁜 것도 아니잖아.”

생각하면 할수록 마법진을 이용하는 것은 좋은 생각인 듯싶다.

경하는 열심히 로운을 설득했다.

“응? 그렇게 부정적으로 반응하지 말고 좋은 쪽으로 생각을 해봐. 카드미엘까지 단숨에 갈 수만 있다면 훨씬 문제가 쉽게 풀릴지도 몰라. 시유가 도착할 때까지 시간을 벌 수도 있을 거라고 생각해. 그리고 기엘의 아버님도 막을 수 있을 거야. 마법진을 이용한다면.”

흥분해서 눈을 빛내며 말하는 경하.

그런 경하의 어깨에 터억— 로운의 두 손이 내려앉았다.

“말은 좋은데 말이지.”

“으으응?”

“마법진을 이용하자는 생각은 그래, 아주 참신하다고 인정해 주지. 하지만 마법진으로 누가 이 아셀에서 카드미엘까지 보내줄 거라고 생각해?”

“…에?”

기엘도 로운의 의견에는 동감을 표했다.

“이동 마법진을 만들 수 있을 정도의 마법사를 구하는 것은 일단 두 번째 문제입니다. 현재 같은 상황 아래에선 이 아셀에서 제국으로 가는 이동 마법진이라는 것은 상상도 할 수 없습니다. 제국 내에서라면 가능할지도 모르지요.”

“어… 그러니까.”

경하는 생각지도 않고 있던 문제에 봉착하자 머리가 어질어질해져 버렸다.

‘겨, 결국 말을 타야 하는 거야?’

말을 타는 것 자체도 고민스럽지만 이젠 그보다도 다른 일들이 더 더욱 신경 쓰이기 시작했다.

시간이 없어도 너무 없다.

로운과 기엘도 마찬가지였다. 답답한 심정은 그들도 마찬가지일 수밖에 없다. 하지만 방법이 없는데 무작정 파고들을 수도 없는 것이다.

한정되어 있는 수단과 방법이 이렇게도 원망스러울 수가 없다.

“저기, 나도 한마디쯤은 하고 싶은데 말이야.”

머리 위에 먹구름 같은 것이 새카맣게 끼고 있는 분위기에 이리야가 슬쩍 구름을 헤치며 입을 열었다.

휘익— 세 남자의 눈길이 그에게 향한다.

“으음. 뭐, 나도 별로 마법에는 좋은 감정은 없어. 알다시피 죽었다 살았잖아? 하지만 그 효용성만큼은 인정을 할 수밖에 없다고 생각해. 그래서 말인데."

"서론이 길어. 시간이 없으니 간단하게 말해."

시답잖은 소리를 하면 가만히 두지 않았다는 듯 로운이 딱 잘라 말했다.

"아, 알았다구, 알았어. 누가 급한 거 모르나."

몸은 말랐지만 아직 머리카락은 축축하다. 거기에 바닷바람이 합세해서 왠지 끈적해지는 기분.

"말대로 이곳에서 제국으로 가는 건 불가능하지만 제국 내에서 제국 나로 이동하는 것은 가능할 거야. 잘은 모르지만 그… 조금 규모가 큰 성에는 이런저런 이유로 공식적으로 운영되는 일종의 마법 길드 비슷한 것이 있다고 들었거든. 일반적인 길드보다는 거의 학교 비슷한 형태이긴 하지만 말이야. 실제 제국엔 마법사들이 꽤 있으니까 분명 규모가 되는 성에는 이동 마법진 정도는 설치가 되어 있을 거야. 물론 돈이 얼마가 들고, 나는 몰라도 너희들 같은 외국인들도 사용이 가능할지는 전혀 모르겠지만."

"……."

"……."

"움하하하! 이리야, 땡스. 크흡! 역시 제국 일은 이리야가 잘 안다니까. 오 마이 가드. 땡스가 배리 망칩니다. 저 지긋지긋한 말 타기가 좀 줄을 것 같아요. 으흐흐흑—!"

희극 배우처럼 경하가 두 손을 모아 합장을 하며 하늘을 바라본다.

"아흐흐흑. 신이시여. 감사합니다. 크흡!"

경하가 혼자서 연기인지 연극인지를 과장되게 하는 것을 로운은 왠지 불쌍하다는 눈초리로 바라볼 수밖에 없었다.

'하기사 질릴 만도 하겠지….'

잠시 잊고 있었던 것이다. 경하가 원래 아슈레이의 사람이 아니라는 사실을 말이다.

'후우.'

"그것 정확한 겁니까, 이리야 씨?"

기엘이 사뭇 진지한 얼굴로 이리야에게 묻는다.

"뭐, 꽤. 단지 어디에 있는지까지는 몰라. 하지만 돈이 있음 뭐든 못하겠어? 안 그래?"

"그건 그렇지."

로운이 말을 받았다.

"그럼 일단 가이칸 제국까지는 어떻게든 가서 제일 가까운 커다란 도시나 성을 찾아보도록 하지. 그리고 이리야, 당신 말대로 마법 길드인지 뭔지 조합인지 하는 것을 수소문해서 최대한 빨리 카드미엘로 들어가도록 하자고. 되었나, 이제?"

"응!"

"그럼 두말하지 말고 말 타는 거다."

"알았다니까. 사나이가 한번 말했으면 그건 지켜!"

"……."

아직도 한참 나는 키 차이.

로운은 경하를 내려다보고 경하는 로운을 올려다본다.

"왜? 불만이야?"

"아니."

피익 하고 김이 빠지는 소리가 난다.

"남은 여행 경비나 생각을 해봐야겠다. 하나스에서 받은 것이 꽤

도움이 될지도 모르겠어. 우리도 남은 돈이 별로 없으니까."

로운은 이제 좀 더 현실적인 문제를 가지고 고민을 하기 시작했다.

*   *   *

길고 화려한 복도에는 자주빛의 양탄자가 그 끝이 보이지 않게 길게 깔려 있다.

그 길고 긴 복도 양쪽에는 세월과 함께 차례차례 변화해 온 제국의 기사단 갑옷들이 마치 살아 있는 인간처럼 주욱 늘어져 있었다.

발자국 소리도 들리지 않을 정도로 폭신한 양탄자 위로 수많은 사람들이 지나치고 있었지만 누구도 그들을 정면으로 바라보지는 않았다.

저 멀리에서부터 인기척이 들려왔다.

폭신한 양탄자 위를 조심스럽게 걷고 있던 시녀는 그 인기척에 황급히 몸을 숨겼다.

궁에 입궐한 지 이제 두 달도 못 된 초보 시녀인 라나. 그녀가 처음 이 궁에 들어와 배운 것은 다름 아닌 눈도 귀도 모두 닫는 일이었다.

본 것도 보지 못한 척, 들은 것도 듣지 못한 척하는 것이 그녀의 일.

황급히 몸을 숨긴 그녀의 앞으로 일련의 사람들이 스쳐 지나갔다.

'……'

화려한 머리 색을 한 남자들과 함께 얼굴이 눈에 익은 한 남자가 그녀의 앞을 조용히 지나쳤다.

라나는 그들이 스치고 지나간 후에야 기둥 뒤에서 살며시 걸어나왔다.

'…은발?'

빛나는 은발 머리카락이 그녀의 주의를 끌었다.

나이와는 전혀 상관없이, 번쩍번쩍 빛나는 은색의 갑옷들보다 더 생기있게 반짝이는 은발 머리를 가진 남자들은 마치 이 세상 사람이 아닌 듯한 신비함을 가지고 있었다.

'누구지?'

의문 따위는 가져서는 안 되지만 라나의 가슴속에는 이상한 감정이 피어 올랐다.

'저런 분들의 시중을 드는 거라면 삼 일 밤낮을 자지 못해도 좋을 것 같아.'

그들이 남기고 간 은색의 잔향이 그녀의 가슴을 두근거리게 했다.

'아차. 이렇게 있다가는 시녀장님께 혼이 날 텐데, 어서….'

실낱같은 바람이 깔끔하게 묶여 올려진 그녀의 머리카락을 휘날리게 하며 스쳐 지나갔다. 그 바람은 방금 전 지나간 남자들처럼 조용하고 아주 부드러운 바람이었다.

"폐하. 미메이라에서 사신 일행이 도착하였습니다."

"그래, 드디어 도착했군."

"원하신다면 지금도 만나실 수 있도록 조치를 하겠습니다."

"흐음."

로렌은 그 수려한 이마를 살짝 좁혔다.

'어떻게 하는 것이 좋을까?'

그는 잠시 생각에 잠겼다.

기다리던 일행이었다. 하지만 서두르는 인상은 보여주고 싶지 않았다. 물론 일단 일이 착수되면 가장 빨리 서둘러야 하는 일 중에 하나이긴 하다.

"저녁 시간을 내도록 하지. 실례가 되지 않도록 극진히 대접하도록."

"알겠습니다."

이른 아침, 그에겐 이미 예정된 일이 기다리고 있다.

천천히, 순서대로 해도 결코 늦지 않을 것이라고 그는 자신의 조급한 마음을 다독거렸다. 이제 모든 것이 준비된 것이다. 스위치를 넣는 일쯤은 아주 잠깐 지체되어도 된다고 그는 그렇게 생각하기로 하였다.

*   *   *

"봤니?"

"봤어?"

"당연히 봤지."

"정말 굉장하지 않아?"

"응, 응!!"

분주하게 움직이고 있는 시녀들이 얼굴을 스쳐 지나가며 묻는 질문들은 모두 똑같았다.

"난 멀리서 봤는데, 그런 사람들은 처음 봤어."

"난 이전에 본 적이 있었지만 정말이지 그 사람들은 격이 다르더라구, 격이."

"맞아. 허리까지 내려오는 그 머리카락."

"내가 그런 머리카락을 가질 수 있다면 이런 머리카락 같은 것은 모조리 다 밀어버려도 여한이 없을 것 같아."

"맞아. 게다가 그 얼굴은 어떻고. 너무나 하얗지 않아?"

"나는 봤어. 속눈썹도 굉장히 하얘."

"응! 맞아. 눈동자는 어떻고. 꿈꾸는 안개색이야."

그들은 모두 오늘 태자궁의 귀빈실인 푸른 공작의 방에 들어간 손님들에 대한 이야기를 하고 있었다.

"게다가 하나같이 정말 모두 미남이던걸?"

"응! 응! 거기 제일 나이 많아 보이던 그분도 너무나 멋지게 생겼어. 나 오늘 잠 못 잘 것 같아."

"그런데 푸른 공작의 방 담당은 누가 된대?"

"몰라, 지금은."

"너무너무너무 보고 싶어."

"까아아아."

숨이 넘어갈 듯한 소리로 누군가 비명 아닌 비명을 질렀다.

그때였다.

"어째서 이렇게 소란스러운 겁니까."

쩌렁쩌렁 벽이 울릴 정도다.

"이렇게 소란스러운 곳이었나요, 여긴? 여러분들이 이곳에 들어와 처음 배운 것을 모두 잊은 모양이군요."

딸깍딸깍하는 특유의 발소리와 함께 '그녀'가 등장했다.

"오늘은 귀한 손님들이 도착한 날입니다. 이런 소리가 궁 안까지 흘러 들어가면 우리 폐하의 체면이 어떻게 됩니까? 모두들 자중해

주세요."

궁에 들어온 지 40년, 관자놀이 부근이 희끗희끗해졌지만 지금도 어떤 시녀들보다 활발한 활동력으로 온 궁을 주름잡고 다니는 시녀장이 바로 저 쩌렁쩌렁한 목소리의 주인공이었다.

"이렇게 소란스럽다니. 정말이지 부끄러워서."

말은 부끄럽다고 하지만 사실은 그녀의 목소리가 제일 클지도 모른다.

"오늘 오신 분들은 아주 중요한 손님들입니다. 그분들을 대접하는 데 있어서는 한 치의 오차도 허용할 수 없음을 명심해 주세요."

그녀는 트레이드마크인 조그만 막대기를 탁탁 손바닥에 치면서 주위를 둘러보았다.

빠르게 걸어가면서도 그녀는 사소한 잘못을 놓치지 않는다.

비단 커텐에 두 개의 주름이 있는 것을 보고는 다림질을 하던 시녀를 야단치고 차곡차곡 비단 시트를 정리하고 있던 시녀에겐 조금 더 반듯하게 접으라고 주의를 준다.

그것뿐이 아니다. 반짝반짝 은식기를 닦고 있던 시녀들에게는 손자국이 나면 끝까지 밝혀내서 치도곤을 칠 터이니 절대 주의하라고 엄포를 놓았다.

하지만 모두들 목소리를 죽이고 그녀의 '다음 말'을 기다렸다.

분명 '그 말'을 하기 위해 들어왔음이 틀림이 없을 테니까 말이다.

"폐하께서 오늘 손님들과 함께 저녁을 하실 겁니다. 간소하면서도 깔끔하게, 우리들이 할 수 있는 가장 최고의 요리를 준비해야 합니다. 모든 준비에 각별히 주의하여 절대 실수가 없도록 하세요."

"네, 시녀장님."

요리장인 시녀가 허리를 조아린다.

말이 시녀장이지 이 궁에서 그녀의 말을 정면으로 거부할 수 있는 사람은 거의 전무하다. 이 거대한 궁의 모든 일을 총괄하고 있는 엄청난(?) 지위에 있는 여인이기 때문이다.

원래는 태자궁의 일만을 맡고 있었지만 아직 즉위식이 올려지지 않은 탓에 본궁의 시녀장보다 훨씬 더 권세 아닌 권세를 누리고 있는 중이다.

"푸른 공작의 방과 아마란스의 방, 그리고 유리의 방. 이렇게 셋은 오늘부터…'

시녀장이 눈으로 사람을 찾는다. 모두들 자신이 하던 일을 아주 잠깐 놓고 그녀의 발표를 기다린다.

"게틀린드. 당신에게 위임을 하겠습니다. 필요한 일손은 모두 당신이 알아서 조달을 하고 제게 보고를 해주세요. 오늘부터 세 귀빈실의 모든 책임은 당신에게 있습니다."

"알겠습니다."

시녀장보다는 조금 나이가 아래지만 생긴 것도 비슷, 분위기도 비슷한 한 여인이 공손히 고개를 숙였다.

'케엑. 게틀린드님이라니. 너무해.'

'시녀장님보다 더했으면 더하지 덜하지 않을 텐데. 우린 죽었어.'

궁에서 오래 일하다 보면 저렇게 되지 않을까 하는 표본인 고참 시녀들이 몇 명 있다.

그녀들 중 하나인 게틀린드.

과연 그녀들의 미래는 어떻게 될지, 그것은 아마도 시녀들의 신이 있다면 그 신만 알 수 있을지도 모른다.

                    *   *   *

“황태자가 서두르는 듯싶군.”

“아무래도 그런 듯하군요. 이쪽도 나름대로는 시간을 끌며 도착을 했습니다만. 도착하자마자 저녁 만찬이니.”

“모르는 일이지. 오늘은 정말로 순수한 저녁 만찬일 수도 있지 않은가.”

하라스다인 장로는 피곤한 몸을 푹신한 의자에 깊이 맡겼다.

아주 오래전 그는 이 가이칸 제국의 넓은 대륙을 여행했던 적이 있었다. 바로 다름이 아닌 레이죠 장로를 따라서 말이다.

‘이런 식으로 다시 오게 될 줄은 몰랐건만. 신의 뜻은 언제나 인간의 이해 범주를 넘나드는 것인가.’

“장로님.”

“뭔가.”

하라스다인 장로는 감았던 눈을 잠시 떴다.

“오면서도 계속 생각해 왔습니다만, 저 황태자는 도대체 무슨 뜻을 가지고 있는 건지 전 잘 이해가 되지 않습니다. 제국에서 우리나라 출신의 황비를 맞는다는 건, 아무리 해도 무리가 있지 않을까요? 물론 그 반대급부들을 생각하고 그러는 것이겠지만 이 나라는 황제 한 명의 나라가 아니지 않습니까?”

“그래서 그 뜻을 알아보기 위해 이곳까지 온 것이 아닌가.”

나름대로는 측근이라고 생각한 기사 셋과 동행했지만 하라스다인 장로는 이 카드미엘로 오는 여정 중에는 어떤 실마리도 그들에게 던져 주지 않았다.

단지 그들이 알고 있는 것은 제국의 황제가 미메이라의 공주를 신부로 '요구'했으며 그에 대한 '의논'을 하기 위해 그들이 이곳까지 왔다는 것뿐이다.

사실 그 의논을 하기 위해 왔다는 사실 이외엔 다른 공식적인 이유가 있을 리 없다.

하지만 그 이면에 숨겨져 있는 진심들은 어느 누구도 내보이지 않고 있는 것이다.

"많이 피곤하시죠? 저희들이 생각이 짧았습니다, 장로님."

"아닐세. 그대들은 괜찮은가? 여행이 길었는데."

"괜찮습니다, 장로님. 걱정해 주셔서 정말 감사드릴 뿐입니다."

하라스다인 장로가 대동해 온 3명의 기사는 2명이 로열 나이트고 나머지 한 명은 나이트 사아르이긴 하지만 나름대로 하라스다인 장로의 신임을 받고 있는 젊은 기사였다.

그들을 고른 것은 물론 하라스다인 장로 본인으로 자신의 안전을 생각하는 동시에 모종의 목적을 가지고 그들을 하나하나 조심스럽게 선택했던 것이다.

'내가 어떤 생각을 가지고 자네들을 골랐을지 알게 된다면 날 원망할지도 모르겠군.'

"그럼 저희들은 이만 물러가겠습니다."

"편히 쉬시기 바랍니다."

"미메이라의 가호를…."

눈을 감은 하라스다인 장로 앞에서 깍듯하게 예의를 차리고는 기사들이 물러갔다.

피곤함이 순간 온몸에 덮쳐 온다.

'나도 이제 늙었군.'

그는 스스로 자원하여 이곳에 왔다. 그리고 자신의 몸을 첫 실험

물로 삼고 있는 셈이었다.

세 명의 기사들은 사실 두 번째인 것이다.

'미메이라여, 우리를 보호하소서. 당신의 나라를… 그리고 당신의 백성들을….'

그는 마음속으로 기원했다.

그 기원하는 마음은 그의 진심에 진심이 더해진, 간절한 고백과도 같은 것이었다.

*　　　*　　　*

"내가 인어 공주냐? 줄줄 울어서 보석을 만들게?"

"누가 울라고 했어?"

"하지만… 하지만 내가 무슨 인어 공주도 아니고…."

장소는 가이칸 제국의 남단. 카룻트라는 요상한 이름을 가지고 있는 항구 도시.

그중에서도 꽤나 허름한 작은 여관 이층에 있는 방이다.

침대가 둘밖에 없는 조그마한 방에 건장한 체격의 청년 3명과 어딘지 모르게 하늘하늘해 보이는 소녀인지 소년인지 잘 구분가지 않는 긴 머리카락의 인물까지 총 4명이 옹기종기 모여 앉아 있다.

거기에 조금 전에 나타난 세나케인까지 합해서 총 5명.

작은 방이 꽉 찰 지경이다.

"인어 공주는 눈물이나 흘려서 진주를 만든다지만 내가 무슨 진주조개야?"

"그럼 어쩔 건데?"

"……."

히죽히죽 웃고 있는 세나케인은 간만에 경하를 골려줄 수 있다는 생각 때문인지 꽤나 표정이 다채롭게 변하고 있는 중이다.

"케인, 네가 하면 되잖아."

"나는 인간이 아니니까."

"그게 무슨 핑계야!"

버럭 하고 경하의 특기가 나온다.

"젠장. 정말 내가 진주조개도 아니고 이게 무슨 꼴이람."

"어쩔 수 없는 일이잖아? 게다가 이 계획은 네가 세운 것이니 네가 책임을 져야지."

"무슨 수가 있을지도 모릅니다. 일단 어떻게든 저희들이 가지고 있는 돈들과…."

기엘이 화를 내기 시작한 경하를 나름대로는 위로하고 싶어 끼어들었지만 그것은 소용없는 일이다.

이미 가진 전재산을 탈탈 털고 타고 온 말까지 나름대로는 비싼 값에 팔아넘겼지만 그래도 턱없이 모자라다는 사실을 모두 인식하고 있으니 말이다.

"으아아— 정말 돌겠네."

경하는 머리를 쥐어뜯었다. 이번에는 연기가 아니라 진심으로.

그들이 이 카롯트에 도착한 것은 어젯밤 늦은 시간이었다.

하루하고도 반나절을 꼬박 달려 이 항구에 도착한 것은 다름이 아니라 이곳에 마법진이 있다는 정보를 오는 길에 우연치 않게 얻을 수 있었기 때문이다.

그렇지 않았다면 되도록 카드미엘에 가깝게 카드미엘까지 가는 직선로를 선택했을 것이다.

다행이 어디 가도 안 빠지는 넉살을 가지고 있는 이리야가 상인들을 발견하고 그쪽에서 이런저런 잡일을 도와주면서 정보를 얻어 왔다.

가이칸 제국이라고 해도 마법진을 설치해서 그것을 공공연하게 운영을 하는 곳은 사실 그렇게 흔치 않다고 한다.

다만 이런저런 특수 목적에 의해서 설치되어 이용되는데 그중 하나가 이 카롯트라는 항구 도시였다.

그리 크지는 않지만 급한 서신이 오갈 때 주로 사용하는 마법 길드 소유의 이동 마법진이 이 카롯트에는 존재하고 있었던 것이다.

그것을 알게 된 후 경하는 앞장서서 이곳까지 아주 단숨에, 단 한 마디의 불평도 하지 않고 도착했다.

그것이 어젯밤의 일.

아침 일찍 자리에서 일어난 로운은 이리야를 데리고 그 문제의 '마법진'에 대해 알아본다며 자리를 떴다가 의외로 얼마 되지 않아 금세 숙소로 돌아왔다.

"어? 빨리 돌아왔네. 더 걸릴 줄 알았는데."

"아아. 생각보다는 시간이 안 걸렸어. 이 항구 사람들이 전부 알고 있던걸."

이리야는 툭툭툭 바지에 묻은 모래를 털며 안으로 들어왔다.

경하는 그때까지 게으름을 부리며 침대 안에 똬리를 틀고 있다가 번개처럼 자리에서 일어났다.

"어떻게 됐습니까?"

기엘이 궁금한 얼굴로 이리야에게 물었다.

"자세한 것은 신관 양반에게 들어. 아이고오, 힘들다. 안 떨던 애

교를 떨었더니.”

이리야는 그렇게 말하며 침대에 벌렁 드러누웠다. 그가 자리에 눕자마자 로운이 덜컹 소리를 내며 안으로 들어섰다.

“로운, 수고했어.”

“아아.”

“어떻게? 어떻게 되었어? 진짜 있어? 응? 응?”

경하가 보기 드물게 호들갑을 떨며 로운에게 매달렸다.

로운은 그런 경하를 보고는 한숨을 파악 내쉬며 삐걱거리는 침대 한쪽에 앉았다.

“어떻게 되었냐니까. 말을 해봐. 설마 없는 거야? 이런 젠장! 그 장사꾼 말을 믿는 게 아니었는데! 우어! 이제는 어떻게 하지? 괜히 이리 왔나? 우어어어어어!”

“좀 조용히 해봐. 있을 건 있었으니까.”

휘익—

호들갑을 떨며 방 안을 서성이던 경하의 눈과 몸이 순식간에 부동 자세가 되더니 다음 순간 두다다다 로운의 앞으로 달려와 털썩 주저앉았다.

번쩍번쩍 기대에 찬 경하의 눈빛을 한 몸에 받으며 로운은 입을 열었다.

“일단 알아둘 것은, 있기는 있다는 거야.”

“그래서?”

“이것저것 알아봤는데, 제국 내에서 공식적으로 이렇게 설치된 이동 마법진은 그렇게 많지 않다고 해. 아주 커다란 성이나 왕래하기 힘든 지역까지 합쳐서 기껏해야 이십여 개 정도라고 하더군. 이쪽은 항구인 데다가 이런저런 사정이 있어서 상인 길드에서 요청을 해서 만들어진 마법진이 꽤 오래전부터 있었다고 하더군. 주위 상인들이 알고 있었던 이유도 그것이었던 듯해. 나름대로는 꽤나 운이 좋았던 거지, 우리는."

"에헤. 그럼 우리 모두 한꺼번에 가는 건 문제 없겠군. 오케이— 성공이다!"

"끝까지 들어."

"아, 으응."

로운은 들고 있던 두 장의 양피지를 기엘에게 건넸다.

기엘은 그것을 받아서 바닥에 경하도 볼 수 있게 펼쳤다.

그것은 현재 제국 내에서 상인들이나 일반 제국민들도 사용할 수 있다고 하는 몇 개의 마법진이 설치된 곳을 표시한 간략한 지도였다.

조악한 지도이긴 했지만 그래도 그럭저럭 위치는 알아볼 수 있었다.

경하는 얼른 지도에 달려들어서 목적지인 카드미엘을 찾아보았다.

"…우웅?"

하지만 이상했다. 눈 씻고 찾아봐도 '카드미엘'이라고 쓰인 곳은 찾을 수가 없었기 때문이다. 경하는 이게 도대체 어떻게 된 일이냐는 표정으로 침대에 앉아 있는 로운을 바라보았다. 로운은 그제서야 다시 입을 열었다.

"이쪽에는 제국 나름대로의 법이 있는 모양이야. 규약에 의해서 카드미엘에서 인접한 지역에는 공용으로 쓰는 이동 마법진은 설치가 불가능하다고 하더군."

"에엑?! 그런 게 어디 있어!"

"그러면 아무한테나 마법진을 이용하게 할 수도 없는 노릇이잖아. 제발 소리 지르지 말고 좀 가만히 있어봐."

로운에게 꾸중을 들은 경하는 깨갱하고 꼬리를 내렸다. 중요한 것은 그게 아니다.

"일단 상당히 대형이기 때문에 우리 말고도 같이 여러 사람들과 짐들이 한번에 이동이 된다고 해. 단, 마법사의 능력에는 한계가 있기 때문에 하루에 두 번 정도밖에는 사용할 수가 없다고 하더군. 일단 우리가 갈 수 있는 곳을 꼽아보면 이곳과 이곳. 그리고 여기야."

로운이 바닥으로 내려와 지도에서 세 군데를 차례차례 짚어 보였다.

"카리스, 렉신, 그리고…."

로운이 가르킨 곳의 지명을 차례차례 읽던 경하의 목소리가 잦아들었다.

"케슈튼이군요."

마지막 지명은 기엘이 읽었다.

잠시 세 명은 말을 잃었다.

케슈튼에는 나름대로의 기억이 있다. 추억이라고 말할 수 없는 어두운 기억이.

경하가 시안의 이름을 쓰고 있을 때 요하엘의 기사 기윤과 함께 도착했던 곳이 바로 케슈튼이었다. 그리고.

"난 거기로는 안 가."

경하가 딱 잘라서 거부의 말을 해버렸다.

"절대로 거긴 안 가. 가자고 해도 안 갈 거야."

"어디로 가든 목적지에 무사히 도착할 수만 있다면 괜찮은 거다."

"그래도 안 간다니까!"

장난스러웠던 경하의 목소리에 진지함이 섞여 들어가고 있었다.

"누가 뭐래도 안 가. 차라리 말을 타고 가겠어."

로운은 손으로 얼굴을 쓸어 내렸다.

지도를 보고 설명을 듣는 순간 이미 예견했던 일이었다. 하지만 케슈튼이 구미에 당기는 것은 어쩔 수 없다. 나머지 두 곳은 케슈튼보다 카드미엘에서 멀었고 그리고 하마임 강이나 나하르에서도 멀었다. 일단 도착한 뒤에는 무조건 역마차를 수배하거나 말을 타고 가는 수밖에 없는 것이다.

그나마 케슈튼의 경우는 하마임 강 바로 옆에 있기 때문에 수로를 이용하기 쉽고 또한 다른 어떤 곳보다도 카드미엘에 인접해 있는 곳이다.

"젠장. 어째서 카드미엘로 바로 들어갈 수는 없는 거야."

경하는 결국 불만을 터뜨렸다.

"문제는 그것뿐만이 아니야. 하루 두 번이라고 했지? 나머지 두 곳은 앞으로 각각 3일과 5일을 기다려야 갈 수 있어. 케슈튼은 오늘 오후면 바로 출발할 수 있지. 3일씩 기다릴 수는 없어. 케슈튼으로 가고 싶지 않아하는 마음은 이해하지만 지금은 그런 것을 따지고 있을 만한 상황이 아니라는 것은 누구보다 네가 잘 알 텐데?"

"……."

로운이 설득을 하려 했지만 경하는 뒷짐을 지고 앉아서 고개를 돌리지도 않는다.

"케슈튼이라고 해도 도착하자마자 바로 출발을 해야 합니다. 오래 머물지도 않을 겁니다, 경하님."

"……."

기엘이 조심스럽게 말했지만 여전히 묵묵무답.

"네가 가지 않겠다고 하면 묶어서 끌고 갈 거다. 마법진을 이용하자고 한 건 네 의견이었고 우린 그에 따랐어. 우리가 말없이 따랐으니 너도 양보를 해줘야겠어."

"경하님."

기엘은 어떻게 해서든 경하를 설득하려고 하는데 로운은 말하지 않았던 마지막 폭탄을 경하에게 던졌다.

"그리고 마지막 난관이 있다."

"또?"

경하는 이제 거의 평정을 잃어가고 있었다.

계획대로라면 가장 빠른 길을 선택하는 것이 옳다. 하지만 케슈튼은 싫다. 하지만 자신이 싫다고 해봐야 소용없다는 것도 자명하다. 그런데 또 문제가 있다고?

"비용이 너무 들어. 우리 4명이 케슈튼까지 가는 데는 여비가 턱없이 부족해."

"여비가 부족하다니."

그제서야 그때까지 아무 말 하지 않고 있던 이리야가 부스스 자리에서 일어났다.

"참나. 나름대로는 돈은 궁하지 않은 상태에서 여행을 했었는데 벌써 그 밑천이 떨어질 줄은 몰랐어."

"그런… 그래도 어느 정도는 괜찮을 것이라고 생각했는데."

기엘은 계산을 해보았다.

사실 미메이라를 떠나올 때 너무나 급작스럽게 나오는 바람에 제대로 돈이 될 만한 것을 가지고 나오지 못했다. 이전에는 미메이라의 특산품인 보석 하이시를 가지고 있었기 때문에 문제가 없었지만 지금은 다르다.

"중간에 배를 구하는 데도 꽤나 많은 돈을 썼다. 그나마 중간에 그 배가 온전했다면 몰랐을 텐데 그것도 잃었고, 사실은 쿠이즈에서 여기까지 오는 데 샀던 말이 거의 전재산이나 다름이 없어. 다행이 이곳에는 말이 귀해서 비싸게 팔 수 있었지만 그것 가지고는 부족해."

"……"

"어쩔 수 없는 일이었으니 너무 자책하지 마십시오, 경하님."

경하가 아직도 똑같은 자세로 있는 것을 보고 기엘은 경하가 자기 탓으로 생각해서 자책을 하는 것으로 생각하고는 경하를 위로했다.

"어째서 그렇게 비싼 건데?"

뒤돌아 앉은 채 경하가 물었다.

"원래 상당히 비쌌기도 했고 무엇보다 우리가 갑작스럽게 뛰어든 상황이라 웃돈을 요구하더구만. 돈을 쥐어주고 싶어도 그럴 돈이 있어야 쥐어주지. 그래서 그냥 알았다고 하고 와버렸지. 일단 말은 해놓고 왔으니 돈만 있으면 돼."

"후우."

경하는 한숨을 푸욱 내쉬었다.

'아이고, 돌겠다.'

어린아이처럼 계속 토라져 있을 수도 없는 노릇이다.

케슈튼으로 가지 않겠다고 해봐야 질질 끌려가는 것은 이미 결정된 일. 그것에 괜시리 더 토를 달아봤자 자신의 손해다.

"결국 돈 문제라는 거야?"

"그래."

경하가 그나마 입을 열자 기엘은 마음이 놓였다.

"팔 것은 더 없어?"

"보석이 몇 개 남아 있긴 하지만 그걸로도 부족해."

"아후. 돌겠다."

쪼그리고 앉아서 머리를 감싸는 포즈가 너무나 궁상맞았지만 경하는 그 포즈를 한 채 머리를 쿵쿵 침대에 부딪히며 괴로워했다.

궁상이 문제가 아니다, 이번엔.

"젠장. 미메이라에서 나올 때 그놈의 하이신지 뭔지나 더 들고 나올걸."

경하의 머리 속에 시안의 화장대에 가득 늘어져 있던 그 보석 나부랭이들이 어른어른거린다.

"저어, 경하님, 이제 그만 하시죠."

경하가 자꾸만 쿵쿵 머리를 찧자 기엘이 불쑥 경하의 머리 앞으로 손을 내밀었다.

기우뚱 기우는 경하의 머리가 기엘의 손에 닿는다.

"치워, 기엘. 이렇게라도 하지 않으면 머리가 터질 것 같단 말이야."

"경하님."

"젠장. 머리카락이나 줄줄 만들어내서 팔아볼까."

하늘하늘한 은색의 머리카락이라면 비싸게 팔리지 않을까 하는 엉뚱한 생각마저 든다.

그때였다.

"고민할 필요는 없을 텐데? 만들면 되잖아?"

"뭘?"

갑작스럽게 들려오는 세나케인의 목소리에 경하가 퉁명스럽게 대답했다.

"만들라니까."

"뭘 어떻게 하라구?"

"경하님, 왜 그러시는지…."

경하가 혼잣말을 할 때면 의례히 세나케인과 말을 하는 것임을 알고 있는 일행이지만 혼자서 머리를 마구 찍어대다가 갑자기 퉁명스럽게 혼잣말을 해대는 것을 보자니 상당히 괴로웠다.

마치 미치기 직전의 사람이라도 보는 기분인 것이다.

"나와, 케인. 나 미친 사람 만들지 말고."

경하는 이리야의 황당하다는 표정을 본 모양이다.

이리야가 쿨럭거리면서 고개를 돌린다.

잠시 후 세나케인은 반쯤은 투명한 모습으로 네 사람 앞에 나타났다.

"고민은 무슨 고민을 그렇게 궁상맞게 하는 거야? 필요하면 만들면 되는 것을."

"그러니까 도대체 뭘 만들라는 소리야? 정말로 내 머리카락이라도 줄줄 길러서 가져다 팔라는 소리야?"

"…농담은 하지 말아줬으면 좋겠는데. 누가 네 머리카락 같은 것을 산다고."

뭔가 조금은 개그판이 되어버린 상황이지만 아무도 웃지를 못하고 있다.

"그런 것 말고 만들란 말이야. 네 힘으로."

"…무엇을 말씀하시는 겁니까, 세나케인님?"

보다 못한 기엘이 세나케인에게 단도직입적으로 물었다.

"뭐긴. 하이시지."

팔짱을 낀 세나케인이 아주 가볍게 말했다.

그 순간 경하가 벌떡 일어나서 세나케엔에게 소리쳤다.

"내가 인어 공주냐? 줄줄 울어서 보석을 만들게?"

하도 기가 차서 웃음도 나오지 않는다. 경하는 머리가 터질 것 같았다.

"누가 울라고 했어?"

"하지만… 하지만 내가 무슨 인어 공주도 아니고, 인어 공주는 눈물이나 흘려서 진주를 만든다지만 내가 무슨 진주조개야?"

"그럼 어쩔 건데?"

"……."

"여하튼 돈이 필요하다며. 만들 수 있는 능력이 있으면 십분 활용을 해야 할 것 아니야. 네가 날 활용해 먹듯이."

"넌 보석이 아니잖아, 케인."

"그러니까 필요한 보석을 만들어, 네 능력으로."

두 사람이 웃기지도 않은 이야기를 나누는 것을 보고 있던 기엘이 순간 아! 하고 짧은 신음 소리를 냈다.

로운도 마찬가지였다. 두 사람은 동시에 서로의 얼굴을 돌아보았다.

"가능할 수도 있겠어."

"그렇지."

이제 경하는 세나케인에다가 기엘과 로운까지 이 인간들이 미쳤나, 하는 표정으로 보기 시작했다.

"도대체 무슨 소리야. 내 능력으로 만들라니."

"불가능한 소리는 아닙니다, 경하님. 실제 하이시는… 로운, 남은 것을 줘봐."

"그래."

　로운은 허리띠 안쪽에 숨겨두었던 마지막 몇 개의 보석을 꺼내 기엘에게 내밀었다.

　투명하지만 연한 푸른빛으로 빛나는 하이시는 미메이라의 특산물.

　"이건 다른 보석들처럼 땅에서 캐는 것이 아닙니다, 경하님. 미메이라에서도 가장 바람이 많이 부는 계곡에서 자연 발생하는 보석이니까요. 말이 보석이지 실제는 바람의 결정체 같은 그런 것입니다. 그래서 미메이라의 외부로는 유출을 많이 시키지 않기도 합니다. 그 때문에 더 더욱 제국에서는 비싸게 팔리고 있습니다."

　오랜만에 보는 하이시를 경하는 뚫어지게 쳐다보았다.

　'…정말이잖아.'

　이전에는 아무 생각 없이 봤기 때문에 전혀 느끼지 못했지만 인식을 하고 보니 확실히 그것은 일반적인 보석이 아니었다.

　"이거!"

　경하는 하이시를 받아 들다가 말고 흠칫 몸을 움츠렸다.

　'살아 있는 엘이 담긴 것이 아니야.'

　받아 드는 손가락이 덜덜 떨렸다.

　인식을 하고 바라보니 너무나 똑똑하게 하이시가 무엇인지 알 수 있었다. 하이시는 다름이 아니라 그 수명을 다한, 바람의 엘이 눈에 보이는 형체가 되고 고체화되어 단단해진 그런 것이었다.

　"난, 난 이런 거 못 만들어."

　경하는 들고 있던 하이시를 도로 기엘에게 건네주었다. 하이시를 건네주는 손이 떨리고 있다는 것을 기엘은 금세 알 수 있었다.

　"경하님?"

　"난 이런 거 못 만들어, 케인! 이런 것을 어떻게 만들라는 거야."

"흥분할 필요 없어. 그것은 어차피 수명을 다한 것이다. 그것이 하나로 모여 마지막 시간을 사는 거지. 새롭게 다시 살아 있는 생명이 될 때까지."

엄숙하게 세나케인의 목소리가 경하에게 와닿았다.

"그러니까 그런 반응을 보일 것도 없다. 바람의 엘들은 제가 원한다면 얼마든지 하이시를 네 앞에 만들어줄 수 있으니까."

"그러고 싶지 않아."

경하는 화를 내고 있었다.

이런 상황에, 그리고 스스로에게.

"바람의 엘은 사람들처럼 동물들처럼 살아 숨 쉬는 것은 아니야. 그러니까 네가 그들의 생명을 빼앗는 게 아니다. 하이시가 된다고 해서 끝나는 것이 아니다. 세월이 흐르면 그것들은 다시 바람이 될 수 있어."

"하지만 단축시키는 것은 마찬가지잖아."

"경하님, 저는 도대체 무슨 말씀이신지."

경하가 화를 내고 있는 것을 눈치 챘는지 기엘이 경하에게 이유를 물었다.

"하이시는 그냥 바람의 결정체 같은 게 아니야. 힘을 다한 바람의 엘이 그렇게 고체화되는 거지. 젠장! 미메이라 인들은 그런 것도 모르는 거야? 바람의 백성이라면서?"

"……."

경하의 말에는 기엘도 로운도 모두 놀랄 수밖에 없었다.

단순하게 바람의 결정체가 아닌가 하는 생각밖에 그들은 해본 적이 없다.

"그런 것을 알아볼 수 있는 것은 네가 바람의 주인이기 때문이다.

자, 시간이 없어. 선택해라."

세나케인은 놀랄 만큼 냉정하게 경하를 몰아붙였다.

그의 의식은 경하와는 다르지만 경하의 감정을 그대로 받아들이고 있기 때문일지도 모른다.

"젠장."

짧고 거칠게 경하의 감정이 표현된다.

다른 선택의 여지는 없다. 경하는 카드미엘로 가야 했고 가지 않으면 안 된다. 그리고 그곳에 가기 위해서는 할 수밖에 없었다.

경하는 기엘의 손에서 하이시를 다시 받아 들었다.

그리고 잠시 그것을 바라보다가 세나케인에게 물었다.

"내가 어떻게 하면 되는 거지?"

제6장
암행

The Wind of Ashurei

살아 있는 것과 살아 있지 않은 것의 차이는 무엇일까?

엘러에게 생명을 부여하여 살아가게 만드는 바람의 엘. 그리고 죽을 때 엘러는 바람의 엘로 돌아간다.

신의 축복을 받아 태어나는 엘러.

그리고 신의 축복의 증거인 엘.

과연 진실로 살아 있는 것은 어느 쪽일까?

인간? 바람의 엘?

"경하님? 무슨 생각을 그렇게 하십니까?"

"아, 아무것도 아니야. 아, 여기 이거 받아."

경하가 손을 불쑥 내밀었다. 손가락을 펼치자 연한 푸른빛의 투명한 보석이 후두둑 그의 손에서 기엘의 손바닥에 떨어졌다.

“아, 하이시군요. 또 만들어내신 겁니까?”

“응. 조금은 더 필요하잖아.”

기엘은 경하가 건넨 하이시를 로운에게 넘겨주었다.

“새삼스럽지만 역시 이 카드미엘 말이야, 이상하게 바람이 잘 불어.”

멀리 가이칸 제국의 수도 카드미엘의 성벽이 보이는 야트막한 언덕에 서서 경하는 무표정한 표정 그대로 카드미엘을 바라보고 있었다.

“꼭 미메이라처럼.”

바람이 경하의 주위를 반갑다는 듯이 맴돌고 있었다. 약한 산들바람은 경하의 주위를 스치며 조금은 세찬 바람이 되어 경하의 긴 망토를 펄럭거리며 날린 후 다시 먼 길을 떠났다.

은색의 머리카락은 바람과 함께 나부끼며 마치 살아 있는, 그리고 눈에 보이는 바람처럼 넘실거린다.

바람 속에 서 있는 것뿐이지만 조금이라도 한끝, 인식의 범위를 넘어서면 그대로 바람이 되어버릴 것처럼 경하는 그렇게 한참을 서 있었다.

“시유도 곧 도착할 거야.”

“예. 제게도 시유님의 파장이 느껴집니다. 저희와 비슷한 시간에 카드미엘에 도착하실 수도 있을 듯합니다.”

“후우.”

로운은 한숨을 내쉬는 경하를 조금은 걱정스러운 마음으로 지켜보고 있었다.

항구 도시 쿠이즈에서 여비가 되고도 남을 만큼의 하이시를 만들어 낸 뒤로 경하는 웃는 얼굴을 보여주지 않고 있었다.

어떤 일이 있어도 곧 회복하고 밝게 웃던 경하인만큼 무표정하고 말이 없는 경하는 다른 어느 누가 화를 내고 있는 것보다 더욱 대하기가 어려웠다.

'긴장을 하고 있는 거겠지.'

억지로라도 이유를 붙여 납득하지 않으면 견디기 어려웠다. 그것은 기엘이나 이리야도 마찬가지였다.

"기엘."

"예, 경하님."

"아버님을 만나면 뭐라고 말하고 싶어?"

"……"

"하고 싶은 말이 엄청 많은 것 같은데 이상하게 만나면 정작 무슨 말을 해야 할지 잘 모르게 될 것 같아."

"그런 것을 생각하고 계셨습니까?"

"응."

"전… 아버님이 무슨 의도를 가지고 계신 것인지 여쭈어보고 싶습니다. 다른 사람들은 모르는 많은 사실을 모두 알고 계신 분입니다. 그러신 분이 어째서 이곳까지 오실 수 있었는지 진심으로 묻고 싶습니다."

"그래서?"

"…아버님의 뜻이 옳지 않다면 맞서야겠지요."

"……"

어떻게? 라는 질문은 차마 할 수 없었다.

경하는 다시 입을 다물었다. 그런 경하의 마음을 대변하는 듯, 바람이 경하와 기엘의 사이로 불어 들어왔다.

입술에 닿는 바람은 차가운 습기를 담고 있었다.

"여기에 언제까지 있을 거지? 목적지는 바로 앞이다."

로운이 바람으로 장벽을 쌓은 채 침묵하고 있는 경하를 부른다.

"경하."

"……."

고개를 숙이고 있던 경하는 얼굴을 들고 똑바로 로운의 얼굴을 쳐다보았다. 기엘과 이리야도 함께.

"믿고 따라와 줄 수 있어?"

"물론."

"물론입니다, 경하님."

"당연하지."

"무슨 일이 있어도 내 결정이 맞다고, 그렇게 진심으로 믿고 행동해 줄 수 있어?"

"맹세를 원하면 얼마든지."

경하의 눈빛을 정면으로 받고 있던 로운은 펄럭이며 행동을 방해하는 망토를 한쪽으로 치워 버리고는 자신의 라이트에 손을 대었다.

"나는 기사였고, 그리고 신관이었고 이제 다시 기사가 되었다. 내 의지로."

"의례 같은 것은 필요없어."

경하는 로운이 라이트를 뽑으려 하는 것을 보고 차갑게 말했다.

"그럼 이렇게 말하면 될까? 기사의 증표가 되는 이 검 대신, 다시 한 번 기사가, 네 기사가 되기로 맹세한 내 마음과 내 생명과 그리고…."

진심이 가득 담긴 눈빛과 함께 로운은 경하의 앞에 우뚝 섰다.

"내 생에 내가 만날 수 있는 단 한 명인 바람의 계승자인 네 이름을 걸고."

뚜벅뚜벅.

발자국 소리가 들렸다.

기엘과 이리야가 나란히 로운의 옆에 섰다.

"제 모든 것의 주인이신 경하님께, 제 모든 것과 당신의 이름과 생명을 걸고."

"난 멋진 말은 몰라. 하지만 네가 옳다고 하면 그건 옳은 거라고 믿는다. 네가 나에게 부여한 새로운 시간을 사는 동안…."

공기에 맺혀 있던 습기가 이슬이 되어 내려앉는다.

그리고 가벼워진 공기는 불어오는 바람과 함께 다시 하늘로 솟아오른다.

"…고마워. 하지만 자신의 생명은 소중히 해줘. 무슨 일이 있어도."

경하는 자신보다 훨씬 큰 세 남자의 얼굴을 차례차례 올려다보고는 다시 멀리 있는 카드미엘을 바라보았다.

"그렇지 않으면…."

경하는 푸르르 고개를 흔드는 말의 얼굴을 쓰다듬었다.

"아니, 아무것도 아니야. 이제 갈까?"

무표정했던 경하의 얼굴에 표정이 돌아온다.

그것은 무엇인가 단단히 결심을 한 어린 소년의 얼굴이 아닌 한 남자의 얼굴.

경하는 이제 꽤나 숙련된 솜씨로 말 위로 뛰어 올랐다.

"제국의 황제가 우리를 기다리고 있을지도 모르니까. 물론 기다리지 않더라도."

말을 마치기 무섭게 경하는 짧은 외침으로 말을 출발시켰다.

그 뒤를 3마리의 말이 제각각 경하를 놓칠세라 따라가기 시작했다.

그래서였을 것이다. 그들이 앞장서 가는 경하의 얼굴에 비친, 몇 개의 물방울을 보지 못한 것은.

그들은 바람에 나부끼는 은색의 머리카락이 그들의 앞에서 그들을 인도하는 것을 보며 굳게 다짐을 하고 있었다.

＊　　　　＊　　　　＊

"아주 의외였다고 말씀을 드리죠."

"그렇게 의외였습니까?"

당연 그렇지 않습니까! 하고 미타 남작은 한마디 하고 싶은 것을 꾸욱 눌러 참았다.

절대로 의외일 수밖에 없다. 어쩔 수 없이 찬성한 자신도 뭔가 빌미가 있기만 한다면 바로 결사 반대하고 싶은 마음일 정도로 말이다.

"한 가지 묻고 싶은 것이 있습니다만."

연배에 맞는 품위와 무게를 가지고 있는 하라스다인 장로는 조용히 입을 열었다.

그를 바라보고 있던 미타 남작은 하라스다인 장로가 제국의 어떤 귀족보다도 훨씬 귀족적인 품위를 지녔으며 이 대제국 가이칸의 황제인 로렌의 앞에서도 당당할 정도로 자신감을 가지고 있다는 것을 느낄 수 있었다.

'후우. 저런 귀족이 몇 명만 더 있었다면 가이칸은 지금 당장이라도 아슈레이의 패자가 될 수 있을지도 몰라.'

그는 진심으로 그렇게 생각하고 있었다.

"그것을 아십니까? 미메이라에는 제국과 같이 특별히 귀족 계급이나 왕족이라는 개념이 존재하지 않습니다. 폐하께서 현 수장의 가족과 혈연 관계를 맺는다 해서 그들이 왕족이 될 수는 없지요. 만 일 미데이라의 수장이 바뀐다면… 그때는 어찌하실 생각이십니까?"

굳은 표정의 하라스다인 장로가 하는 말을 로렌은 조용히 듣고 있었다.

자신을 바라보는 하라스다인 장로의 눈이 그를 한 뼘 한 뼘 가늠하고 있다는 것이 느껴진다.

그는 다음 순간 피식 하고 웃어버렸다.

"먼 이야기를 하시는군요. 제가 말하고 있는 것은 현재를 말하는 겁니다. 과거도 미래도 아닌."

"……."

"미데이라의 현 수장은 올해 계승을 받은 아직 어린 분이라고 하더군요."

그 정도는 이미 다 알고 있다는 듯이 로렌이 말했지만 하라스다인 장르도 호락호락 넘어갈 수는 없었다.

"새로운 수장님의 혈연이라고 해도 미메이라에서는 평범한 일개 신민에 불과합니다. 그런데도 굳이 신국에서 황비를 맞이하시길 원하시는 겁니까?"

"일개 신민이라 해도 수장의 혈연임에는 틀림이 없지요. 그게 문제가 된다면 그 새로운 수장을 제 황비로 보내주시면 되는 것 아닙니까."

순간 차가운 기가 방 안을 가득 채운다.

"그턴 무례…."

하라스다인 장로의 곁에 서 있던 기사가 막 입을 여는 순간 하라스다인 장로가 손을 들어 그것을 막았다.

“농담으로 듣겠습니다.”

“…뭐, 농담은 아니었습니다만. 그렇게 들으셔도 좋습니다.”

지끈하고 심장이 울린다. 하라스다인 장로는 젊게만 보이는 이 젊은 황제가 조금씩 두려워지기 시작했다.

물론 얕잡아본 적은 없다. 자신이 이곳에 오기 전까지 저 젊은 황제가 이 가이칸이라는 거대한 제국의 그 수많은 귀족들을 상대로 미메이라 인을 황비로 맞기 위한 물밑 작업을 했다는 것쯤은 굳이 묻지 않아도, 그리고 보지 않아도 알 수 있다.

자신 역시 거센 반발을 물리치고 왔으니 말이다.

그만큼 지금 가이칸의 황제와 자신이 하려는 일은 금기에 가깝다.

팽팽해져 가는 공기를 느낀 듯 로렌이 너털웃음을 짓는다.

“미메이라의 수장이라고 해서 피도 눈물도 없는 사람은 아니겠지요. 안 그렇습니까? 그리고 또 하나. 비록 미메이라에 왕족은 없다고 하나 분명 수장이 될 만한 인재가 태어나는 명문가는 있는 것으로 압니다. 당신의 가문을 포함해서 말입니다.”

입가는 웃고 있지만 눈은 냉랭하게 하라스다인 장로를 바라본다.

“저는 황비가 필요한 겁니다. 후원을 지킬 후궁을 원하는 것은 아니라는 것을 유념해 주시면 감사드리겠습니다.”

“잘 알겠습니다. 깊이 심사숙고하겠습니다.”

대화는 더 이상 진전되지 못했다.

로렌은 자신이 원하는 것을 좀처럼 입에 담지 않았고 하라스다인 장로 역시 로렌이 입을 열지 않는 한 자신도 언급을 할 생각은 추호도 없었다.

뚫어지게 자신을 쳐다보는 눈길을 하라스다인 장로는 가볍게 피해 자리에서 일어났다.

"도대체 저 황제가 무슨 생각을 하고 있는 것인지 알 수가 없습니다. 그런 자리에서 농담을 할 수 있다니요. 말이 되지를 않습니다."

"농담이며, 또한 진담이네."

농담이라 말하며 눈을 빛내던 로렌의 얼굴을 하라스다인 장로는 뇌리에서 지워 버릴 수가 없었다.

그는 도대체 어디까지 알고, 어디까지 원하는 걸까?

하라스다인 장로는 문득, 아직 얼굴도 보지 못한 새로운 수장 계승자, 즉 이계의 소년을 떠올렸다.

다분히 그가 이런 일에 발을 디딘 것은 그 소년의 존재가 커다란 작용을 했다.

'내가 선택한 것이 과연 옳은 일인가.'

자신에게 동의를 했던 레이죠 장로와 로크레슈 장로의 얼굴이 동시에 떠오른다.

그들은 과연 어떤 목적을 가지고 자신의 의견에 동참을 한 것인지가 서삼스럽게 의문점이 되어 나타난다.

"피곤하군."

하라스다인 장로는 지끈지끈 울려오는 관자놀이를 몇 번이나 손으로 누르며 푹신한 의자에 몸을 기댔다.

'이곳까지 온 이상 물러날 곳은 없다.'

발을 디딘 이상 끝까지 가야 한다.

하라스다인 장로는 이계의 소년과 여행을 떠난 그의 아들, 기엘의 얼굴을 떠올렸다.

　　　　*　　　　　　*　　　　　　*

“이쪽으로 오십시오.”

“……”

시유는 입술을 깨물었다.

여기는 어디일까?

키리엔과는 비교도 안 되는 커다란 성의 실루엣이 어슴푸레하게 시유의 눈에 들어온다.

“자아, 어서. 이쪽 마차로.”

시유를 대하는 묘령의 여성은 너무나 공손하다. 마치 그녀는 자신이 공주라도 되는 것처럼 너무나 조심스럽게 대하고 있다.

하지만 그녀가 하는 말은 정말 아주 조금밖에 알아들을 수가 없었다.

그것이 시유를 불안하게 만들고 있었다.

‘난 어디로 가게 되는 걸까?’

어느 누구도 가르쳐 주지 않았지만 자신이 지금 있는 곳이 가이칸 제국이라는 것쯤은 그녀도 알 수 있었다. 무엇보다 자신을 대하는 사람들이 제국어를 쓰고 있었기 때문이다.

배우지 않은 것은 아니지만 시유가 알고 있는 제국어는 아주 기초적인 몇 마디뿐이었기 때문에 더 더욱 불안했다.

차라리 아무것도 알아들을 수 없다면 모든 것을 포기해 버렸을지도 모른다.

‘이럴 줄 알았으면 제국어를 좀 더 배워둘걸.’

“여기는 어디죠? 전 어디로 가는 거죠?”

필사적으로 기억을 더듬어 그녀는 자신의 시중을 드는 여자에게
물었다.

하지만 그녀는 무표정하게 고개를 저을 뿐이다.

시유는 결국 그녀가 종용하는 대로 새롭게 준비된 마차에 올라탔
다.

고급스럽게 꾸며진 마차의 내부는 시유가 지금까지 타고 있었던
마차와는 판이하게 달랐다.

'어떻게 해야 하는 거지?'

고개를 숙이고 손으로 얼굴을 가린다.

눈물을 흘리지 않으려 했지만 자신도 모르게 눈에 물방울이 맺히
는 것은 어쩔 수 없었다. 불안감이 가득, 그녀의 안에서 흘러나온다.

'부탁이야. 누구든 도와줘.'

손가락 사이로 눈물이 한 방울, 두 방울 흘러내린다.

'언니, 도와줘요. 제발.'

"하아…… 난감하다."

경하는 어둠에 잠겨가는 황궁을 보며 한숨 아닌 한숨을 내쉬었
다.

일단 오기는 왔는데 역시나 난감하기는 마찬가지다.

카드기엘이 오기 전까지는 어떻게든 도착하면 무슨 수가 생기겠
지라는 마음이었는데 막상 도착하고 보니 문제가 한둘이 아니었다.

"경하님, 일단 저녁을 드시죠."

"아, 으응."

기엘의 부름에 경하는 걸터앉아 있던 창가에서 일어났다.

"후우."

허리에 양손을 올리고는 경하는 심호흡을 했다.

초조해해 봤자 아무것도 되는 일이 없다는 것쯤이야 이제는 너무나 잘 알고 있다.

티리쉬 주문으로 자신의 파장을 억제해 놓았기 때문에 누구에게든 자신이나 다른 일행의 존재가 발각날 리는 없었지만 경하는 조심에 또 조심을 하고 있었다.

지금까지의 전적을 보았을 때 경하는 자신도 모르는 사이에 바람술을 쓰고 있었기 때문이다.

그게 어떤 메커니즘으로 이루어지는 것인지를 스스로가 설명할 수 있었으면 좋겠지만 불행히도 전혀 그렇기 못하기 때문에 더 더욱 그런 것이다.

"오오. 이게 며칠 만의 진수성찬이냐. 하하하."

들뜬 척하는 이리야의 목소리가 들려온다.

그 이리야의 목소리가 경하의 신경을 자극했다.

이리야만 해도 그렇다. 어떻게 어떻게 해서 살려놓기는 했지만 경하 역시 세나케인의 설명을 듣기 전까지는 자신이 어떻게 해서 이리야를 원래의 상태로 돌려놓았는지 전혀 이해를 하지 못하고 있었다.

아무리 자신의 능력으로 인해 이리야가 살아났다고는 해도 도통 믿기지가 않는다.

"어이, 이리야."

"왜?"

우물우물 입에다가 먹을 것을 잔뜩 넣고 이리야가 대답을 한다.

"다 먹고 대답해. 튀잖아."

"좀 튀면 어때?"

우물우물. 꿀꺽.

"돼지."

"다른 사람은 몰라도 너한테 그런 말을 듣고 싶지는 않은데?"

"돼지. 먹보."

"그러니까 너한테는 듣기 싫다니까."

벌컥벌컥벌컥.

이리야의 목구멍으로 물이 넘어가는 게 보인다.

"그런 거를 그 사람이 보면 정나미가 떨어질지도 몰라. 매사에 좀 우아하게 행동해 봐. 기엘이나 로운처럼."

도대체 무슨 소리를 하는 거냐는 표정으로 이리야가 경하를 바라본다.

"그 있잖아. 이리야를 찾아오겠다고 하던 라마이드라는 여자."

"에?"

문득 잊고 있었던 것을 경하가 상기시키자 열심히 걸신 들린 듯 먹고 있던 이리야의 표정이 심각해진다.

"하, 하지만, 그 여자가 누군지 내가 알 리도 없고. 도대체 무슨 수로 날 찾아온다는 건지도 모르겠는걸."

"나유의 딸이라고 했잖아."

"그래도 내가 알 게 뭐야."

"찾아올 거야. 아마도. 정확하게."

"그걸 네가 어떻게 아냐?"

희번덕하고 이리야의 눈동자가 빛났다. 정말이지, 경하가 그런 것을 알 수 있을 리가 없지 않은가.

"그러니까 그게 설명은 잘 못하겠지만 그런 곳에까지 와서 인사를 하고 가면서 찾아오겠다라고 한다면 가능성이 있다고 보는데?

안 그래? 그렇지, 기엘?"

"글쎄요. 저는 잘 모르겠습니다만, 저희들이 먼 곳이 있는 바람술사들의 파장을 느낄 수 있으니까 그분도 나름대로는 같은 맥락에서 이리야 씨가 어디 있는지 찾아낼 수 있지 않을까 합니다."

기엘의 설명에 이리야가 순간 '아' 하는 표정을 했다.

사실 이리야의 경우 자신보다 능력이 훨씬 나은 물의 술사를 만나본 적은 거의 없는 셈이다. 카드미엘에서 엘러로 훈련받을 때도 그를 가르치던 물의 술사라고 해봐야 그와 비슷하거나 아주 약간 나을 정도의 엘러뿐.

"그렇구나. 사실 난 생각도 안 해봤는데."

아주 뻔한 사실인데도 이리야는 그제서야 이해가 갔다.

"맞아. 내가 물의 술사니 다른 물의 술사가 어디 있는 것 정도는 원한다면 알아낼 수도 있는 것이군. 전혀 생각지도 못했어."

"특히 현재의 이리야 씨라면 충분히 그렇게 하고 남습니다."

"에헤."

식사를 하다 말고 뭔가 새로운 세계로 빠져 버린 이리야. 그 틈을 타서 이번에는 경하가 식탁에 달려들었다.

"흐음. 간은 별로지만 이거 생각보다 맛있네."

오랜만에 정력적으로(?) 식탁에 달라붙고 있는 경하를 보자 기엘은 왠지 안도감을 느낄 수 있었다.

기엘의 입장에서 보면 경하는 아직 어리다. 게다가 아슈레이와 미메이라와는 전혀 상관이 없는 이계인.

그럼에도 불구하고 경하는 너무나 깊숙하게 이 세계와 미메이라에 관련을 맺어가고 있는 중이다.

길다고 하면 길지 모르겠지만 일 년도 안 되는 짧은 사이에 경하가 겪은 일들은 웬만한 사람들의 일생분의 사건에 맞먹는다.

처음 미메이라에서 바람술 하나 배우는 데도 앉은 자리에서 졸아 버릴 정도였던 경하가 지금은 바람의 주인이 되어 있다. 그것 하나만을 보아도 지금 기엘의 앞에 앉아 있는 이 소년이 얼마나 많은 경험을 해왔는지 모른다.

마치 어린아이 같았다가도 순간순간 깜짝 놀랄 만큼의 마음과 생각과 행동을 보여준다.

지금처럼 말이다.

"왜 그렇게 쳐다봐, 기엘?"

"아. 아무것도 아닙니다. 이것… 더 드시겠습니까?"

"어? 아니, 이것부터 다 먹고. 이거 생각보다 맛있네."

무엇인가의 볶음 요리 비슷한 것을 경하는 열심히 입에 우겨 넣었다.

하지만 어느 누구도 경하가 집에서 먹던 어머니가 끓여주신 김치찌개를 그리워하고 있다는 것은 눈치 채지 못했다.

'아. 정말 시원~한 김치 국물이나 좀 먹어봤음 좋겠어.'

오래간만에 경하는 집에 대한, 그리고 가족에 대한 기억을 떠올리고 있었다.

*   *   *

"자네들은 어떻게 생각하나?"

하라스다인 장로는 양손을 깍지 껴 탁자 위에 내려놓았다.

그의 앞에는 조금 전에 미타 남작이라는 가이칸 황제의 오른팔인 듯한 인물이 두고 간 한 장의 양피지가 있었다.

고급스런 양피지에는 유려한 문체로 이른바 '지참금'으로 요구하는 그 무엇인가의 목록이 가지런히 적혀 있었다.

"라이트 온—"

곁에 있던 기사가 가물거리는 양초를 꺼버리고 라이트 온의 주문으로 주위를 밝혔다.

환하게 주위가 밝아지면서 양피지에 써 있던 글자들이 더 더욱 도드라져 보였다.

벌써 두 차례, 로렌과 만찬을 가지며 대화를 나누고 있었지만 이렇다 할 대화는 오고 가지 못했다.

만날 때마다 왠지 신경전 비슷한 것을 벌이고 있었기 때문이다.

때문에 나름대로는 초조하게 시간을 보내고 있었던 참에 미타 남작이 위의 서신을 들고 나타났던 것이다.

하지만 그 서신 아닌 서신에 담긴 내용은 하라스다인 장로의 예상을 훨씬 웃도는 내용이었다.

"이것은 정말 무례하지 않습니까? 이대로라면 미메이라를 거의…."

합병하여 흡수해 버리겠다는 것이나 다름없지라고 하라스다인은 속으로 중얼거렸다.

서신의 내용대로라면 현 수장 계승자를 자신의 황비로 달라고 했던 그의 말이 사실적으로 농담이 아니었다는 것이 증명되는 것이나 마찬가지다.

"미메이라의 기사단이라니… 그것도 이 인원수라면 현 궁정 기사단에 나이트 사아르 소속 전원을 포함해도 모자랍니다. 아니, 모자라고의 문제가 아니지 않습니까."

"나이트 헤스튼."

“네, 장로님.”

미타 남작이 가져온 문서를 보며 막 열을 올리려던 기사에게 하라스다인 장로는 자중하라며 말했다.

“일단은 앉게. 이것은 이제 시작일 뿐이니 말이야. 모든 일에는 협상이라는 것이 있는 법이니, 이것이 그대로 적용된다고 생각하지는 말게. 우리가 해야 할 일은, 아니, 이제부터 내가 할 일은 서로의 조건을 충족시킬 수 있는 중간 지점을 찾는 것일세. 알겠나?”

“물론 장로님의 말씀을 이해하지 못하는 것은 아닙니다. 다만, 이런 식이라면 협상이고 뭐고, 처음부터 서로 너무 다른 기준점에서 출발하는 것이 아닙니까?”

“그것을 이해시켜야겠지. 그래서… 외교라는 것은 어려울 수밖에 없는 것이네. 우리가 제국의 언어를 읽고 쓸 수 있다 해도 우리가 제국의 모든 문화를 알 수 없는 것처럼 저들도 마찬가지 아닌가. 하물며 저들은 우리의 글과 말을 이해하지 못하지 않는가. 세상에 어떤 제국인이 신국어를 배우려 할까? 안 그런가?”

“……”

“모른다고 하면 가르쳐 주고, 그리고 이해시키면 되네. 협상은 그 다음부터야.”

톡톡 탁자를 치고 있던 하라스다인 장로의 손이 허공에 멈추었다.

“이해할 생각이 없다면 단호히 돌아갈 수밖에 없겠지만 저쪽도 어느 정도는 우리 미메이라를 이해해 줄 수밖에 없을 걸세. 하물며 미메이라 인을 황비로 맞겠다는 황제를 보게. 그는 다른 사람과는 생각이 달라. 보는 눈이 다르지. 그것에 거는 수밖에 없어.”

“장르님께서 그리 말씀하신다면야 저희들은….”

말을 하다 말고 나이트 헤스튼을 비롯해 나머지 두 기사가 자리에서 벌떡 일어섰다.

덜컹—

황급히 일어난 탓에 육중한 의자들이 제각각 소리를 내며 넘어지거나 기우뚱거렸다.

"장로님! 이건⋯."

"⋯⋯."

하라스다인 장로 역시 같은 것을 느낀 듯 입을 다물지 못한다.

"이런 곳에 어째서⋯⋯."

그는 천천히 앞에 놓인 양피지를 잡은 손에 힘을 주었다.

그것은 양피지 때문이 아니었다.

"카드미엘에 들어올 때부터 느꼈던 그들의 파장이 아닙니다. 이것은."

"자잘한 제국의 엘러들의 파장과는 판이하게 다릅니다, 장로님."

"⋯⋯."

어느새 하라스다인 장로도 자리에서 일어나 있었다.

그는 아무 말 없이 눈을 감고 자신의 감각을 개방하고 있었다.

'이게 도대체 무슨 일이란 말인가.'

넓게 퍼지는 감각이 하나의 사실을 네 사람에게 알려주고 있었다.

"이것은 우리 미메이라 인의, 그것도 엘-사인 이상의 능력을 가진 바람술사입니다."

먼저 파장을 감지해 낸 나이트 헤스튼이 자신이 느낀 대로 말을 했다.

눈은 감고 있지만 열려진 감각은 넓고 넓은 카드미엘의 황궁 구석구석까지 퍼져 나갔다.

낯설면서도 익숙한 파장이었다.

구석구석까지 퍼져 나가던 하라스다인 장로의 감각은 어느덧 한 곳으로 자신의 모든 신경을 날려보내고 있었다.

그 끝에 그가 찾는 인물이 있었다.

콰앙―

"당장. 지금 당장 황제를 만나야겠다고 일러주게."

"예, 장로님."

"어서! 당장!"

파르르르―

하라스다인 장로의 흰 수염이 떨리기 시작했다.

'이게 도대체 무슨 짓이란 말인가. 도대체 이것이 어떻게 된 일인가!'

다른 기사들은 눈치 채지 못했지만 그는 알 수 있었다.

하라스다인 장로가 느낀 바람의 엘의 파장. 그것은 그에게 아주 가까우면서 또한 낯선, 하지만 분명 기억에 있는 것이다.

나이는 들었다 해도 한때 최고의 로열 나이트였던 그다. 그런 그가 한번 기억에 담았던 파장을 잊을 리는 없다.

평생을 함께 해왔던 수장과 아주 가까운, 그러나 그보다는 약한 바람의 엘의 파장.

그것은 전 수장인 레이죠 장로의 딸 시유의 것이었다.

'어떻게 시유님이 이곳에.'

다른 수행원 없이 오직 홀로, 그녀는 자신이 가지고 있는 바람의 엘의 파장을 흩뿌리고 있었다.

절다 이곳 카드미엘에 있을 리 없는, 있어서도 안 되는 사람의 파장을 그는 느끼고 있었다.

*   *   *

"폐하, 그분께서 도착하셨습니다."

"이런 시간에?"

마악 침소로 발을 옮기려던 로렌은 우뚝하고 발걸음을 멈추었다.

말을 전하러 온 자는 다름 아닌 메로스 케이룬이었다.

"내일 아침 일찍 알려드릴까 했습니다만 폐하께서 손꼽아 기다리셨던 것이 기억나 이렇게 실례를 무릅쓰고 이 시간에 달려왔사옵니다."

어딘가 모르게 야비한 미소를 짓고 있는 남자에게 로렌은 어떤 표정을 보일지 고민했다.

분명 손꼽아 기다려 오던 상대이긴 하다.

하지만 이렇게 눈에 보이는 메로스 케이룬의 행동은 역시 마음에 들지 않았다.

"늦은 시간이지 않나. 일단 지시한 대로 하고 그녀와는 내일 아침에 만나겠네."

"…아. 그렇습니까? 알겠습니다, 폐하."

허리를 깊이 숙이며 예를 다하는 남자에게 로렌은 약간의 짜증을 느꼈다.

"그럼 가보게."

"예. 황송하옵니다, 폐하."

입 끝에 미소의 여지를 남기며 메로스 케이룬이 사라졌다.

'짜증이 나는군, 정말. 저 남자는.'

　미타 남작이 꺼려하는 것도 이해가 갈 정도다. 하지만 저런 인간도 필요한 구석이 있는 법이라고 그는 스스로에게 말을 했다.
　저런 인간보다 훨씬 더한 인간도 그는 자신이 필요하다면 얼마든지 그의 사람으로 받아들여 줄 수 있다.
　'하지만 그 쓰임새가 다하면… 그때는 카스핀의 원대로 해주어도 나쁘지 않겠어.'
　로렌은 메로스 케이룬보다 더했으면 더했지 결코 덜하지 않는 의미심장한 미소를 지으며 자신의 처소로 향했다.

　"의외야. 지난번의 행동으로 보아서는 잠이고 뭐고 다 팽개치며 활기 차게 오실 줄 알았는데 말일세."
　"매번 그러라는 법은 없지 않습니까?"
　메로스의 말에 히난이 걱정스럽다는 듯이 대답했다.
　"그녀는?"
　"지난번에 계시던 곳으로 안내를 했습니다."
　"흐음."
　"단지 조금 걱정되는 것이 있습니다만."
　"뭔가?"
　메로스는 눈썹을 치켜올렸다.
　"전혀 기억을 하지 못한다고 하더군요. 이전에 그녀의 시중을 들던 시녀들이 그대로 그녀를 맞았습니다만, 어느 누구도 얼굴을 기억하지 못했다고 합니다."
　"전혀?"
　"예. 물론 당시 제정신이 아니었으니 그럴 수도 있다고 생각했습니다만, 뭔가 조금 이상한 것이…."

지난번과는 일단 일 자체가 다르기에 히난은 문제의 '그녀'를 가까이서 본 적은 없었다.

하지만 머리카락이 짧아진 것 이외에도 지난번과는 사뭇 다른 느낌을 받고 있는 것이다.

'일단 엘의 파장이 아주 비슷하긴 한데 뭔가 다르단 말이야.'

의식적으로 느끼려고 했기 때문에 그는 지난번의 그 파장을 어렴풋하게 기억하고 있었다.

그 파장과 지금 태자궁 한쪽 거처에 앉아 있을 그녀의 파장은 똑같다고 말하기엔 아무래도 무리가 있었다.

"제정신이 아닌 정도가 아니었지. 그걸 살아 있는 인간이라고 볼 수 있었나? 나는 절대 그렇지 않다고 생각해. 우리의 황제 폐하께서 무슨 생각을 하고 계신지는 모르겠지만 여하튼 원래의 자리에 다시 잡아다 놓았으면 되는 것 아닌가."

"……."

"이번 일에 문제가 있다면 다른 게 아니야."

메로스가 손가락 하나를 치켜세우며 히난에게 말했다.

"예?"

"그녀를 다시 잡아온 게 우리가 아니라는 점이지."

"……."

이번에는 히난이 고개를 숙일 수밖에 없었다.

원래 그녀를 다시 납치해 오는 것은 그와 그의 부대에게 맡겨졌던 일이었다.

"하셰카가 한 점 벌었어. 그게 문제야."

"……."

"아주 재미없어진 거야. 아주."

투덜투덜, 하지만 표정은 묘하게 웃고 있는 메로스는 뚜벅뚜벅 어두운 복도를 걸어갔다.

과정이야 어쨌든 간에 일단 그녀는 돌아왔고, 황제는 그를 신임하게 될 것이라고 그는 생각하고 있었다.

*　　　*　　　*

"으아. 도둑고양이가 된 것 같다."

교대로 지나가는 경비단의 발걸음이 조금씩 멀어지고 있었다.

높은 성벽 아래 몸을 조그맣게 웅크리고 있던 경하는 빼꼼이 밖을 내다보았다. 그걸 보자마자 이리야가 황급히 경하의 몸을 끌어당겼다.

"뭐 하는 짓이야!"

말은 거칠지만 소리는 소곤소곤.

"괜찮아. 멀리 갔는걸."

"첫 번째도 조심. 두 번째도 조심. 세 번째도 조심인 거 몰라? 정말이지."

"뭐… 들키면 또 어쩌겠어. 파앙— 퍼엉— 한바탕하고 쳐들어가지 뭐."

"…농담으로 듣지."

조용히 입을 다물고 있던 로운이 꾸욱, 경하의 어깨를 내리누르며 말했다.

"하라스다인 장로님이 정확히 어디 계신지 알려면 주문을 해제해야 할 텐데 정말 곤란하군."

티리쉬로 자신의 파장을 억눌러 놓은 만큼 다른 사람의 파장도 느끼기 어렵다.

하물며 혹시나 있을 불상사를 위해 몇 겹이나 단단하게 주문을 걸어놓은 일행은 지금 반쯤은 까막눈이나 다름없는 상태였다.

"정말 불편하잖아."

털썩.

좁은 구석에 경하는 주저앉아 버렸다.

일단은 급한 대로 황궁에 잠입(?) 중이지만 앞날이, 아니, 앞이 캄캄하다.

'하아… 뭐라고 해서 이걸 수습하나.'

까닥하면 제국으로 시집갈 판인 경하는 나름대로는 이번 일은 발등의 불을 끄는 일이 된다. 물론 거시적인 관점에서 보면 이런저런 이유가 있긴 하지만 일단 경하에게 지금 눈에 보이는 것은, 그리고 가장 신경 쓰이는 것은 하라스다인 장로가 자신을 '여자'인 채 황제에게 시집을 보내려 한다는 계획뿐이다.

'어떻게든 막아야 해. 내가 이 나이 먹고 이 꼴로 장가도 아닌 '시집'을 가게 생겼어?'

차마 다른 사람들에게는 말을 하지 못하고 있지만 역시 신경 쓰이는 것은 어쩔 수 없다.

일단 목적은 하라스다인 장로를 설득해서 황제와 하라스다인 장로 또는 황제와 미메이라 간에 아직 협상되지 않는 그놈의 '황비' 어쩌구리한 이야기를 백지로 돌리는 것이다.

'젠장. 어떻게든 되겠지. 쳇! 안 되면 하라스다인 장로님을 난짝 업고 도망치면… 으음. 그건 안 되려나. 국제 문제가 될지도 모르고.'

끙끙대며 앉은 자리에서 홀로 고민하는 경하를 보고 기엘이 안심을 시키려는 듯 말을 걸었다.

"각하님, 너무 걱정하지 마십시오. 자세히 천천히 설명을 하면 아버님께서 마음을 돌려주실 겁니다. 그리고 미메이라의 비밀… 을 발설하는 것은 내키지 않습니다만 그에 대한 언급을 황제에게 하면 아마도 그는 미메이라에 대한 야심을 포기할 수밖에 없을 겁니다."

사실이 그렇다.

누가 시한부의 기사단을 원할까?

언뜻 강력해 보이지만, 그것이 겉으로 보이는 것일 뿐, 실상은 그렇지 않다는 것을 알게 되면 황제는 절대로 미메이라를 원하지 않을 것이다.

지금 그들이 믿는 것은 그 하나의 사실뿐이었다.

"이 시간에? 나를 만나고 싶다고?"

늦은 시간 한 잔의 붉은 포도주를 앞에 놓고 느긋하게 내일의 만남을 기대하며 흐뭇해하고 있던 로렌에게는 미타 남작이 가져온 소식이 아주 불쾌한 것이었다.

"이 시간에 어째서 나를 만나겠다고 하는 건가?"

"그것이 이유는 설명하지 않고 있습니다. 다만 지금 당장 폐하를 만나야겠다고 지금 밖에서 대기 중입니다."

"거절하게."

"폐하."

"이유도 말하지 않았으면서 이 밤중에 내 사실에까지 쳐들어오는 상대를 내가 왜 만나야 하는 거지?"

"만나시지 않겠다면 지금 당장 미메이라로 돌아가겠다고 합니다."

"……"

로렌은 입을 꾹 다물었다.

"혹시 눈치를 챈 것은 아닐까요?"

"뭘?"

"오늘 도착한 '그녀'에 대해서 말입니다."

"어떻게?"

로렌이 그런 일은 있을 수 없다는 투로 말했다. 그녀가 지금 이 궁에 있다는 것은 그와 미타 남작과 예의 메로스 케이룬밖에 모르는 일이다.

그녀를 시중드는 시녀들조차도 그곳에 격리되어 있기 때문에 말이 새어 나갈 리가 없다.

하물며 이런 시간에 말이다.

적어도 내일쯤이 되었다면 그도 어느 정도는 이해할 수가 있었으리라.

궁에는 말을 전하는 유령 같은 존재들이 있으니 말이다.

말도 안 된다는 표정을 하고 있는 로렌에게 미타 남작이 작게 한숨을 쉬며 대답했다.

"잊으셨습니까? 그들은 보통 인간이 아닙니다. 아마도, 그녀가 이곳에 도착한 것을 우리가 알 수 없는 어떤 다른 방법으로 알아낸 게 아닐까 사료됩니다."

"……."

"폐하."

고집스럽게 입을 다물고 있는 로렌에게 미타 남작은 포기하라는 듯 재촉했다.

벌떡—

로렌이 자리에서 일어났다.

그는 팔을 내밀어 시녀들이 내미는 겉옷을 걸치고는 조금 풀어

헤친 머리카락에 다시 손가락을 집어넣었다.

"한심스럽군."

"폐하, 어찌할까요."

"입 닥치고 좀 기다려!"

드물게 로렌이 거친 단어를 쓴다. 화가 났다는 의미다.

'한심스러워. 아주— 한심스러워. 하는 짓거리가 이렇게 한심스럽다니.'

그는 메로스를 책망하고 있었다. 또한 그의 곁에 언제나 붙어다니는 히난을 책망하고 있었다.

'알고 있을 정도라면 사전에 조치를 취해야 할 것 아닌가. 멍청한 것 같으니라구.'

자칫 잘못하면 자신의 입장이 난처해진다.

집착이 가져온 실수의 한 끝.

그는 테이블에 놓여 있던 붉은 액체를 단숨에 들이마셨다.

포도즈의 향을 즐기는 것을 좋아하는 그에게는 있을 수 없는 일이다.

휘익—

포도주가 담겼던 잔이 벽을 향해 날아갔다.

파삭—

얇은 유리가 순식간에 가루가 되어 두터운 양탄자에 반짝이는 가루와 함께 부서져 내린다.

"잠시 후로 하지."

한층 가라앉은 목소리로 로렌이 대답했다.

"그들이 무슨 말을 하고 싶은지 들어주겠다고 해."

"알겠습니다, 폐하."

미타 남작은 허리를 굽히고 자리를 피했다.

그는 제발 이 밤이 빨리 지나가길 빌고 또 빌었다.

하지만 별빛 하나 없는 이 어두운 밤은 이제 시작이라는 사실을 그는 미처 눈치 채지 못했다.

＊　　　　＊　　　　＊

"방법이 없어. 주문을 해제하고 최대한 빨리 하라스다인 장로님을 찾아가자."

어둠 속에서 경하가 조용히 입을 열었다.

몇 차례 이런저런 방법에 대한 논의를 했지만 아무리 머리를 맞대고 고민을 해봐도 뚜렷한 방법이 나오지 않았다.

결국 경하는 마지막 방법을 택했다.

"어차피 가까이 가서 만나려면 방법이 없잖아. 1분 후에 알게 되나 10분 후에 알게 되나 거기서 거기라구."

"후우…."

로운은 아무 말 없이 자신의 허리춤에 매어놓은 라이트를 매만지며 상태를 점검했다.

만일의 경우가 생기더라도 되도록 이 라이트만큼은 사용되지 않기를 그는 기원했다.

그것은 기엘도 마찬가지였다.

손끝에 닿는 차가운 금속의 냉기. 그것이 가슴을 시리게 하는 냉기가 되지 않기를 바랄 뿐이다.

"준비되었지?"

경하의 목소리가 그들의 주의를 모았다.

"주문을 해제해."

"기엘 디 하라스다인. 티리쉬 오프."

"로운 디 로크레슈. 티리쉬 오프."

"이리야 노운. 티리쉬 오프."

한 사람 한 사람이 주문을 해제할 때마다 그들의 주위로 눈에 보이지 않는 파장이 잔잔한 호수에 파문이 일듯 사방으로 퍼져 나갔다.

바람이 불어오고, 그리고 사사삭— 하는 바람에 흔들리는 나뭇잎 소리가 그들의 엘이 해방되었음을 간접적으로 느끼게 해준다.

마지막으로 경하가 조용히 주문을 외웠다.

"티리쉬…."

주문을 외우며 자신들의 얼굴을 돌아다보는 경하의 얼굴에는 묘한 감정이 섞여 있는 것을 로운과 기엘, 그리고 이리야는 깨달을 수 있었다.

"오프."

막혀 있던 둑이 한번에 터지듯, 경하의 그 맑고 깨끗한, 강력한 바람의 엘이 만들어내는 파장이 풀려났다.

"우웃—"

가만히 서 있으려 해도 저절로 그 파장에 몸이 반응한다.

바닷가 한쪽에 서 있다가 파도를 맞은 사람들처럼 그들의 몸이 흔들렸다.

그것은 피부로 느낄 수 있는 바람과는 전혀 달랐다.

눈에 보이지도, 느낄 수도 없지만 주위에 가득 찬 경하의 맑은 파장이 사방으로 퍼져 나가는 것을 그들은 느낄 수 있었다.

같은 순간.

황태자궁의 꼭대기에 있던 한 소녀도, 한밤중 어두운 황태자궁 한구석에서 황제와 밀담을 나누기 위해 대면하고 있는 남자들에게도, 그리고 궁의 어두운 구석에 숨어 있는 제국의 엘러들에게도 그 파장은 동시에 전해지고 있었다.

"해명을 요구하는 바입니다."
"무엇… 에 대한 해명을 바라는 것인지 도통 알 수 없군요."
"농담을 하고자 하는 것이 아닙니다. 지금 이 궁에……?!"
말을 다 마치기도 전에 하라스다인 장로는 그 자리에서 벌떡 일어났다.
"……?"
"무슨 일이십니까?"
하라스다인 장로를 수행하고 있던 기사들의 얼굴이 하나같이 경악으로 물들어가고 있었다.
로렌과 미타 남작은 자신들의 눈앞에서 벌어지고 있는 이 하나같이 이상한 반응에 의아해할 수밖에 없었다.
"왜 그러십니까? 뭔가 이상이라도?"
"이럴 수가."
로렌의 앞에서는 단 한 순간도 표정을 흐트러뜨리지 않았던 하라스다인 장로가 입을 벌린 채 멍하게 서 있다.
'이것은… 프리스트 로운? 그리고 기… 엘?'
수년을 곁에서 지켜보았던 아들의 파장이 하라스다인 장로에게 전해지고 있었다.
"장로님, 이 파장은……"
사색이 된 나이트 헤스튼은 하라스다인 장로의 얼굴을 바라보았다. 하지만 그 역시 자신과 똑같은 얼굴 표정을 하고 있는 것을 목격했을 뿐이다.

하지만 다음 순간 그들은 또 다른 강력한 파장이 전해져 오는 것을 느끼고 그 자리에 얼어붙어 버렸다.

파아— 하고 몸을 스쳐 지나간다.

몸과 거리, 손끝과 머리카락 끝까지 얼려 버릴 듯한 차가운, 그러나 맑고 깨끗한 바람의 파장.

강력하게 전해져 오는 그 파장은 분명 바람의 엘이다.

하지만 누가 이런 파장을 가지고 있을 수 있을까?

전대 수장이었던 레이죠 장로도 이 정도는 아니었다고 하라스다인은 생각했다.

그가 만났던 어느 누구도 이런 강력한 파장을 가지고 있지 않았다.

'도대체 누구냐! 누구이길래!'

바람의 파장이 다시 한 번 그의 몸을 스쳐 지나갔다. 그 순간 그의 머리에 떠오르는 인물이 있었다.

"설마."

벌어진 입이 다물어지지 않는다.

"설마 이런 일이."

몸을 스치는 강력한 엘의 파장의 폭풍이 잠잠해지고 하라스다인 장로는 그 자리에 털썩 주저앉았다.

"이런 일이. 이런 일이 일어날 수가… 어찌하여! 어찌하여!!"

아무도 그의 물음에 대답해 줄 수 있는 사람은 없었다.

흔들리는 불빛.

불안하게 흔들리는 불빛 아래서 하라스다인 장로는 눈을 감았다.

"이리야와 기엘에겐 시유를 부탁할게. 나는 일단 하라스다인 장로님이 계신 곳으로 로운과 곧바로 갈 테니까. 둘은 시유를 찾아서 내게 와줘."

"경하님, 저는…."

"잔말 말고 시키는 대로 해. 어차피 곧 만나게 될 거잖아."

기엘을 보내는 이유를 로운은 짐작할 수 있었다.

상황이 어떻게 진행될지는 아무도 모른다.

하지만 적어도 경하는 기엘이 자신의 아버지인 하라스다인 장로에게 해를 끼치게 하고 싶지는 않아하는 것이다.

"기엘, 걱정 마. 경하… 님은 내가 지킬 테니."

믿음직스러운 친우의 말에 기엘은 천천히 고개를 끄덕였다.

이제 남은 것은 주어진 일을 그대로 행하는 것뿐이다.

그 결과는 잠시 후에 그들의 앞에 명백하게 드러날 것이다. 조급해할 필요가 없었다.

"자아, 그럼 출발해!"

조용한 밤하늘에 경하의 목소리가 그의 파장과 함께 펴져 나간다.

빠른 속도로 움직이는 그림자를 바라보며 경하는 로운에게 시선을 돌렸다.

"우리도 가자."

"……."

소리없이 로운이 고개를 끄덕였다.

그것은 그가 할 수 있는 가장 최대한의 대답이었다.

"도대체 이것이 무슨 일인지 설명을 해주셨으면 합니다만?"

미타 남작이 조금은 신경질적이 되어 하라스다인 장로에게 물었다.

조금 전 뭔가 유령이라도 본 듯한 표정을 보여주었던 하라스다인 장로는 그 뒤로 단 한 마디도 하지 않고 그 자리에 그렇게 앉아 있었다.

미타 남작과 로렌이 번갈아 추궁해도 소용이 없었다.

"하라스다인 장로, 당신이 원해서 이 자리를 마련하지 않았소. 할 말이 없다면 나는 돌아가겠소! 카스핀!"

그렇지 않아도 짜증이 나 있던 로렌은 미타 남작에게 돌아가겠다는 신호를 했다.

그 순간 하라스다인 장로가 손을 들었다.

"기다리시오."

"……"

"이유를 말한다면 얼마든지 기다려 주겠소."

"이유? 이유라. 그런 것을 내가 말해 줄 수 있다면 얼마든지 해드리지. 하지만 지금은 이 자리를 지켜주시오."

"……"

어딘가 모르게 무게감있는 하라스다인 장로의 말에 미타 남작이 움찔했다.

그의 표정은 처연하다 못해서 무엇인가 각오를 한 듯 심각한 표정이었다.

"굳이 우리가 움직이지 않아도 곧 찾아올 터이니. 그냥 기다립시다. 그쪽이 훨씬 나을 것이오."

"무슨 뜻인지 물어도 되겠소?"

로렌이 팔짱을 끼며 하라스다인 장로에게 물었다.

하라스다인 장로가 말을 하지 않는다면 그의 뒤에 우뚝 서 있는 세 기사도 입을 열지 않을 것임에 틀림이 없다.

그 세 명의 기사는 눈에 띄게 표정이 변해 있었다.

이러지도 저러지도 못하는, 하지만 무엇인가를 두려워하는 듯한 그런 표정이었다.

"곧 알게 될 터인데 굳이 내가 입에 담을 필요가 어디 있겠습니까."

하라스다인 장로는 쓴물이라도 삼키는 것처럼 천천히 침을 삼켰다.

입이 바짝바짝 타 들어가고 있었다.

어떻게 이곳까지 온 걸까?

지금쯤 그들은 미메이라에 있어야 하는 사람들이다.

그렇게 하기 위해 그는 갖은 수단과 방법을 다 동원하고 떠나왔다.

'바람은 잡을 수 없다는 것인가.'

로크레슈 장로가 자신의 아들에게 이렇다 할 힘을 쓰지 못한다는 것쯤은 모르는 것이 아니다. 하지만 이 제국 땅에 발을 디디도록 방치할 리는 없을 줄 알았다.

'그래. 본인이 있는 자리가 차라리 나을지도 몰라. 그들이 올 때까지 기다리는 것이 좋겠지.'

가만히 눈을 감고 있으면 그들이 다가오고 있는 것이 느껴졌다.

성밖에서부터 높은 성벽을 넘어 한 걸음씩, 그러나 빠르게 그들이 다가오고 있었다.

"후우…."

바람술을 이용해 높은 성벽을 뛰어넘은 경하는 하늘을 찌르듯 높이 솟아 있는 탑을 바라다보았다.

기억에 있는 탑이다.

"흐음. 설마 황제랑 마주치지는 않겠지, 로운?"

"글쎄."

"되도록이면 그 사람이랑은 안 만났으면 좋겠는데. 왠지 기분이 나쁘단 말이야."

"……."

로운은 입을 다물었다. 사실 뭐라고 말을 해줄 수도 없었다.

자신이 경하의 곁에서 멀어져 있는 동안, 또한 경하가 기억을 잃고 이 황태자궁의 저 높은 탑에 갇혀 있는 동안 무슨 일이 어떻게 일어났는지 누가 알까?

"으음… 뭐 만난다고 해도 어쩔 수는 없지만."

"서두르지."

"아, 으응."

뚜벅뚜벅.

어두운 복도를 로운은 앞장서서 걸어갔다.

인기척을 피한다고 피했지만 앞쪽에서 사람들의 목소리가 들려왔다.

"이리로."

로운은 경하의 손을 잡고 거칠게 잡아당겼다.

"우, 우앗!"

마악 소리를 지르려는 경하의 입을 막고 그는 그리 크지 않은 창쪽으로 훌쩍 뛰어올랐다.

파라라락— 하며 옷깃이 바람에 날리는 것이 느껴졌다.

"이대로 올라간다. 꽉 잡아!"

대답은 들리지 않았지만 자신의 팔에 감겨 있는 경하의 팔에 힘이 들어가는 것이 느껴진다.

로운은 그대로 창을 힘차게 디디며 뛰어올랐다.

*　　　　*　　　　*

콰앙—

굳게 닫혀져 있던 문이 커다란 소리를 내며 흔들렸다.

"로운 디 로크레슈. 라 마이케시스."

막 허리춤에서 검을 뽑으려던 기사의 움직임이 순식간에 멈추었다.

그것은 이전에 경하가 한번 목격한 적이 있었던 포박술의 일종이었다.

입술조차 옴짝달싹하지 못하게 된 기사는 눈빛을 번득이며 경하와 로운을 바라보고 있었다.

"아저씨, 미안해요. 뭐, 그래도 죽지는 않을 테니까. 이대로 잠깐만 기다려 달라구."

툭툭—

경하는 기사의 어깨를 몇 번 쳐주고는 일어섰다.

뒤에서는 로운이 막 다른 경비병에게도 같은 주문을 쓰고 있던 참이었다.

경악에 가득 찬 표정을 한 채로 굳어져 버린 경비병은 손에 시퍼런 검을 빼어 들고 있었다.

"위험하잖아, 아저씨."

조심스럽게 손에서 검을 빼앗아서는 그의 옆에 얌전히 내려놓는다.

"가만히 있으면 괜찮으니까. 그리고 주문에 좀 당했다고 해서 죽는 것도 아니니까 야~얌전히 기다리시라구."

"그대로 들어갈까?"

"아니. 이리야랑 기엘이 곧 올 거야."

그 말을 하기 무섭게 저쪽 어두운 복도 쪽에서 챙강 하는 병장기 소리가 들려왔다. 황급하게 그쪽으로 뛰어가려는 로운을 경하가 말렸다.

"괜찮아."

그 말이 그대로 맞은 듯 잠시 후에 소리가 들렸던 방향에서부터 기엘의 파장이 전해져 왔다.

기엘의 뒤에는 오랜만에 얼굴을 보는 시유의 짧은 머리카락이 언뜻 보였다.

"후우."

경하는 안도의 한숨을 내쉬면서 기엘이 시유와 함께 가까이 오기를 기다렸다.

"수고했어, 기엘."

"아니, 이런 것은 아무것도 아닙니다. 경하님."

"어이, 나도 있어."

한바탕 난리라도 치른 듯, 이리야는 약간 흐트러진 옷차림을 하고 있었다.

"시녀 아줌마들이 너무 난리를 떨어서 재우고 오느라구 말이야."

"이리야도 수고했어. 자아, 그럼… 들어가 볼까?"

“물론.”

닫혀 있던 문에 로운의 커다란 손이 닿았다. 끼이이이— 하는 듣기 싫은 소리가 들려온다.

문이 열리기 시작하자 문 틈에서 따스한 공기가 흘러나오기 시작했다.

“……!”

“…….”

어느 누구도 입을 열지 않았다.

다만 눈을 크게 뜬 채 그 자리에 못 박혀 있을 뿐이다.

미타 남작은 할 말을 잃은 상태였고 로렌은 자신의 눈앞에 늘어서 있는 사람들을 보고 놀라 입을 벙긋거리고 있을 뿐이었다.

‘이게 어떻게 된 거지? 저 남자들은….’

두 명의 남자는 분명 기억 속에 있는 남자들이었다.

자신이 처음으로 목격한 강력한 미메이라의 기사들. 시안을 그에게서 훔쳐 달아난 사람들이었다.

또 한 명의 남자는 기억에는 없지만 그는 별로 문제가 되지 않는다. 하지만 그 옆에 서 있는 키가 조금 작은 두 사람은 조금 문제가 달랐다.

하나는 분명 자신의 기억에 있는 누군가와 얼굴이 흡사했지만 무엇인가 느낌이 달랐다. 짧은 머리카락 탓만은 아닐 것이다.

‘시안….’

머리 속에 떠오르는 이름과 그녀는 매치가 되지 않는다.

그리고 나머지 한 사람.

허리를 넘는 길고 긴 은백색의 머리카락은 그의 기억 속에 있는 그것과 동일했다.

바람이 불지 않는 곳인데도 은백색의 긴 머리카락은 마치 산들바람을 갖은 것처럼 아주 미세하게 공기의 흐름을 따라 움직이고 있다.

키도, 느낌도 얼굴 생김생김도 기억 속의 그녀와 너무나 비슷하다.

하지만…….

"나는 로렌 네세크 카루인 라이너드. 가이칸의 황제."

길고 긴 침묵을 깬 것은 다름 아닌 로렌이었다.

그는 가슴에 손을 대고 그 자신의 이름을, 그가 이어받은 이름을 또박또박 천천히 말했다.

미트 남작이 미처 말리기도 전에 로렌은 앞으로 걸어나갔다. 하지만 그의 발자국 소리는 두터운 양탄자에 가려져 들리지 않는다.

앞으로 걸어나온 로렌은 경하의 앞에 와서야 그 발걸음을 멈추었다.

꿈틀하고 기엘과 로운의 몸이 움직이려 했지만 다음 순간 들려온 로렌의 말에 그대로 멈추어 설 수밖에 없었다.

"당신은 내 기억 속의 그녀와 너무나도 닮았군."

로렌은 손을 뻗어 하늘거리고 있는 경하의 머리카락을 조심스럽게 몇 가닥 집어 올렸다.

"당신이 누구이든… 내 성에 온 것을 환영하오."

그는 집어 올린 머리카락에 살며시 입을 맞추었다.

제7장
폭풍

The Wind of Ashurei

퍼억—

배운 것은 아니지만 멋진 어퍼컷이 순간 작열했다.

"폐, 폐하!"

어퍼컷을 날린 장본인은 다름 아닌 경하.

"헉! 헉! 이… 이……."

씩씩거리며 막 달려들려는 경하를 뒤에서 황급히 로운과 기엘이 붙들었다.

"이거 놔! 안 놔?!"

"폐하! 괘, 괜찮으십니까?"

미타 남작이 황급히 달려와 로렌을 부축하여 일으켰다.

"빨랑 놔! 저걸 그냥 당장!"

로운은 눈을 감아버렸다. 앞날이 감감해져 왔기 때문이다.

저런 반응을 일으킬 것을 뻔히 알고 있으면서 순간 경하를 막지 못한 것은 천추의 한이 될지도 모른다.

그런 심정은 기엘도 마찬가지였다.

바둥바둥대면서 그냥 두면 당장에라도 발길질을 해버릴 듯한 경하를 두 사람은 몸을 던져 막고 있었다.

경하의 무지막지한 발길질은 지금까지 몇 번 목격한 적이 있는 그들이기에 더 더욱 있는 힘껏 말이다.

“이런 무례한! 이곳에 들이닥친 것만 해도 당신들은…”

항의를 하려는 미타 남작의 팔을 로렌이 잡아당기며 끼어들었다.

“아니, 아니, 괜찮아. 미처 피하지 못한 내 잘못도 있는 것이고. 안 그런가? 그리고 무엇보다 무례를 범한 것은 내 쪽이 먼저이니 말일세.”

로렌은 얼얼한 턱을 문지르며 경하에게 눈짓을 했다.

“실례했소.”

“조, 조심하란 말야!”

잔뜩 긴장했던 실내가 로렌과 경하의 합작 공연으로 인해 갑자기 긴장이 풀어져 버렸다.

“일단은 내 소개를 했으니 그쪽도 자신의 소개를 해주는 것이 예의가 아닐까?”

미간에 주름이 가득 잡힌 미타 남작을 억지로 끌어당기며 로렌은 자신이 앉아 있던 자리로 돌아갔다.

어디까지나 여유로운 ‘황제’만의 걸음걸이다.

“……”

이러지도 저러지도 못하고 두 사람을 바라보고 있던 다른 사람들은 로런의 말에 안도의 한숨을 내쉬었다.

'제국 황제의 얼굴을 정면으로 때리고도 무사할 수 있는 녀석은 이 녀석밖에 없을 거야.'

로운은 벌써부터 머리가 지끈지끈 아파왔다.

"요란스러운 등장이군. 오랜만이구나."

그때까지 아무 말 없이 앉아 있던 하라스다인 장로가 자신의 아들을 바라보며 입을 열었다.

"오랜만에 뵙습니다, 아버님."

"그래."

"자아, 부자 상봉도 좋지만 역시나 나는 왜 당신들이 이 시간에 이곳까지 찾아왔는지가 궁금하군."

한쪽 팔을 팔걸이에 걸친 로렌은 턱을 괸 포즈로 재미있다는 듯 경하 일행을 바라보았다.

그의 그런 얼굴을 잠시 바라보던 로운은 먼저 한 걸음 앞으로 나갔다.

"로은 디 로크레슈. 미메이라의 기사입니다."

휘익—

로렌의 눈썹이 치켜 올라간다.

"기엘 디 하라스다인. 마찬가지로 미메이라의 기사입니다."

"에도… 나는 적당히 생략."

이리야가 뻔뻔스럽게 말하는 순간 그렇지 않아도 잔뜩 이맛살을 찌푸리고 있던 미타 남작의 얼굴이 더 더욱 험상궂게 변했다.

이리야의 옆에 서 있던 시유는 사람들의 눈이 자신에게 주목되자 움칠하면서 이리야의 뒤로 숨었다.

그런 시유를 보고 있다가 경하가 대신 그녀를 소개했다.

“그러니까 이쪽은 시유라고 제 동생뻘 되는데. 이쪽에 실례한 건 나중에 말을 하죠.”

“아아, 모쪼록.”

분명 납치임에 틀림이 없건만 로렌은 얄미울 정도로 태평했다.

그 태평한 얼굴을 보고 있던 경하는 아까 전에 로운과 기엘을 뿌리치고 한 열댓 번쯤 발길질을 해줄 것을 그랬다고 후회했다.

하지만 지금은 일단은 인사 타임!

“그리고 나는… 으음. 로운, 기엘. 난 뭐라고 소개를 하면 되는 거야?”

엉뚱하게 질문을 하는 경하 덕에 이번에는 로운과 기엘이 헛기침을 할 차례다. 하지만 경하는 여전히 말뚱말뚱 기엘과 로운에게 눈으로 질문을 하고 있다.

결국 기엘이 항복을 하며 대답했다.

“원하시는 대로, 있는 그대로 답하시면 됩니다, 경하님.”

기엘의 말에 경하는 일단 헛기침을 몇 번 하고는 자신을 소개했다. 역시 이런 자리는 생각보다 훨씬 쑥스러운 자리다.

“뭐, 이름은 경하라고 하기는 하는데 그것보다는 지금은 현재 으음… 미메이라의 수장 대리라고 해두죠. 그게 정확할 테니까.”

“수장 대리?”

“예, 수장 대리.”

로렌의 질문에 경하는 경쾌하게 대답했다.

그것이 군더더기없는 진실임에는 틀림이 없기 때문이다.

“좋아. 일단은 그렇게 서 있지 말고 이쪽에 앉도록 하지. 그리고 나서 이렇게 갑작스럽게 날 찾은 이유를 말해 주었으면 하는데.”

로렌의 말에 하라스다인 장로가 나섰다.

"폐하, 이것은 저희 미메이라 인들만이 이야기를 해야 할 것 같습니다만."

그러나 하라스다인 장로의 나름대로의 배려에도 아랑곳하지 않고 경하는 갑자기 뒤로 돌아 소곤소곤거리며 기엘과 로운에게 질문을 했다.

"황제가 있는 쪽이 낫지 않아?"

소곤거렸지만 그 목소리는 조용한 실내에서는 모두에게 들릴 정도다.

덕택에 이번에야말로 미타 남작은 폭발 일보 직전이 되었다.

"무례한 언동은 삼가주셨으면 합니다. 어디까지나…"

"카스핀."

로렌이 날카롭게 미타 남작을 불렀다.

"예, 전하."

"지금부터, 내가 지시할 때까지는 부디 함구해 주길 바라네."

"폐하, 하지만…"

"수장 대리라고 하지 않은가. 저 친구와는 동격으로 대화를 나누고 싶네."

"그러나 폐하, 이런 일은…"

"카스핀! 함구하라 했네."

"……."

말하고 싶은 것은 산더미 같지만 결국 미타 남작은 입을 다물 수밖에 없었다.

로렌이 저런 단어를 이용하여 함구하라 할 때는 절대로 입을 열어서는 안 된다는 것을 그는 경험상 너무나도 잘 알고 있다.

겉으로 보기에는 장난기가 가득해 보이지만 머리 속은 눈을 뜰 수 없을 정도로 빠르게 돌아가고 있음에 틀림이 없다.

"여기까지 찾아온 데는 나름대로의 이유가 있어서겠지. 물론 나는 그 이외에 다른 것을 저 친구들에게 묻고 싶지만 그것은 조금 미루어두도록 하지. 자아…."

로렌이 비어 있는 자리를 경하에게 권했다.

경하는 꿀꺽하고 침을 삼켰다.

일단 마음 같아서는 로렌의 근처에는 가고 싶지도 않지만 지금은 상황이 다른 것이다.

힘들여 이곳까지 온 목적을 이룰 수 있을지도 모르는 자리다.

"경하님."

기엘이 경하의 등을 살짝 밀었다.

"아, 으응."

경하는 심호흡을 한번 하고 그 자리로 걸어갔다.

그 뒤를 로운 등이 조용히 따랐다.

달빛조차 비치지 않는 어두운 밤이 깊어가고 있었다.

*　　　　*　　　　*

"그러니까 어째서 그런 생각을 했는지 모르겠지만 이쪽에는 나름대로의 사정이 있으니 미메이라에서 황비를 맡겠다고 하는 이야기는 철회해 주셨으면 좋겠습니다."

부가 설명은 쏘옥 빼고 경하는 로렌에게 말했다.

하지만 역시 로렌은 그 부가 설명을 원하는 것 같았다.

"흐음. 하지만 이유도 없이, 그리고 비록 자네가 미메이라의 수장 대리라고 하나 내가 그 요구를 무조건적으로 들어줄 수는 없지 않은가? 일단 이렇게 미메이라의 사신께서 내 앞에 앉아 계신데 말이야."

찌익— 하고 경하의 눈초리가 하라스다인의 장로에게 돌아갔다.

'사실은 저 아저씨가 모조리 원흉이라고, 원흉.'

실상은 조금 달랐지만 경하가 생각하기엔 그랬다.

"하라스다인 장로님, 묻고 싶은 것이 있는데요."

"……."

"도대체 무슨 생각으로 여기까지 온 거죠? 나를 시…."

시집이라는 말을 하려다 말고 경하는 입을 다물었다.

일단은 지금 경하는 어디까지나 시안이 아닌 경하 본인이기 때문이다. 차마 본인의 입으로 나는 여장을 하고 있었소라고는 죽었다 깨어나도 말할 수가 없는 것이다.

"그러니까 시유나 여하튼 미메이라의 사람을 황비로 보내려는 이유가 뭔지 궁금해요."

경하는 단도직입적으로 하라스다인 장로에게 물었다.

하라스다인 장로에게 좌중의 시선이 집중된다.

하지만 그는 묵묵히 경하의 얼굴만을 바라볼 뿐 입을 열지 않았다.

"입 다물고 있어보았자 되는 건 하나도 없어요. 말씀해 주세요."

"말씀해 주십시오, 아버님. 아버님께서야말로 모든 것을 알고 계시지 않습니까? 어째서 이런…."

"기엘, 내가 묻고 있잖아."

"죄송합니다, 경하님."

기엘이 고개를 숙인다.

"흐음. 내가 자리를 피해야 할 듯한데."

하라스다인 장로가 입을 다문 채 아무런 말도 하지 않자 로렌이 슬며시 나름대로는 신경을 써서 말을 했다. 하지만 하라스다인 장로도, 경하도 그런 로렌의 말에는 신경도 쓰지 않았다. 사실 말한 장본인인 로렌도 진심으로 말한 것은 아니다.

"내가 자네에게 대답해야 할 이유를 모르겠네."

한참을 뜸을 들인 하라스다인 장로가 결국 입을 열었지만 그의 대답은 경하가 기대한 것과는 전혀 방향이 달랐다.

"이것 봐요, 아저씨. 그래도 기엘의 아버지고 해서 나도 엄청나게 참아가면서 말을 하고 있다는 거 알아요?"

화가 나면 일단 안면몰수가 기본인 경하가 탁자를 콰앙— 하고 쳤다.

"사람을 그렇게 힘들게 했으면, 이 정도쯤에선 아저씨도 좀 양보를 해야 할 것 아니에요. 내가 무슨 팔자가 좋아서 여기까지 끌려와서 이러고 있느냐구요. 다 아저씨랑 신관 할아버지 같은 사람들 때문에 그런 거잖아요. 안 그래요?"

생각 같아서는 하라스다인 장로의 멱살이라도 잡고 흔들어 버리고 싶은 심정이다.

"팔자가 그러려니 하고 사람이 참고 있는데, 그런 식으로 말해도 되는 겁니까? 네?!"

"그런 것은 아니니 걱정 말게. 난 단지, 현재의 미메이라와 제국 간의 관계에 있어 자네에게 설명할 필요를 느끼지 못할 뿐이니까. 그리고 말이 나와서 하는 말이지만 자네가 내게 말을 해라 마라 할 자격이 어디 있는가. 자넨 그저 임시방편인 대리인일 뿐이네. 그것을 잊지 말게나."

타앙—

경하는 주먹으로 육중한 탁자를 내려치며 일어섰다.

생각을 해도 해도, 아무리 참으려고 해도 참을 수가 없었다. 마음 같아서는 당장에라도 이곳에서 뛰쳐나가고 싶다.

"자격? 지금 어떤 자격을 말씀하시는 건가요?"

"경하님."

"말리지 마! 기엘, 진짜로 열받았으니까. 정말이지, 기가 막혀서."

경하는 진심으로 화가 나 있었다.

힘들여, 고생하며, 애를 태우며 이곳까지 왔다.

그래도, 희망이 있기를 바라며.

차라리 이렇게 말하는 사람이 제국의 황제라면 이런 기분이 되지는 않았을 것이다.

하라스다인 장로가 말하는 대로 어떻게 보면 경하는 관련이 하나도 없는 사람이다. 하지만 그렇지가 않다. 경하는 자신이 믿고, 좋아하고, 그리고 아끼는 사람들을 위해서, 그리고 스스로를 위해서 여기까지 온 것이다.

그것을 송두리째 거부당한 느낌이었다.

아무것도 가지지 못했는데 벼랑에서 등 떠밀려 내몰린 그런 기분이다.

"…케인."

하라스다인 장로를 노려보며 경하는 차가운 목소리로 세나케인을 불렀다.

"바람의 주인이 명한다. 모습을 드러내라, 세.나.케.인."

경하가 말을 마치기 무섭게 경하를 중심으로 차가운 바람이 소용돌이 치며 불어 나왔다.

"……!"

경하의 긴 머리카락이 사방에 흩날리고 내실 여기저기에 놓여 있
던 작은 장식품들과 벽에서 타오르며 붉을 밝히던 횃불까지 위태롭
게 흔들리기 시작했다.

불어 나온 바람은 로렌의 기억 속에 있는 그것과 동일한 것이었
다.

흩날리는 은백의 머리카락과 은회색의 눈동자.

그의 머리 속에 떠오르는 것은 기억을 잃은 시안이라는 아름다운
바람의 여신의 얼굴.

하지만 그의 앞에는 지금 기억 속의 그녀와 꼭 닮은 한 소년이
있다.

'나는 무엇을 믿어야 하는 걸까?'

로렌은 눈가를 스치는 바람에 어딘지 모르게 가슴이 무거워진다.

'무엇을 믿고, 무엇을 봐야 하는 거지?'

흔들리던 횃불이 마악 꺼지려는 찰나 소용돌이치며 불어 나오던
바람이 순식간에 한자리로 모여들며 뚝 하고 끊어져 버렸다.

그것은 폭풍이 불다가 순간 잠잠해진 것처럼 기묘한 고요함을 만
들어내고 있었다.

한자리로 모여든 바람이 천천히 인간의 형체를 만들어가고 있었
다.

얼굴과 팔과 다리, 그리고 짧은 머리카락 한 올 한 올까지, 바람
이 정형화되어 가는 과정이 그들의 앞에 적나라하게 펼쳐졌다.

로렌은 그 바람의 형상화 장면을 두 눈을 크게 뜨고 지켜보았다.

"저것은……."

잠시 후 그들의 앞에 반투명한 인간의 형체가 모습을 드러내었
다.

세나케인이 모습을 드러낸 것을 확인한 경하는 한 자 한 자 발음을 끊어가며 하라스다인 장로를 향해 말했다.

"장로님이시라면 아시겠죠? 세.나.케.인이 누구인지."

"……."

묵묵무답으로 일관하던 하라스다인 장로의 표정이 변하고 있었다.

"바람의 세나케인이 제게 있습니다. 이 정도면 충분히, 바람의 백성들이 사는 미메이라에 제가 연관이 없다는 소리는 하실 수 없을 겁니다. 안 그런가요?"

경하의 목소리가 들리는지 들리지 않는지, 하라스다인 장로의 눈은 세나케인에게 고정되어 있었다.

"…바람의, 미메이라의 수호신 세나케인."

떨리는 하라스다인 장로의 목소리가 세나케인의 이름을 부르고 있었다.

"재미있군."

정말로 재미있다는 목소리로 로렌이 말했다.

그는 바람과 함께 나타났다 바람과 함께 사라진 세나케인의 존재에 강한 호기심을 가지고 있는 듯 경하에게 몇 차례나 세나케인에 대해 물었다.

하지만 다른 사람은 몰라도 로렌에게는 이상한 거리감을 가지고 있는 경하는 로렌이 하는 말에 건성건성 대답을 할 뿐이다.

세나케인이 모습을 드러낸 후 하라스다인 장로의 경하에 대한 태도는 는에 띄게 변해 있었다. 그것은 경하를 수장 계승자라기보다는 바람의 주인으로서 인식을 한 까닭일 것이다.

"이제 말씀해 주시겠어요? 도대체 무슨 생각을 하고 계신 건지?"

"…별다른 뜻은 없네."

"뜻이 없으면! 이런 일을 하실 수 있는 건가요? 기엘은 장로님의 아들이에요. 뿐만 아니라 미메이라의 모든 기사들이, 신관들이 모두 누군가의 아들이고 딸이고, 그리고 아버지라구요. 그런 사람들을 어떻게 사지로 내몰 수 있죠?"

"누가 사지라고 말했는가. 나는 내 아들을 사지로 몰아넣은 적이 없네."

"아아, 알았어요. 페이요트 산맥이랑 여기저기서 그놈의 하셰카로 고생해서 기엘이랑 로운이랑 이리야가 죽을 뻔한 것 정도는 지나간 일이니까 넘어가죠."

경하가 말을 하는 동안 하라스다인 장로의 표정이 시시각각으로 변했다. 그것을 눈치 챈 기엘은 가슴속 한구석이 저려오는 것을 느끼고 있었다.

"하지만. 더 이상은 안 돼요. 무슨 일이 있어도 난 이 국혼인지 뭔지를 깨놓을 거니까."

"아, 여기서 잠깐."

그때까지 연신 웃음을 띄우고 경하와 하라스다인 장로가 언쟁을 하는 것을 지켜보고 있던 로렌이 경하의 말을 막았다.

그는 잠시 생각하는 척 머리를 숙였다가 다시 들고는 경하에게 물었다.

"다른 것들은 일단 젖혀두지. 나중에 들으면 되니까 말이야. 하지만 자네가 일단 국혼을 깨놓느니 말을 하는 이상 나도 번외자는 아니야. 지금부터는 나도 자네가 하는 말이 무슨 말인지 좀 알아야겠어. 내가 알아들을 수 있도록 설명해 줄 수 있나?"

“그전에 내가 먼저 하나 물어도 될까요?”

“물론. 내가 대답해 줄 수 있는 거라면 뭐든지.”

로렌이 두 팔을 벌려 보이며 아량있게 이야기한다.

“단도직입적으로 묻죠. 미메이라에 원하는 게 뭐죠? 구체적으로?”

“……”

“원하는게 뭐냐구요. 말이 국혼이지 미메이라 인을 황비로 삼고, 그리고 뭘 요구할 건가요?”

“…무엇을 요구할지 그게 궁금한가?”

“물론이죠. 그리고 하라스다인 장로님께도 묻고 싶어요. 시안을, 아니면 시유를 황비로 보내고 제국에 원하시는 게 뭐죠?”

고요함이 아닌 침묵이 순간 감돈다.

“말씀해 주세요.”

질문을 받은 두 사람에게 경하는 다그쳤다.

“…흐음. 정말로 단도직입적으로 묻는군.”

먼저 침묵을 깬 것은 역시 로렌이었다.

“좋아. 그대가 단도직입적으로 물었으니 나도 단도직입적으로 대답하지. 이미 이쪽에는 서신을 전달한 터였지만.”

“서신?”

“뭐, 간단해. 황비의 지참금으로 미메이라의 전 기사단을 원하네. 가능하다면 신전 기사단까지 전부.”

번쩍이는 로렌의 눈빛.

모든 사람이 숨을 들이마시는 소리가 들렸다.

마른 목구멍으로 침을 삼키며 그들은 놀라움을 어떻게든 감추려 노력했다.

“그래서! 하라스다인 장로님, 장로님이 원하시는 반대급부는 뭘니까?”

그 안에서 놀라지 않고 끝까지 제대로 말을 할 수 있던 것은 경하뿐이었다.

“…제국으로의 진출.”

경하의 질문에 하라스다인 장로는 잘 열리지 않는 입을 간신히 열어 대답했다.

“……”

“뭐, 내가 원하는 지참금을 내어준다면 미메이라의 남쪽 지대. 가이칸의 북서부 지방 정도는 얼마든지 원하는 만큼 내어주지.”

“당신더러 대답하라고 하지 않았어!”

경하가 로렌에게 소리쳤다.

“내거는 조건에 답을 한 것뿐이네.”

“입 다물고 있으란 말이야! 아무것도 모르면서.”

“그런 너는 도대체 무엇을 알고 있지? 무엇을 알고 있기에 이렇기 방약무도하게 나서는 건가? 모르고 있으면 입을 다물라고? 그렇지 않아. 나는 알기를 원해.”

격한 경하의 말에 맞추어 로렌의 말도 격해진다.

“내 눈으로 똑똑히 보았다. 엘러들의 힘을. 신의 축복으로 내려진 타고난 힘을 왜 사용하지 않는 거지? 그만큼 축복을 타고 태어났으면서 어찌 저 작은 땅에 안주하는 건가? 왜!!”

“할 수 없으니까!!”

로렌의 항의에 경하는 악을 쓰듯 소리를 쳤다.

그때였다.

“할 수 없기에 더 더욱 원하는 걸세.”

격한 두 사람의 목소리 사이로 낮고 어두운 목소리가 파고들었다.

"신의 축복? 그래, 우리는 축복을 받고 태어났지. 미메이라의 한없는 은총을. 그런데 어찌해서 우리는 한 발자국도 신의 땅에서 나갈 수 없는 건가? 누가! 누가 그것을 정했지? 신의 품을 떠나 인간의 땅에 발을 디디지 말라고 누가 명령한 건가. 어쩔 수 없는 축복의 속박에 매어 평생을 아무것도 하지 못하고 좁은 땅에 갇혀 안주하라고 누가 명령한 것인가!?"

"…아버님."

하라스다인 장로의 목소리가 점점 더 높아져 간다.

"할 수 없으니 원하는 걸세. 더욱더. 나는 내 아들에게, 그리고 미메이라의 축복받은 백성들에게 자유를 주고 싶었어."

높아져 가는 목소리는 공기에 실려 그의 감정과 함께 다른 이들에게 전해진다.

"넓은 땅과 자유롭게 바람이 부는 대지로 내 아이들을 내보내고 싶었을 뿐이다. 이 땅을 보게. 드넓은 대지와 끝없는 바다가 끝임없이 펼쳐져 있는데 어찌해서 일생을 한곳에 갇혀 살아야 하나. 죽음? 그것이 무슨 장애물이 되지? 설사 내일 죽으면 어떠한가. 한순간이라도 자유롭게 숨 쉬고 싶었을 뿐이야. 단 한 순간이라도!"

그것은 노기에 가득 찬 목소리가 아니었다.

평생을 미메이라에서 살아온 한 바람술사의 자유에 대한 갈망이었다.

바람의 백성으로 태어났기에 죽음을 넘어선 자유를 갈망하는 바람의 민족의 갈망이었다.

"아버님, 이제 그만 하세요."

기엘이 그의 아버지에게 다가갔다.

"이제 그만 하세요."

털썩.

하라스다인 장로가 그 자리에 주저앉았다.

경하는 하라스다인 장로의 말에 아무런 대답도 해줄 수 없었다.

"아버님의 마음, 잘 압니다."

기엘은 그런 경하 대신 자신의 아버지를 위로했다.

그 역시 바람술사이기에 하라스다인 장로의 심정을 가슴 아프도록 생생히 느낄 수 있었다.

축복이자 동시에 신의 족쇄나 다름없는 그들의 능력.

그것이 너무나도 원망스러울 수밖에 없었다.

*　　　*　　　*

"내가 모르는 진실이 있는가 보군."

로렌은 격정을 쏟아낸 뒤 눈에 띄게 기운을 잃어버린 하라스다인 장로 대신 경하에게 그가 궁금한 사실을 질문했다.

시간은 넘치도록 흐르고 있지만 아무도 자리를 떠날 생각은 하지 않고 있었다.

"그게 무엇이지?"

"말해 준다면, 당신의 계획을 철회할 건가요?"

"그럴 수밖에 없는 이유라면."

하라스다인 장로의 말에서 여렴풋하게 윤곽을 잡을 수는 있었지만 로렌은 확인을 하고 싶었다.

그가 모르는, 바람의 백성들에 대한 진실을.

"미메이라 인은…."

"……."

"아니, 모든 신국인이라고 해야 옳겠죠. 신국인은 신의 축복을 받은 땅에서 오랜 시간 동안 떠나 있을 수 없습니다."

"…그것과 지참금이 어떤 상관 관계가 있다는 거지?"

"당신— 귀먹었어? 왜 말을 못 알아들어!"

간신히 진정되는가 했더니만 이번에는 경하가 하라스다인 장로의 뒤를 이어 흥분을 해버렸다.

"말이 심하시오!"

"당신은 입 닥치고 있으라고 이 사람이 말했잖아!"

미타 남작에 지지 않고 경하가 서슬이 퍼런 목소리로 그를 꾸짖었다.

"입 닥치고 있으라면 좀 꾸겨져 있어! 젠장!!"

성질이 나면 으레 그러듯 경하는 육중한 탁자의 다리를 있는 힘껏 걷어찼다. 그런 경하를 로렌은 의외로 재미있다는 듯 쳐다보았다.

그가 아는 한 자신을 제외하고 미타 남작을 단 몇 마디로 제압할 수 있는 자는 없었다. 그런 생각을 하며 빙긋빙긋 웃고 있는 로렌에게 경하는 마구 소리를 질렀다.

"당신도 마찬가지야. 안 된다면 안 되는 줄 알지, 뭘 그렇게 꼬치꼬치 캐물어!"

"알아야 한다고 생각하는데?"

"다 들었잖아. 미메이라의 기사단? 그래, 엘러로 이루어진 기사단은 당신이 보기엔 대단할지 몰라. 실제 내가 봐도 대단하니까. 하지만 시한부의 기사단을 어디다 쓸 거지?"

"시한부의 기사단?"

"그래. 미메이라 인은 미메이라를 떠나면 오래 살 수 없어. 능력이 좋으면 좋은 바람술사일수록."

"……."

"당신 계획은 말짱 헛거야. 꿈 깨. 그리고 미메이라에 손대지 말아. 그들은 그들 나름대로의 고충이 있단 말이야."

"그래. 그렇군."

로렌은 고개를 끄덕였다.

나름대로 그것은 로렌 스스로도 의문점으로 여겼던 부분이었다.

아무리 신국이라고 하지만 그들은 이상스러울 정도로 자그마한 (물론 로렌의 입장에서 볼 때) 신국에서 단 한 발자국도 나올 생각을 하지 않았다.

그뿐이 아니다. 아슈레이 대륙에 신국이 4개나 있는데도 대륙에선 신국인을 찾아보기 힘들었다. 여행하는 자들조차도 드물었던 것이다.

그것이 이제야 이해가 가는 기분이었다.

하지만 한 가지 더, 로렌은 궁금한 것이 있었다. 그것은 이제 마악 생겨난, 경하를 본 후에 떠오른 궁금증이었다.

"하지만 한 가지. 예외가 있는 듯한데?"

"예외?"

"그래, 바로…."

로렌은 손가락으로 경하를 가리켰다.

"너와 네 기사들은 어떻게 된 거지? 카스핀의 보고로는 너희들은 적어도 상당한 기간 동안 아슈레이 대륙의 곳곳을 여행했다. 안 그런가?"

"에? 그, 그거야…."

경하는 자신이 바람의 주인이기 때문에라는 말은 죽었다 깨어나도 말을 할 수 없었다. 적어도 이 남자 앞에서는.

'그렇게 말했다가는 당장에라도 내 발목이라도 분질러서 여기다 가두어 버릴 것 같단 말이야, 이 남자.'

"그거야, 중간에 미메이라에 들렀었으니까… 어떻게든."

구차한 변명을 늘어놓는다.

"그 정도면 좋을 듯한데, 나는?"

"……."

빙긋거리고 있는 로렌은 왠지 하나도 납득한 얼굴이 아니다.

"당신 지금까지 내가 한 말 어디로 들어먹었어?"

"물론. 귀 씻고 잘 들었는데?"

"그런데 아직도 그 소리야?"

"장시간 여행 후에 잠시 미메이라로 돌아갔다가 다시 나오면 아무런 문제가 없는 것 아닌가? 네 말은 그런 의미가 아닌가?"

아뿔사!

경하의 얼굴이 흑빛이 되어가기 시작했다.

'젠장. 웬 꼬투리를 이렇게 잡아, 이 인간.'

"그 점은 제가 설명드리겠습니다. 경하님의 경우엔 아직 수장 계승자가 되신 지 얼마 되지 않았고 아직 나이도 어리시기 때문에 다른 누구보다 훨씬 그 회복 속도가 빠를 뿐입니다. 실제 경하님을 곁에서 모시고 있는 저희들이 그것을 증명할 수 있습니다. 오랜 시간 미메이라를 떠나 있으면 몸의 부담을 견디기 힘들 정도니까요."

경하가 식은땀을 흘리기 시작하는데 로운이 적절하게 로렌에게 대답을 했다.

그러자 로렌은 언제 자네에게 물었나 하는 표정으로 로운을 바라보았다.

"흐응…."

"무엇보다 폐하께서 미메이라 인 중 누군가를 황비로 맞으신다면 황비의 위치에 오른 이상은 함부로 궁을 비울 수는 없지 않겠습니까? 황비를 일 년에 몇 번씩이라도 미메이라로 돌려보내실 수 있으십니까? 하물며 그렇게 할 수 있다고 해도, 회복에는 상당한 시간이 걸립니다."

"그렇기는 하군."

끄덕끄덕.

로렌이 고개를 끄덕인다. 하지만 정말 진심으로 고개를 끄덕여 주는 건지 경하는 의심이 갔다.

하지만 의심이 가더라도, 경하는 이 황제를 이해시켜야 했다.

"하라스다인 장로님께서 하시는 말씀도 이해가 가지만 그래도 난, 기엘이나 로운이 미메이라 아닌 다른 곳에서 얼굴도 모르는 이들을 위해서 목숨을 걸고 싸우는 것을 그대로 방치할 수 없어. 그러니까…."

그 말은 황제보다는 스스로에게, 그리고 그의 기사들을 향해 하는 말이었다.

"그러니까 당신이 포기해 줘."

감히 황제에게 당신이라고 부를 수 있는 사람은 역시 세상에 단 한 사람 경하밖에 없을지도 모른다.

"내가 포기하지 않겠다면?"

"포기하지 않겠다면 갖은 수단 방법을 다 동원해서 제국에 대항할 수밖에."

"방금 전에 말하지 않았던가? 미메이라의 기사들은 오랜 시간…."

"다른 사람들을 위해서 싸우진 않아도 스스로를 위해서는 싸울 수 있으니까."

"……."

"그리고 나 또한."

경하는 말 대신 행동으로 보여주는 쪽이 훨씬 더 좋겠다는 생각을 했다.

"케인."

굳이 명령을 내리진 않았다.

단지 한마디. 세나케인을 이름을 부르는 것으로 족하다.

세나케인은 곧 경하의 마음속에 담긴 뜻 그대로를 따라 조금 전과는 전혀 다른 양상으로 그 자신을 드러내기 시작했다.

빼꼼하게 열려 있던 창으로 바람이 새어 나갔나 싶은 순간 화려하게 꾸며진 창이 금방이라도 부서질 것처럼 거센 바람이 창으로 새어 들어왔다.

휘이이이이잉—

바람이 만들어내는 소리가 그 창에서부터 안으로 거세게 밀려 들어왔다.

슈트르— 하는 이상한 소리와 함께 단단하게 지어진 황궁 전체가 무엇인가에 부대끼는 소리 같은 것이 들려왔다.

로렌은 소란스러운 바람 소리에도 동요없이 자리에 앉아 있다가 천천히 그 작은 창 쪽으로 눈을 돌렸다.

어두움 때문에 보이지는 않지만 그것은 굳이 눈으로 보지 않아도 느껴지는 그 무엇.

"내가 할 수 있는 것이라면 무엇이든 할 거니까."

"……."

로렌의 앞에 앉아 있는 인간과 이 내실에 모여 있는 정체 불명의 인간 같지도 않은 저 미메이라 인들이 미치도록 싫은 미타 남작이었지만 지금 그는 그의 황제 앞에 앉아 반 강제로 ‘포기’하라고 강요하고 있는 경하의 말 하나만큼은 마음에 들었다.

‘애초에 미메이라 인을 황비로 맡겠다고 하신 폐하께 잘못이 있는 것일지도.’

그는 감히 불경스럽게도 그런 생각을 하고 있었다.

하지만 따지고 보면 로렌이 황비로 미메이라 인을 맞이하겠다는 소리만 하지 않았다면 지금 이렇게 늦은 밤에 이런 장소에서 저런 사람들과 얼굴을 마주 대고 대화 같지도 않은 대화를 하고 있을 리가 없는 것이다.

무엇보다 저 경하라는 소년과 이야기를 할 때면 그의 황제는 위엄이나 체통 같은 것은 저 멀리 던져 버리고 있는 것이다.

로렌은 미타 남작이 상대가 아니라면 자신을 향해 ‘나’ 또는 ‘내’라는 대명사를 쓰지 않는다.

거의 모든 공식석상을 포함해 시녀들이 단 한 명이라도 곁을 지킬 때는 어디까지나 ‘짐’이라는 단어를 쓴다.

그런 그가 경하라는 저 소년과 이야기할 때만큼은 그렇지 않은 것이다.

‘저 소년을 환영해야 하는 것인지, 당장에라도 궁 밖으로 내쫓아야 할지 정말 판단이 서지 않는군.’

그는 힐끔 먹과 같은 짙은 어둠에 잠긴 창밖을 바라보았다.

어둠의 한 귀퉁이에 은빛으로 희미하게 빛나는 무엇인가가 스쳐 지나가고 있었다.

순간 미타 남작은 소름이 온몸에 돋아 오르는 것을 느꼈다.

'저것은 인간의 힘으로 불러낼 수 있는 게 아니야.'

그는 황급히 황제의 앞에 앉아있는 소년, 경하에게 시선을 옮겼다.

너무나 자연스럽게 앉아 있지만 누구보다, 이 자리에 있는 어느 누구보다 인간답지 않은 인물이 바로 그다.

미타 남작은 조금이라도 빨리 저 소년을 로렌에게서 떼어내고 싶었다.

그러나 로렌은 그런 미타 남작의 심정은 하나도 생각해 주지 않는 듯 다음과 같이 말했다.

"좋아."

"…에?"

"이렇게 하지."

"……."

흠칫흠칫하며 경하는 로렌의 다음 말을 기다렸다.

'도대체 이 인간 무슨 말을 하고 싶어서 그러지?'

"앞으로 내가 떠나도 좋다고 할 때까지. 그대는 이 궁에 머물러 주게."

"에엑?"

갑자기 등에 닿아 있는 푹신한 의자의 쿠션이 따끔따끔한 바늘 쿠션으로 변하는 기분이 든다.

"자, 잠깐요. 내, 내가 왜 여기에… 있어야 한다는 거죠? 아! 그리고 그렇지. 저기 저 시유는 왜 납치를 해다가 여기 가둬둔 겁니까?"

이번에는 로렌이 입을 다물 차례다. 그러나 경하의 그런 예상과는 전혀 다르게 로렌은 뻔뻔스러운 표정으로 다음과 같이 말했다.

"이런 시간에 우리 경비병과 기사를 몇 명이나 다치게 하고 이런 곳까지 쳐들어온 것은 어떻게 설명을 할 건가?"

"다치게 한 적 없어요! 그냥 잠재웠을 뿐인데."

"그래도 이 궁에 무단 침입을 한 것은 틀림없을 텐데?"

"……."

말싸움에 있어서 왠지 경하는 로렌의 상대가 안 된다는 생각이 그 둘을 지켜보는 모든 사람들의 머리 속에 스멀스멀 피어 오르기 시작했다.

"자아, 이렇게 합시다."

그때까지 시종일관 재미있다는 표정을 지으며 빙긋빙긋 웃어대던 로렌이 자리에서 일어나 허리를 폈다.

어깨를 펴고 고개를 들어 올린 그는 조금 전과는 사뭇 다른 표정을 하고 있었다. 그의 표정은 제국 황제의 바로 그것.

"나는 이제 피곤해 좀 쉬었으면 하는데. 그대들은 어떠한지?"

"……."

'뭐, 저런 인간이 다 있어!'

경하는 이제 로렌의 뻔뻔스러움에 경악에 경악을 더해가는 중이다.

"그대들이 궁에 무단 침입을 한 사실은 내가 저 소녀를 다른 어떤 인물로 착각하여 이곳까지 데려온 것에 대한 사과로 눈감아주겠소."

'그게 말이 돼?! 당신 잘못이잖아, 당신!!' 이라고 소리치고 싶었지만 경하는 돌아올 그의 말이 두려워 차마 입 밖으로 소리 내어 말하지는 못했다.

"그리고 내게서 미메이라를 포기하겠다는 말을 듣고 싶다면…"

로렌은 몸을 돌리며 한쪽 눈으로 경하를 바라보았다.

"도망치지 말고 자네가 이 궁에 내가 원하는 동안 머물러 있는 방법뿐이야. 아, 그전에 저 밖에서 시끄럽게 불고 있는 바람 좀 어떻게 해주지 않겠나? 카드미엘의 모든 사람들이 폭풍이 온다고 착각하면 곤란하거든."

"…이봐, 당신."

"물른 어떻게 보면 자네 존재 자체가 내겐 폭풍과도 같았다고 해두지. 그리고 또 하나. 내 이름은 당신이 아니야. 로렌이라고 불러주게. 카스핀."

"네, 폐하."

"부족함없이 '미메이라'의 사신 일행을 접대하라 이르게. 자아, 그럼. 여러분, 또."

그 달을 마지막으로 로렌은 미타 남작을 뒤에 남기고 총총히 사라져 버렸다.

자리에 남은 남자들은 미타 남작의 그 완전히 일그러져 험상궂어진 얼굴을 보며 한숨을 내쉴 수밖에 없었다.

"그럼, 여러분들이 쉬실 장소를 마련해 드리겠습니다."

미타 남작의 말은 이를 박박 갈고 싶지만 참는다는 기색이 역력했다.

그 말을 마치고 미타 남작은 경하 일행이 들어왔던 바로 그 문을 열고 사라져 버렸다.

경하는 그때까지도 앉아 있던 자세 그대로 주먹을 쥔 손을 부르르 떨며 분을 참고 있었다.

미타 남작이 막 사라진 직후 경하는 자리에서 벌떡 일어나 바람이 미친 듯이 새어 들어오고 있는 작은 창문 쪽으로 달려갔다.

그리고는 창문을 열고는 고래고래 소리를 지르기 시작했다.

"케인! 사람들 집 빼고 이놈의 궁 구석구석 정원이고 뭐고 다 날려 버려!!! 젠장!!! 엉망진창 난장판을 만들어도 좋으니까 마구 날뛰라고!!!"

"……."

"……."

그 뒤에서 기엘과 로운은 난감한 표정을 지은 채 경하를 바라볼 수밖에 없었다.

그들의 옆에서 이리야는 한숨을 파악 내쉬기 시작했다.

*　　　　*　　　　*

"가시는 겁니까?"

"그렇네. 굳이 이제 내가 여기 있을 이유가 없지 않은가."

"아버님."

"……."

다음날 이른 아침.

하라스다인 장로는 자신이 대동해 온 기사들과 함께 먼 길을 떠날 차비를 하고 있었다.

"황제는 그 아이가 맘에 든 것 같더군."

과연 어떤 의미에서 마음에 들어하는 것인지는 어느 누구도 설명할 수 없었지만 로렌이 경하에게는 자신의 이름을 불러도 좋다고 말한 만큼, 그 사실 자체를 부정할 수는 없는 노릇이다.

"기엘, 너는 묘한 수장을 만난 모양이구나."

"아무래도요, 아버님."

"늙었나 보다, 벌써."

하룻밤 사이 갑작스럽게 표정이 변해 버린 그의 아버지를 기엘은 안타까운 눈으로 바라보았다.

"하지만 내 생각은 여전하다, 기엘. 설사 내일 죽는 한이 있어도, 나는 너와 네 아이들이 넓은 세상을 보며 살았으면 한다."

"무슨 말씀인지 잘 압니다."

"나는 내가 잘못했다고 생각지 않아."

"경하님도 아마 그렇게 생각하실 겁니다."

"…정말로 같이 돌아가지 않겠느냐?"

"시우님을 부탁드립니다. 아무래도 레이죠 장로님께서 너무 걱정을 하셨던 터라."

"그것도 내 잘못이라는 소리로 들리는구나."

하라스다인 장로는 자신의 아들을 다시 한 번 꼼꼼히 뜯어보았다.

조금 마르긴 했지만 여전히 건강해 보였다. 이전처럼 생기에 가득 차 있지만 무엇인가 의미가 전혀 다른 생생함이 그의 아들의 얼굴에 가득 들어차 있는 것이 느껴졌다.

"저 경하라는 소년."

"예, 아버님."

"정말로 바람의 계승자가 된 것이냐?"

"아버님께서 직접 목격하지 않으셨습니까? 그리고 굳이 보지 않으셔도 느낄 수 있지 않으세요? 이렇게…"

기엘이 손을 펴 들어 올렸다.

"이렇게 의식만 해도 손가락 끝이 아릴 정도의 파장을 말입니다."

"……"

"저를 경하님의 수행 기사로 보내주신 아버님께 감사할 따름입니다."

"내가 추천한 것이 아니었다."

"그래도 결국 허락해 주셨지 않습니까."

하라스다인 장로는 마지막 짐을 꾸리고는 자리에서 일어났다.

그가 일어나기 무섭게 닫혀 있던 문이 열리고 로운이 나타났다.

"하라스다인 장로님, 준비 마치셨는지요."

"그래. 프리스트 로운."

"이제는 프리스트가 아닙니다."

"아! 아아, 그랬지."

"……"

로운은 자리를 비켜 하라스다인 장로가 밖으로 나가는 것을 기다렸다.

하라스다인 장로는 앞장서서 걸어가며 한마디 하는 것을 잊지 않았다.

"기엘을 잘 부탁하네. 저 녀석은 다 좋지만 너무 외곬일 때가 있어."

"잘 알고 있습니다. 친구니까요."

"아버님, 무슨 말씀을."

복도를 지나 한참을 걸어가자 갑자기 눈앞이 화악 트이면서 넓은 그러나 상당히 지.저.분.한(?) 정원이 한눈에 들어왔다.

"…대단하구나."

"막지 못한 것이 부끄러울 따름입니다."

로운이 스스로를 책망하며 말한다.

그냥 엉망인 게 아니다. 수령이 수십 년은 물론 백 년이 넘어 보이는 나무들까지도 전부 뿌리째 뽑혀 넓은 궁 여기저기에 쓰러져 있었고, 전통 양식을 따라 일류 기술자가 화려하게 꾸며놓았던 정원과 아름다운 정자 같은 것들은 그 흔적도 없이 완전 싹쓸이 상태가 되어 있었다.

"정달로 어젯밤 폭풍이 불었구나. 그래, 그 폭풍의 진원지는 지금 뭘 하고 있는 게냐."

"많이 피곤하셨던 모양입니다. 아직."

"그래. 이 정도의 폭풍을 일으켰으니 쉬어야지."

하라스다인 장로는 너무나 맑고 푸른 하늘을 바라보았다.

밤새 카드미엘의 상공에서 불었대던 바람 덕에 하늘에는 구름 한 점 없어 맑고 깨끗했다.

"연락을 해야겠구나. 키리엔에."

그 하늘의 한쪽 구석이 조금 물들어 있는 것이 그의 눈에 들어왔다.

"키리엔으로 돌아간다고."

*　　　*　　　*

"정말로 그곳을 내어주라고 진심으로 말씀하시는 겁니까?"

"그렇네, 카스핀."

"하지만 폐하, 그곳은…."

"알아. 하지만 당분간만 바꾸어두면 되는 것 아닌가?"

"폐하."

두 사람이 옥신각신하는 이유는 다름이 아니었다. 경하 일행에게

이전에 '시안'이 머물렀던 그 탑 바로 아래의 내실을 내어주라는
명령 때문이다.

"폐하. 아무리 그래도 그것은 불가능합니다. 어디까지나 탑의 방
은 후궁전 쪽에 가깝지 않습니까? 아무리 폐하의 사저로 쓰셨다 해
도."

"……."

미타 남작은 결코 양보할 수가 없었다.

"저도 한 발자국 뒤로 물러섰습니다. 그들 일행을 궁에 붙들어두
시겠다고 했을 때도 반대하지 않았습니다."

물론 안 했다기보다는 못 한 것이지만.

"또한 그들을 환대하라 하셔서 환대했습니다. 그러니까 폐하께서
도 한 부분에서쯤은 물러나 주십시오. 적어도 시녀들과 경비병들이
눈이라도 생각해 달라는 뜻입니다, 폐하."

"시끄럽네, 카스핀."

"폐하!"

"알았네, 알았어. 자네 마음대로 하게. 하지만 절대로 가까이 두
게. 멀리 두어서는 안 돼."

"감사합니다, 폐하."

미타 남작은 오랜만에 미간에 잡았던 주름을 펴며 미소를 지었
다.

"좋겠어, 자네는."

"예?"

이번에는 로렌이 미타 남작의 그런 환한 웃는 얼굴에 조금 더 기
름칠을 해줄 차례다.

"자네가 원하는 대로 미메이라 인 황비는 포기하게 되었으니 말

이야."

"…폐하."

"하지만 조금은 내가 원하는 유희를 즐기게 해주게나."

로렌은 궁이 훤히 보이는 창가로 다가가 밖을 내다보았다.

"폭풍을 만났는데 이 정도면 양호하군."

그야말로 난장판이 되어 있는 궁이 그의 수려한 얼굴에 요상한 미소를 만들어낸다.

"미메이라를 포기한다고 해서 내 야망이 꺾이는 것은 아니야. 물론 지쳐는 될지 모르지. 하지만."

그는 바람이 불어오는 쪽으로 두 팔을 뻗었다.

손가락을 꼬옥 붙여도 바람은 손가락과 손가락 사이의 그 미세한 틈으로 비집고 들어온다.

"막으려 해도 막을 수 없는 이 바람처럼… 나는 아슈레이 전체에 바람을 불게 할 걸세."

"……."

"어느 누구도 막을 수 없는 바람을."

*　　　　*　　　　*

"그러니까아—! 내가 왜 저 능글맞고 이상하고 비열하고 야비하고 뻔뻔한 놈의 말을 들어줘야 하냐구우!"

"…그거야 네가 저 능글맞고 이상하고 비열하고 야비하고 뻔뻔한 황제의 요구에 응했으니까."

"내가 언제!"

"미메이라를 포기시키려면 남아라 했는데 지금 궁에 앉아 있는 건 그럼 누구야?"

"…그, 그건…."

"그게 그거야. 그러니까 좀 입 다물고 있어."

"그래. 한동안 제대로 쉬지도 못했는데 잠시 잠깐 이곳에 머문다고 해서 뭐 문제 될 것은 없을 거다. 하라스다인 장로님이 키리엔에 도착하실 때까지는 시간도 넉넉하고 시유도 돌려보냈으니 더 고생할 필요도 없으니까."

"그래도!! 저 황제가 싫다고!! 황제가!!"

"황제는 우리도 싫어."

물론 그 뒤에 싫은 이유는 굳이 밝히지는 않는다.

"아아아아악— 미치겠네, 정말."

늦은 아침. 경하는 머리를 부여잡고 침대 위에서 데굴데굴 구르며 비명을 질러대고 있었다.

"아흐흐흐흑. 이제 끝난 거잖아. 우어— 이젠 돌아가고 싶어. 으으으으."

갖은 비명 소리를 다 만들어내며 경하는 침대 위를 벌써 30여 번째 데굴데굴 돌아가며 구르고 있다.

평화로웠다.

진수성찬이 차려진 식탁도, 넓어서 네 번을 굴러도 떨어지지 않는 넓은 침대도, 세 명 정도가 같이 들어가도 괜찮을 욕조에서 혼자 첨벙거리는 것도, 어느 것 하나 조용하고 평온하지 않은 것이 없었다.

"그래도 로렌 녀석은 싫어."

라는 경하의 볼멘소리만 없다면 말이다.

　폭풍 후의 고요함에 경하는 안도의 한숨을 내쉬며 다시 한 번 데
굴데굴 침대 위를 굴렀다.
　부디 이 고요가 폭풍 전의 고요함이 되지 않기를 바라며, 정말 마
지막이길 바라며.

<8권으로 이어집니다>

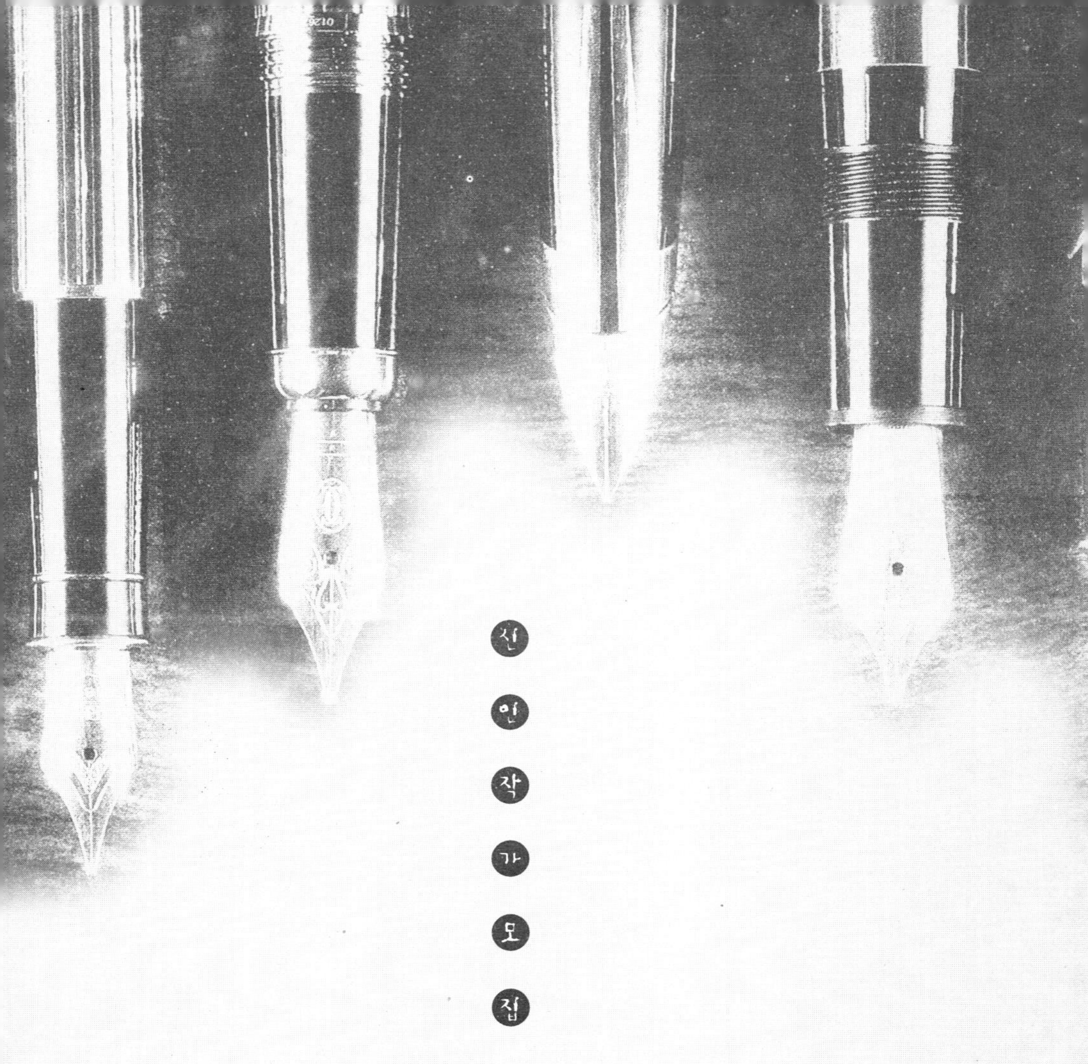

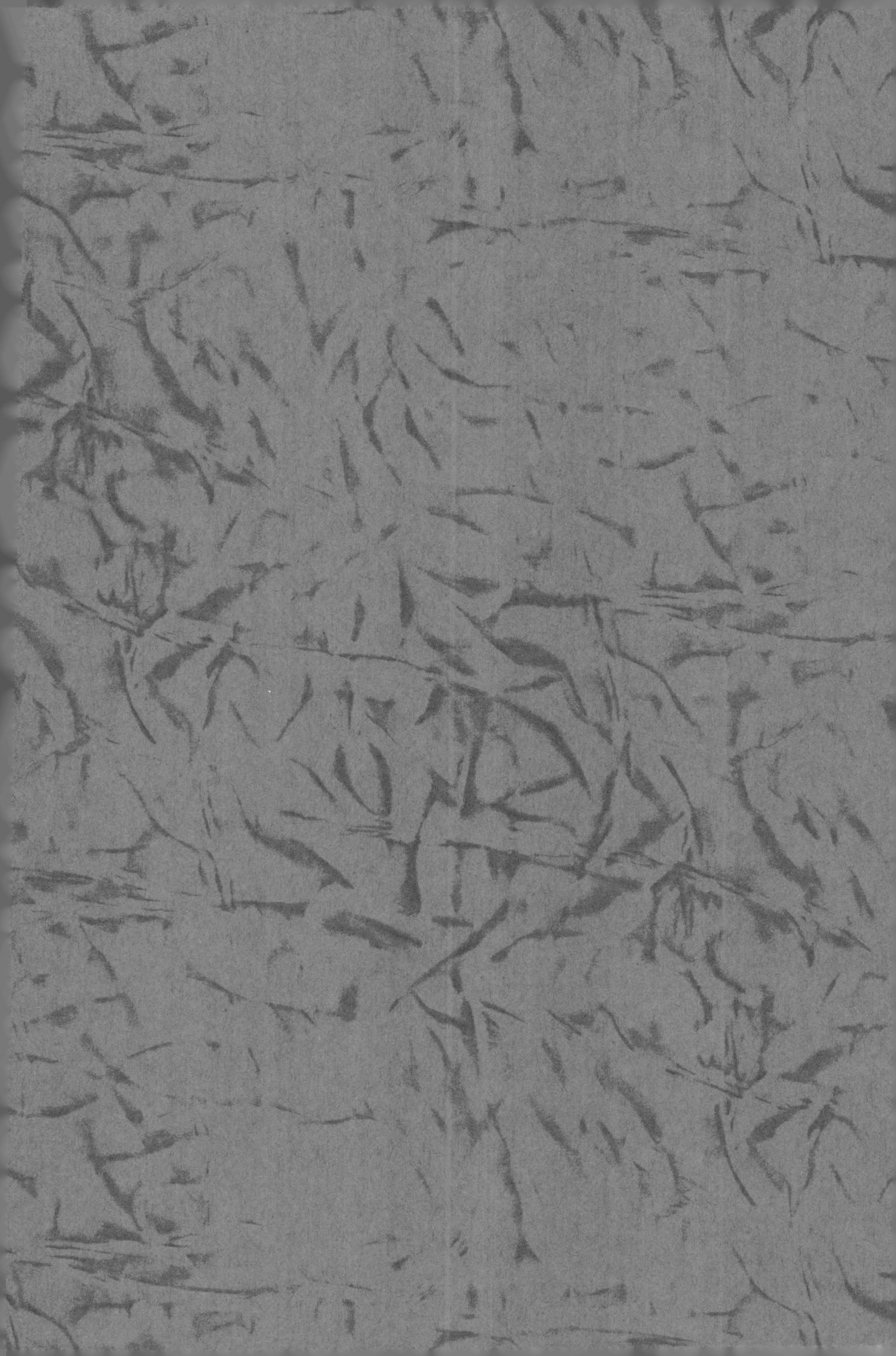

아슈레이 세계

나유
바라스
미메이라
호로스
킹리엔
제국수도 카드미엘
가이칸 제국
2000. 10. 18